降りていこう

ジェスミン・ウォード

石川由美子訳

作品社

降りていこう

目次

本書をブランドンに、わたしが自分を見失い自分を愛せずにいたときにもわたしを見つめ、愛してくれた彼に、そして愛が死者との生きた結びつきであることを最初に教えてくれたジョシュアに、捧ぐ。

「彼女が売られたときに母親が気を失っただけなのか、それとも倒れたきり死んでしまったのか、彼女はけっきょく知らずじまいだった。彼女は地面に横たわる母親を見に行きたがったが、彼女を買った男がそれを許さなかった。かまわず彼女を連れていった。牛を追うみたいに追い立てた。おそらくそれが……彼女が身内について見聞きした最後だっただろう」

——『連邦作家プロジェクト一九三六－三八年　奴隷の身分に生まれて　奴隷体験記』より「ロジャーズ、ウィル・アンへのインタビュー」

かつて船があった
ヘンリエッタ・マリー号
荒波を前に大破する船の甲板には
いくつもの枷《かせ》と
女の姿
歯を剝いて叫ぶ彼女の脚は開かれて
……そこにはわたしの姿もあり
皆とともにその光景を繰り広げていた……

——ニッキー・フィニー『世界は丸い』より「ひと口の鮫《さめ》」

……歌う川よ、わたしの血で満ちあふれた
水の中でもわれらは声を上げているのか？
兄弟を結びつけるものは
血なのか？　それともミシシッピ
アメリカで最も肥え太った血管を流れる
おまえなのか？

——ジェリコ・ブラウン『新約聖書』より「ラングストンのブルース」抜粋

第1章　剣と化した母さんの手

あたしが初めてつかんだ武器は母さんの手だった。まだほんの子どもで、お腹もぽっちゃりしていたころ。その晩母さんはあたしを起こして外へ連れ出すと、先に立ってカロライナの森を目指し、太陽が去ったあとの闇のなか、ささやく木々のあいだを奥へ奥へと導いた。母さんの指の骨は鞘《さや》に収まった剣――その時点ではまだあたしは知らなかったのだけれど。あたしたちはどんどん歩いて、やがて落雷で焼け焦げた一本の木のまわりに広がる小さな広場にたどり着いた。水田のむこうに建つ大きなクリーム色の屋敷ははるかかなた、母さんが真っ黒なのと同じくらい真っ白なご主人もはるかかなただ。そいつはあたしたちのことを自分のもの呼ばわりして母さんを厨房に押しこめ、黒いぼろきれのようになるまでこき使う。ご主人とその子ども、黄ばんだミルク色の肌をしたお腹の突き出た二人の子どもたちに食べさせるために、母さんは起きている時間の大半をその厨房で過ごす。当時のあたしは鶏がらみたいにやせていて、背丈は母さんの肩にようやく頭が届くぐらい。はるか昔のその晩、母さんは砕けた木の根元に膝をついて、細長い棒を二本掘り起こした。一方は先のほうが槍の形に削ってあり、もう一方はなんだかいびつでヘビのようにくねくね曲がっている。

「はい、あんたはこっち」母さんはそう言って、歪《ゆが》んだほうの棒を投げてよこした。「母さんが子どものころに削ったもの」

あたしは受け損じ、歪んだ棒は地面に落ちてからから鳴った。拾い上げてぎゅっと握ると、でこぼこの部分で手のひらが切れた、と思った次の瞬間、母さんがいきなり黒い木の槍を振り下ろしてきた。棒だろうが素手だろうが、それまで母さんにぶたれたことなど一度もなかった。焼けるような痛みが肩に広がった、と思ったら、今度は同じ痛みがもう一方の肩を貫いた。

「こっちは」ひゅんひゅんと武器を鳴らしながら、母さんは低い声で唸《うな》るように言った。「母さんの母さんが削ったもの」夜の闇のなかで、母さんの槍は黒い鞭だった。あたしは転んでそのままあたふたと後ずさり、真夜中の廃墟のようなその場所をぐるりと囲む藪のなかへ逃げこんだ。母さんはなおも追ってきた。藪に潜むあたしを追いつめながら、しゃべり続けた。そうしてある物語を語ってくれた。「これは二人だけの秘密。あんたと母さんだけの。誰にもこれは盗めない」あたしはほとんど息もつけずに、さらに小さくうずくまった。風が渦を巻いて、木々をかすめていった。

「あんたのおばあさんは女戦士だった。フォン族の王に嫁いだの。父親にどうぞと差し出されて。父親は裕福で、家には娘が大勢いたから。妻であり戦士でもあるそういう女を、王は何百人も抱えていた。女たちは王を警護し、王のために獲物を狩って、王のために戦った」頭の上で母さんの槍が茂みを突いた。「王に嫁いだとはいっても、女戦士にとってはナイフが夫、短刀が恋人。あんたは母さんの子で、母さんはその人の子ども。母さんの母さんは、戦士だった――名前はアザグエニ。アザ母さん、と母さんは呼んでいたけどね」

母さんは木でできた槍を地面に置くと、両手を開いて立ち上がった。手のひらが銀色に光っていた。「おいで、アニス。出ておいで。教えてあげるから」打たれた肩がいまもひりひりするのを感じながら、あたしは這《は》って前に進みかけた。「自分の槍を忘れないで」母さんに言われて、少し戻ってから体を引きずるようにして立ち上がり、藪の外に出て、いつでも逃げられるように片足を前に出してつま先で立った。母さんがまた襲ってこないとも限らない。「いいじゃない」あたしの足を見て、あたしが踊るように体を揺らすのを見て、母さんは言った。「いいじゃない」

その晩から今日のこの晩までにはあたしもずいぶん成長し、いまではぐんと背も伸びて、母さんの頭も肩も見下ろせる。母さんの黒い肩は、あたしがいつもご主人の屋敷で磨くドアノブみたいに丸くてきれいだ。髪にはちらほら白髪《しらが》も見えるけれど、指の動きはいまも短剣のように確かだし、背筋もぴんと伸びて、満月の薄闇のなかにはすらりとしたまっすぐな姿が浮かび上がっている。あたしたちがここ、焼け焦げた木のまわりに広がる秘密の広場を訪れるのはせいぜい月に一、二回、松明《たいまつ》がなくても歩ける満月の夜に限られている。母さんがあたしの両手をじっくり確かめ、ひとつひとつの豆を押して、手のひら全体をもみほぐす。いまではあたしのほうが縦にも横にも大きいのに、あたしはいまも前歯の抜けた子どものころと同じようにじっと立って、手のひらをもまれる感触を味わい、母さんの優しさにほぐされていく。

「指が長くなったね」母さんが手のひらの中心を軽く叩き、反射的に指が閉じる。「今夜は母さんのを使うといいよ」

「ほら」と言って母さんはアザ母さんから譲り受けた木の槍を掘り起こし、細長い柄の部分を握って上から下へ手をすべらせる。母さんの手から、それにアザ母さんの手からも油分をたっぷり吸い取って、木肌は温かみのある黒っぽい色に変色している。アザ母さんも、この槍を使って母さんに戦い方を教えこんだ。大海原のむこうで仲間の妻たちに教わったことを、何がなんでも伝え継ぐと心に決めて。

母さんがその槍をあたしに投げてよこし、自分は子どものころに使っていたほう、稲妻みたいにぎざぎざしているほうを手に取る。体からどっと汗が吹き出して、恐怖に脇がちくちくする。耳の奥で心臓がどくどく鳴っている。母さんが槍をひと振りし、それを合図に打ち合いが始まる。くるりと身をひるがえすたび、槍を振って突いてくるたびに、母さんはみるみる燃え上がり、いつもの母さんではなくなって、流れる炎と化していく。本当を言うと、そういう母さんを見るのはあまり好きではないのだけれど、そんなことを言っている余裕はない。攻撃をかわして防御しながら、自分も反撃しないといけないから。槍がひゅんと鳴るたび、ぶんと唸るたびに世界が回り、それといっしょにあたしたちも回転する。

小屋に戻ると、ナンと上の子二人は眠っている。ナンの家族とあたしたちは同じ小屋に住んでいる。幼いほうの二人は眠れないのか、ずっとしくしく泣いている。二人が毛布のなかで抱き合ってしゃくりあげるそばで、母親ときょうだいは眠っている。ナンはふだんから四人の子どもたちに愛情をかけすぎないようにしている。愛情の蛇口をしずくがたれるていどに絞りこんで、たまに優しく〈よしよし泣かないの〉と声をかけてやるぐらい。あとは鋭い平手と硬いげんこつ。どうせ手元に残せないなら愛情を注いでもしかたがない、というわけだ。母さんが片手を伸ばしてきたので、あたしはその手を握っていっしょに寝床に入る。母さんは優しい心を人には見せない。物語を語るときには葉ずれのようにそっとささやき、この世の闇を導くときには自らランタンになって照らしてくれる。月に一度こっそり鞘を抜いて戦い方を教えてくれるのも、母さんからあたしへの贈り物。

翌朝、日が昇る前に母さんがあたしを起こす。母さんは干し草とモクレンのにおいがする。ゆうべ夜中に汗をかいたせいで、仕留めたばかりの獣のにおいも。あたしはすっかりくたくただ。このまま寝返りを打って頭から毛布をかぶり、もっと眠りを貪《むさぼ》りたい。だけど母さんは断固としてあたしの背中に片手を当て、上から下へ滑らせる。

「アニス、ほら。起きて」

あたしは服を着て、いっしょにご主人の屋敷へ向かいながらブラウスをスカートにたくしこむ。不機嫌で気力も出ないし、足も重い。少し前を歩く母さんを見て、くすぶる腹の虫をぐっと抑える。母さんはほとんど駆け足だ。大急ぎでオーヴンのもとにたどり着いて火を起こし、温度を上げて朝食の支度をしないといけないから。母さんは屋敷の仕事を命じられているし、それはあたしも同じで、今朝も母さんを手伝ってあれこれ集めて運んで洗わないといけない。それでもあたしは短気なうえに疲れているのでずっとむくれていたら、母さんの足どりがだんだん重くなって、歩きながら地面を軽く縫うようにざざっとこすり始める。ゆうべの名残で母さんも体がきついに違いない。あたしは小走りで追いついて母さんの肘《ひじ》の内側に手を通し、腕をさする。母さんの耳の産毛《うぶげ》を、編まれた髪を、上から見下ろす。

「だいじょうぶ?」

「ときどき無性に甘いものが欲しくなるよ」母さんが吐息まじりに言って、あたしの指をとんとんと叩く。「あんたもそう?」

「ううん。あたしはしょっぱいのが欲しくなる」

「そういえばアザ母さんも、甘いものは体によくないと口癖のように言ってたね。昔は両手が真っ赤や真っ青になるぐらい、甘いのを山ほど採って食べたもんだけど」母さんがため息をつく。「ああ、ほんのちょっとでいいから甘いものを食べたい」

屋敷が目の前に迫ってくる。足で踏むたびに床が沈んできいきいと唸る。母さんがオーヴンの前に屈む。あたしは薪《まき》を集めて水をくみ、両方を手に階段を上って、ご主人の娘たちの部屋をのぞく。二人はあたしの腹違いの妹だ。そのこと自体は母さんが初めて戦い方を教えてくれたときから知っているものの、それでもやっぱり毎朝二人の世話をするたびに、あたしの胸に嫉妬と嫌悪の思いがもぐりこむ。二人はいまも口をぽかんと開いて眠りこけ、頰はかさついてピンク色、まぶたがぴくぴく動いて、小魚が水面の近くを泳いでいるみたいだ。赤い髪が糸のようにもつれて絡《から》まり合っている。父親がドアをノックして起こしにくるまで、そうやって眠っているんだろう。夜明けの空に最初の赤みが差してから、何時間も過ぎるまで。あたしはもろもろの気持ちをぐっと抑えて、表情を閉ざす。

ご主人はデスクに向かい、ガウン姿で書き物をしている。冷えた煙と時間のたった汗のにおいで部屋の空気はむっとする。

「アニスか」ご主人がうなずく。

「はい、旦那様」あたしは答える。

いつもどおりあたしのことはなめらかな石の上を水がさらりと流れるように見るだけだろうと思っていたのに、ご主人の視線はなぜかあたしに引っかかり、じっと見つめて、あたしが部屋をまわって洗面器に水を入れ、服を集めて尿瓶《しびん》を手に取るあいだもずっとあとをついてくる。まるで馬でも見定めるように、あたしのことを値踏みしている。たてがみに覆われた長い首や筋肉の浮き出た尻、鞍《くら》ですり切れた弓なりの背中に触れながら、じっくり吟味する感じ。あたしはひたすら自分の手を見つめてやり過ごし、階段を下りながら尿瓶のなかでぴちゃぴちゃはねるご主人の汚物を見て、ようやく自分の手が震えていることに気がつく。

あたしはなるべくご主人の視線から隠れているように気をつける。やり方はすでに知っている——口を閉じて黙っていればいい。そうして時間が過ぎていくあいだ、影に覆われた広い廊下をつま先立ちで通り抜ける。あたしは金物バケツと洗面器をそっと下ろし、床の上に円く並べる。それから色白の妹たちの勉強部屋のそばにじっと立ち、ドアのむこうで家庭教師が二人に本を読み聞かせる声に耳を澄ませる。聞こえてくる物語は、母さんが話す物語とは違っている。別の響き、別の歌がそこにはあって、あたしの胸の奥に達し、肉に刺さった矢のようにぶるっと震える。生徒の二人、黄ばんだミルク色の肌をした妹たちが教師に言われて教科書を読みあげる。生き物たちとその仕事、スズメバチとミツバチについて書かれた古いギリシャの本。あたしは耳を傾ける。「ミツバチにはかたかたと鳴る音が心地よく響くらしい。その習性を利用して、石や陶器で巣箱を叩き、ハチを巣箱に集めることができるという」下の妹の声がむにゃむにゃと小さくなり、やがてまた大きくなる。「怠《なま》け者や浪費家は巣から追われる。昔から言われるように、仕事は分化している。蜜蠟《みつろう》を作る者、蜜を作る者、蜂パンを作る者、巣板《コーム》を作る者、巣穴に水を運んで蜜と混ぜる者……」あたしは松材の廊下で息を吸い、なんとも心震わす言葉を繰り返す。〈蜜蠟、蜜、蜂パン、コーム〉

「アリストテレスは巣のリーダーを王と呼んでいるが」家庭教師が言う。「科学者によってリーダーは雌《めす》、つまり女王であることがわかっている。だが古代ギリシャでは、アルテミスの司祭たちは女王バチならぬ〝王様バチ〟と呼ばれていたんだよ。そしてミツバチそのものも、アルテミスの兄アポロに予言の力をもたらすと信じられていたんだ」教師が乾いた声で笑う。「とんでもない迷信だがね。だがまあ、労働とその報いに関するアリストテレスの忠告は、筋が通っていると言えるだろう。巣箱に蜜が貯《た》まりすぎると、ミツバチたちは怠けるようになる」ふわふわとした高い声、自信なげな妹たちと同じくらいふわふわしている。教師はミツバチの話をしているようでいて、実際にはそうではない。ミツバチと古いギリシャの話をたとえに彼が言わんとしているのは、あたしみたいな働く者たちのことだ。母屋《おもや》と続きの厨房でビスケットを焼いたりかまどでものを煮たりする母さんのこと、部屋を片づけ、敷物の埃《ほこり》をはたいて、磨いたドングリみたいにつやつやに光るまで床を拭くクレオと娘のサフィとあたしのこと。

あわてて母さんのところへ降りていくと、母さんは家庭教師が本の一節を読むみたいにあたしのことをさっと読み取る。

「また聞いていたんでしょう？」

あたしはうなずく。

「用心しないと」母さんが声をひそめ、それから黒い鍋を杓子《しゃくし》でばんと叩く。厨房は塩漬け肉のにおいでむっとする。「ご主人が知ったら気を良くしないよ」

「わかってる」あたしは答える。本当はもっといろいろ言いたいのだけれど。双子の娘たちが羨《うらや》ましいこと。あのやわらかい肩も、クモの巣みたいに細くて淡いシルクのような髪も、授業も、きれいな寝具も、紙のように薄い生地でできたクリーム色のドレスも。そしてドアのそばで立ち聞きしているあいだはひとつだけ、あたしには誰も与えてくれないものをひとつだけ、手に入れられること。あたしは教師の言葉をもう一度頭のなかで反芻し、母さんが不安に顔を曇らせて鍋に杓子を突っこむ姿を見てもうしろめたさを感じないよう、ぐっとこらえる。〈蜜蠟、蜜、蜂パン、コーム〉ちょっとばかり言葉を聞きたい、物語を聞きたい、自分もきれいなものが欲しいと思ったからといって、それをどう謝れというんだろう。

「ごめんなさい、母さん」あたしは言い、薪をもっと集めに外へ逃れる。

一匹のミツバチが菜園をくねくねと飛んでいる。丸々と太って、黒い縞《しま》もようがついていて、とてもきれいだ。それがあたしの肩に、指先でそっと触れるみたいにとまると、どんな精霊の世界からどんなメッセージを運んできたんだろうと思わずにいられない。〈女王〉と家庭教師は言っていた。ミツバチが飛び立ち、風にうなずく黄色いカボチャの花のなかに姿を消したそのとき、木々を叩いて一陣の風が吹き抜け、一瞬、枝のむこうからふわふわとこだまが返ってきたような気がする。〈女王〉

あたしがご主人の寝具をめくっていると、冷たくなった暖炉のそばから本人が見ている。いつもならこの時間は階下にいて、琥珀色《こはくいろ》の飲み物を飲みながらほかの農園主としゃべっているところだ。みんなでボタンつきのベストを着てぼそぼそ話し、たまに大きな声をあげたりする。それが今夜は布張りのアームチェア、亡くなった奥さんの持参品に座っている。夕食のときに熱が出て鼻がつまっていると文句を言い、母さんに薬の処方、きのこと薬草の調合を頼んでいた。さっきご主人の前に置いた陶器のカップがそれだ。ご主人はそのカップを二本の指で持ち、長い脚を前に投げ出している。ブーツに泉の泥がこびりついている。ろうそくの明かりを映してご主人の目がきらりと光り、あたしは自分の手に視線を落とす。寝具のしわを伸ばし、叩いてふくらませ、折り返す。さっさと部屋を逃れて月夜の外に出ていけるよう、さらに手を速める。

「母親の背を越したんだな」ご主人が言う。家庭教師の声が高くかすれているのに対し、ご主人の声は低く軋《きし》るような響き。あたしは思わずびくっとして、キルトを取り落とす。「来なさい」ご主人が言う。「ブーツを脱がせてくれ」

こんなことは初めてだ。あたしはベッドから離れて自分のぼろ靴に視線を落とす。横のほうがすり切れて指がのぞいている。体が動かない。

「聞こえただろう」ご主人の赤い髪がきらりと光る。返事を求めているわけではない。

ご主人がどんなふうに母さんを襲ったか、母さんから話は聞いている。二階の空き部屋の前にひとりでいたときに、どんなふうに近づいてきたか。どうやってその空っぽの部屋に母さんを押しこんで床板に押さえつけたか。どうやって母さんのいちばん繊細な部分を奪ったか。そのときどうやって母さんをレイプしたか。その次は川のほとりで、その次も、そのまた次も、とうとう母さんが数えるのをやめてあたしをお腹に宿すまで、どんなふうにレイプを繰り返したか。それから何年かしてご主人は白人の女、黄色い髪をした手首の細い女と結婚し、さらに何年かして、女は双子の娘を産んで亡くなった。

ご主人の足元に膝をつきながら、あたしは想像せずにいられない。母さんの心臓もこんなふうに、夕暮れの野原でタカの影に怯《おび》えて背中を丸めるウサギのように、ばくばく鳴っていたんだろうか。あたしはなるべく離れた位置から、思いきり腕を伸ばして靴紐を引っ張る。不自然な姿勢でびくびくしながらやるせいで腕が焼けつくのに耐えながら、できるかぎりさっさと結び目をほどいてブーツを脱がせる。なかの靴下は熟《う》れすぎたチーズのにおいがする。ご主人の腕が持ち上がり、いまにもあたしの頭に手をのせ、髪をつかんで膝に引き寄せそうになったその瞬間、あたしはすばやく立ち上がって身をかわし、巻き毛一本触れさせることなくドアの外に逃げおおせる。それでも、ご主人の目はいまもあたしの唇に釘づけだ。そして髪に。言うことを聞かないので編まずにたらした髪は、たてがみのようにふさふさとして光沢を放ち、この男から受け継いだ銅褐色の輝きをおびている。

こんな髪は剃り落としてやる。一本残らず。

母さんに起こされていっしょに小屋を抜け出し、眠りのなかで歯軋りしながら何やらつぶやくナンと子どもたちのもとをあとにするころには、卵の黄身のような月がすでに空高く昇っている。はだしで森の広場を目指しながら、あたしと母さんはなるべく音をたてないよう、草のないところを指のつけ根で踏むようにして歩く。さらに用心のため、母さんがもぎ取った松の小枝であたしが足跡をかき消していく。物心がついたころからずっと母さんに言われていた。〈もしも誰かがあんたの体に触ってきたら、必ず母さんに話すんだよ〉あいつがどんなふうに母さんに忍び寄って襲いかかってきたかを初めて聞かされたときに、そう言われた。〈お願いだから話してね、アニス〉と。できれば打ち合いの前にあいつのことを話してしまいたいと思いながらも、母さんがいつもどおり槍をさっさと掘り起こして銀の光に満ちあふれた空気のなかにほうるので、けっきょくあたしも自分のを振り上げて母さんの攻撃を防ぐはめになる。そうしてあたしたちはぐるぐる回って、回って、体を震わせ、ぴたりと止まっては、ふたたび攻撃を仕掛け合う。防ぐたび、攻めるたび、突くたびに、胸をきりきり締め上げられる感じがする。しかも胸はどんどん締めつけられて、ついには燃えるように熱くなる。〈こんなことをしてなんになる？〉あたしは自問する。いざというときに使えないなら、いったいなんの意味があるというの？

月がさらに高くなり、喉がからからに渇いて、激しい戦いのあとには汗まみれの悔しさだけしか残らない。あたしは忘れたくて母さんに突きを見舞う。

「アザ母さんの母さんはなんていう名前だったの？」あたしは尋ねる。

母さんが槍を振って防御するのをあたしは体をひねって突き破り、自分の槍をみごと母さんの腹部に当ててみせる。

「さあ。アザ母さんは一度も言わなかったからね。父親に連れていかれる朝に、母親がとちゅうまでついてきた話は聞いたけど。二人のあとをどこまでも追ってくるので、とうとう父親が立ち止まって、これはアザ母さんにとって名誉なことなんだ、衣食をあてがわれてみんなに尊敬されるんだ、と言ったそうよ。王様の妻だぞ、とね。アザ母さんの母さんは娘の顔を両手ではさんで、両方の頰とひたいにキスをしてから何やらささやこうとするんだけど、泣いて言葉にならなかったと言ってたよ」母さんの槍があたしの肘の下を突く。「そうして父親と二人で王様の暮らすダホメに着いてからは、槍が母親、短刀が父親になったとね」

母さんの顔が曇って、テーブルクロスのようにしわが寄る。

「戦士になった妻たちにも召し使いがあてがわれるとはいえ、実際には妻もみな召し使い。隊列を組んで訓練に明け暮れ、王様の言うとおりに動くしかない。家族をもつことも許されず、子を産むことも叶わなかった。王様の法に背くことになるからね」

あたしは手を止め、自分たちの足で踏み固められた地面を母さんの槍の穂先でほじくる。

「ねえ、おじいさんの話を聞かせて」自分の足の指を見つめながら、あたしは母さんにねだる。二人とも足の形がおんなじだ。母さんの動きが止まる。じつのところ、その話はもう何度も聞いているのだけれど。まだほんの子どもだったころ、戦いの手ほどきを受け始めたころに初めて聞いて以来。

「あるときアザ母さんはひとりの兵士を好きになったの。城壁の外を警護している人で、やがてその兵士と恋仲になった」母さんの眉間にしわが寄る。「ところがそのために、王様の命令で海岸送りになったのよ。延々と歩かされて白人たちのもとへ、果てしのない海のもとへ連れていかれたの。白人はアザ母さんを建物から連れ出すと、海辺まで歩かせ、船に乗せた」母さんが手を伸ばしてあたしの上着をつまみ、軽く引っ張って手を離す。「そいつらはアザ母さんを盗んだのよ。そうやってここへ連れてきたの」母さんがまたしてもあたしの上着を引っ張る。「どうしてそんなことを聞きたがるの？」

あたしは肩をすぼめる。母さんの足は親指よりも人差し指のほうが長い。あたしの足も親指より人差し指が長い。そのせいで靴を履くと決まって足が痛くなる。

「男たちが力を握っていることは、船に乗る前からアザ母さんにもわかっていた。父親に連れられて宮殿に着いたときに、王様に申し渡されていたからね。おまえの娘を妻《めと》として娶るが、娘が交わるのは短刀と弓と斧だ、と。アザ母さんは言ってたよ。妻は何百人もいるのに、王様はたったひとりなんだとね」

母さんが槍を振り、あたしはそれを防ぐ。

「宮殿には王様以外、男は誰も住んではいけなかったのよ」母さんが言う。

それじゃあアザ母さんのことを値踏みする男もいなかったに違いない。あたしの父親みたいにじろじろ見てくるやつはいなかったに違いない。王様のほかには。でっぷり太って宝石をじゃらじゃらぶら下げて立派な服をまとった王様以外には。屋敷を切り盛りする宦官《かんがん》ぐらいは、王様の耳元にいたかもしれないけれど。

宮殿の人たちの目に、あたしのおばあさんはどんなふうに映ったんだろう。力を秘めているように、自分の体よりも重いものを背負えそうに見えただろうか。母さんの話を聞いていると、頭のなかにアザ母さんの姿が思い浮かぶ。母さんによく似たすらりと背の高い女の人。でもやっぱり、と思うこともある。宮殿の女たちの目に映ったアザ母さんは、あたしみたいな小娘だったのかもしれない。やせた体に水のように締まりのない筋肉、貧相なお尻。激しい気性をうまく隠して、宮殿の女たちと王様には、頭のてっぺんから足の先まで棒のようにやせた娘が反抗的に突っ立っているだけに見えたのかもしれない。

女戦士になれと王様に言われて、アザ母さんはほっとしただろうか。本物のお妃《きさき》に加われるほど美人ではないとわかって、うれしかっただろうか。王様にわが身を差し出し、体の上にのっかられて、血を流し、赤ん坊を産んで、乳をやらずにすむとわかって。自分は王様の別の欲望、血と略奪をめぐる欲望を満たすんだとわかって、うれしかっただろうか。戦いと象狩りという形で、ナイフと槍によって王様に仕えるんだとわかって。幼子ではなく敵の頭を包んだ荷を背負うんだとわかって。それとも見えない別の縄に縛られることを思って、ひとりの男のために大勢の女たちが囚われたその宮殿に自分も身を捧げなければならないことを思って、悲嘆に暮れただろうか。

「アザ母さんは、どうして母親の名前を教えてくれなかったんだろうね。ご先祖様は呼べば来てくれると言ってたのに。困ったときにはご先祖さまにお願いすれば助けてくれると」母さんはそう言って、またもや槍を振る。あたしは防ごうとして失敗する。「どうしてもっと食い下がって父親を引き止めてくれなかったのかと思って、傷ついていたんだろうかね」母さんが突いてきたので、あたしはかわす。夜、人間たちは寝静まって、あたりは虫の声がかまびすしい。「死んだ者がこの世に戻ってくるのは悪い死に方をしたから、偉大な神様が顔をそむけるほどむごい死に方をしたからだと考える人もいるけれど、フォン族の人たちは、魂や精霊というのはとくに理由がなくても呼べば気まぐれにやってくると信じていたのよ。さあ、こんどはあんたが攻める番」母さんに言われてあたしは槍を振り、それを母さんが防いで、さらに返してくる。あたしはかろうじて弾き返す。必要以上に息があがっている。母さんがうしろに下がって、槍を前にかまえる。「あたしはそうじゃないからね。母さんはいつでもあんたのもとに来る。この世を越えて、次の世界へ行ったとしても。必ず」母さんが前に踏み出し、膝と膝が触れそうなほど間近に迫って、あたしの顔から汗を払う。なかばなでるように、なかばぴしゃりと叩くように。「どうしてまた、アザ母さんの話を聞きたいと思ったの？」

あたしはとぎれとぎれに話しだす。あのとき部屋で感じたのと同じパニックがぶくぶくとこみ上げ、言葉が押し合いへし合いして、目を閉じていないと話せない。話を吐き出してしまえない。

「あいつが」

母さんがうなずく。

「猟犬でも見るみたいに、あたしのことを見てきて」

母さんが目をしばたたく。

「あいつの靴。あいつの足」

母さんはじっとしたきり、動かない。

「あたしの頭をつかもうとして」

悲しいことがあると、母さんの唇には力がこもって一本の細いしわになり、顔が横を向いて、頬が閉じたカーテンのようになる。初めてそれを目にしたのは、あたしがまだほんの子どもで、母さんの膝によじ登って抱っこされると全身が収まるぐらいのころ、走って転んで、ふくらはぎに長くて深い切り傷を作ったときのことだった。怒っているときには、母さんは怒りを押さえこもうとするみたいにお腹の前で腕を組む。あいつの奥さんが墓穴に下ろされて、いちばんいい黒いドレスを着こんだ娘たちをあいつがぎゅっと抱き寄せたときに、母さんがそんなふうにしているのを見た。その前の一週間というもの、嘆き悲しむあいつが毎日毎日、母さんがテーブルに並べた食事を片端から床や壁や天井に投げ散らかしていたからだ。おかげであたしと母さんは何日も床に這いつくばって、ごしごしこすらなければならなかった。そしていま、母さんは槍を肘のあいだにはさんでお腹を抱えている。

「どうして」あたしは母さんに問いただす。「どうせ使えやしないのに、こんなことをしてなんになるの？」あたしは持っていた槍を地面に落とす。

母さんが目を閉じ、槍をそばに置いて、地面にしゃがむ。あたしも隣にしゃがんで、自分の腕で母さんの腕をさする。

「アザ母さんが教えてくれたこれはね」母さんはそう言って、シチューのルーのような暗い空を見上げる。腕はいまもお腹をぎゅっと抱き締めたままだ。「アザ母さんにとって、娘のあたしに教えられるほぼ唯一のことだったのよ。これと、きのこや薬草を見つけること」

あたしは母さんの腕を一本の指でさする。激しい打ち合いは広場からすっかり姿を消してしまった。

「この場所、ここの人間、こっちの世界」母さんがため息をつく。「アザ母さんには何もかもが初めてで、何をどうすればいいのか見当もつかなかった。仕組みも何もさっぱりわからない。それがわかったのは、船を降りて一、二か月が過ぎたころ。あたしが生まれるとすぐに前のご主人が小屋にやってきて、あたしのことを自分のものだと宣言したときのことだった。生まれたばかりで血にまみれてわんわん泣いていたあたしのことを。生まれてから墓に入るまで一生誰かに所有される。しかもその先、子どもたちまで。アザ母さんは打ちのめされたと言ってたよ」

あたしは母さんの脇の下の肉をつかむ。母さんの体のなかでふっくらとしてやわらかい数少ない部分。

「アザ母さんにとって、ここはとんでもない場所だった」母さんがささやく。「あたしもあるていど大きくなってからは、わかった気でいたけれど。ここのやり方がどんなに間違ってるか、わかったつもりでいたけれど。まるでわかってなかったよ」母さんが自分のお腹をぎゅっと締めつける。「あんたがおぎゃあと泣いてあたしのお腹から出てくるまでは、どれほど間違ってるかなんて、まるでわかっちゃいなかった」

母さんの体は唯一その部分だけ、白く毛羽立った豚のお腹みたいにやわらかい。

「アザ母さんの戦い方、アザ母さんの物語――それを教えるのは、ここことは別の世界があることを思い出すためよ。別の生き方があることを。むこうの世界も完璧ではなかったけれど、ここまで間違ってはいなかった」

　母さんがあたしの手をぎゅっと握る。

「忘れないに越したことはないからね」

　頭の上で木々が波打ち、木の葉がざわめく。立ち枯れた木がぎしぎしと唸る。

「アザ母さんが王様の妻になって、最初に何をやったか覚えてる？」

　あたしはうなずく。

「走った」

　母さんがふふっと鼻を鳴らす。

「ご主人がまた近づいてきたら、走って逃げるのよ。どういうタイミングで立ち上がって、どういうタイミングでその場を去るか。どういう場面では戦わずにおくか。つまるところ、それもまた戦いのうち。どんなときにはようす見を決めて、身をかわすか。そういうことも学ばなくてはね」

　そうやって広場に座り、不安のせいで何をすることもできず、何時間もただ黙って相手に寄りかかり、抱き合って目をしばたたいてはこくりこくりと居眠りするうちに、気がつくともうじき夜が明ける。立ち上がってなまくらの武器を地面に埋め、最後のひと握りの砂をふりかけると、風が黙る。すべてが静まり返っている、と思ったら、耳元でぶんぶんとかすかな音がする。この戦いの広場で、真っ黒なミツバチが夜の残りかすのなかを漂っている。母さんとあたしは腕をしっかり絡め合い、小屋に向かって戻り始める。母さんが寄りかかり、あたしはそれを支える。

　静まり返った小屋を横目に見ながら、あたしたちは直接、屋敷へ向かう。

「早く取りかかれば」そう言って母さんはかまどに小さな火を起こし、かまどのお腹に息を吹きこむ。

「その分早くに終わるでしょう」あたしはなるほどと納得する。あたしがまたご主人の足元にひざまずかされることのないよう、さっさと仕事をかたづけようというわけだ。

「そうだね、母さん」あたしは答え、屋敷を出て水をくみに向かう。

それでも巻かれた時間はほどけていく。黄ばんだミルク色の妹たちはもっと水がほしいと言い、家庭教師は教室として使う子ども部屋の棚に埃がたまっていると文句をつけ、拭いて磨けと言う。ご主人はベッドのカバーを替えろと言う。あたしが前の晩に裏返したばかりのカバーは熱のせいで汗くさくなったから、と。夕暮れ時になっても、けっきょく仕事は終わらない。一家の就寝時間が近づいて、気がつくとあたしはご主人のベッドにシーツをぞんざいにたくしこんでいる。優しいクレオと黄色い目をしたサフィはすでに階下に降りてしまった。二人が仕上げをあたしにまかせて行こうとしたとき、本当はサフィを呼び止めて、いっしょに残ってほしいと頼みたかった。気の利く彼女は、あたしのバケツがひとりで持つには重すぎると察したときなど、いつでも駆け寄ってひょいと手を貸してくれるし、あたしが長いシーツをたたむときには、すばやく反対側の端をつかんで手伝ってくれる。サフィならきっと、助けが必要な場面で気づいてくれただろう。けれどもあたしの声はしぼんで消えた。息が喉をこする。〈走って逃げるのよ〉あたしは自分に言い聞かせる。〈走れと母さんが言ったでしょう〉

ご主人が転びそうな勢いで開いたドアから入ってくる。大急ぎでやってきたに違いない。あたしはシーツの最後の隅をマットレスの下に突っこんで立ち上がり、足裏の指のつけ根に重心を移す。ドアのほうへ一歩踏み出す。〈走れ〉と母さんは言った。〈走れ〉と。〈だってどこにも走れないよ〉小さな声が言う。あたしはひと息、またひと息と息を吸う。部屋の空気はひんやりしているのに、鼻を通るときにはやけどしそうに熱い。ご主人のしようとすることに自分がおとなしく従えないことはわかっている。母さんのように自分を抑えているなんて、あたしには絶対に無理。肘をハンマーにして叩きつけ、脚をこん棒のように振り回し、膝を拳にして抵抗するに決まっている。頭のなかに、小屋のなかでしゃがむアザ母さんの姿が思い浮かぶ。生まれたばかりの赤ん坊を腕に抱き、胎盤もまだ体のなかにあるような状態で、こいつの父親、あたしのおじいさんが目の前に立ちはだかっているところ。頭のなかで言葉がわんわんと鳴り響いたに違いない。〈こんなのは間違っている、間違っている、間違っている〉いま、あたしにもそれが聞こえる。言葉がお腹の底に沈んでいく。

「アニス？」廊下から母さんの声が聞こえてくる。ドアが手のひらみたいに開いて、戸口に母さんが立っている。「終わったよ」お腹の前で腕をベルトのように巻いている。下を向いている、と思ったら顔が上がって、その瞬間、目もまた武器になるんだと、あたしは悟る。魚のはらわたを取り出すのに使う小さなナイフのようにきらりと光らせることができるんだと。ご主人にはいっさい目もくれない。ご主人に対してそんな態度をとる者など見たことがない。ブヨがうるさく飛んでいるだけ、気に留めるまでもない、手で払うにも及ばない、みたいな。「おいで」母さんが言う。

ご主人にもそれなりの怒りの兆候があるのだけれど、あたしはあえて探さない。ご主人のぎりぎりそばを通って母さんのところへ、剣と化した母さんの手のもとへ、長く薄暗い廊下へ、軋んで音をたてる階段へ、静まり返った厨房へ、ささやく庭へ、そして騒がしい夜のなかへ向かう。あたしたちは小屋を通り過ぎ、畑を通り過ぎて、森のなかの広場へ向かう。屋敷からなるべく遠いところへ。武器を掘り起こすわけではない。足で蹴ってやわらかくした地面を寝床に、自分の腕を枕に横たわる。母さんがあたしの背中に沿って丸くなり、やわらかな吐息が首にふりかかる。

「そういう薬草があるから、明日、探してくるよ。必要になるだろうからね」母さんがそう言ってあたしのお腹に腕をまわし、ぎゅっと抱き寄せる。「ご主人はきっと諦めない。二度目からは、母さんもいつもその薬草にすがっていたよ」母さんがささやき、編んだ髪のなかから何か白い針のようなもの、錐《きり》のような細いものを取り出す。

「それは？」

「アザ母さんからもらったもの。象牙のかけら。あるとき狩りで手に入れたもの」母さんがそれをあたしの手に持たせると、母さんの肌のようになめらかで温かい。

「これであいつのここを突き刺してやりたいと思ったけど」母さんがそう言ってあたしの首、耳の真下、心臓の音に合わせて血管がどくどくと脈打つ部分に触れる。「ひとたびその思いをやり過ごしてからは、だいじょうぶ、自分のなかにはあいつには奪えないものがほかにもたくさんある、と思い出すようにしていたよ」

　風が吹いて木々が肩を震わせる。

「アザ母さんが言うには、象を倒すというのは、どうすれば小さい者が大きい者に勝てるか、それを学ぶいい訓練になったそうよ。どんなふうにずるく、賢く、立ち回るか。そうでないととても生きて帰れないからね」母さんが象牙の錐を自分の髪に戻す。「あんたも忘れないで。象牙も槍も必要ない。こっちの世界では、あんた自身が武器」

　月明かりで空が白く見える。月が沈みかけるころ、あたしたちは眠りに落ちる。

　夜明けの前には完璧な静けさが訪れる。目を覚ますと、母さんの寝息がしゅーっと耳に入ってくる。あたしは母さんの腕に手をすべらせ、筋肉をつたって、肩を握る。肉の弾力を指に感じるぐらいしっかりと、ただし母さんを起こさないていどにそっと。寝返りを打って仰向けになり、母さんの顔を見上げる。開いた口。力が抜けてたれ落ちた頬。月はすでに木々のむこうに沈んだとはいえ、明かりはいまもあたしたちの広場に満ちている。ミルク色に濁ったガラスの色。こういう時間を、あたしはときどきひとりでこっそり味わう。戦いのときに母さんに従った分を、こんなふうに取り返す。母さんの顔は子どもみたいにぽかんとしている。互いの手脚が絡まり合って、まるで自分の手脚のようだ。

あたしは母さんの首に手を当てて、どくどくと流れる血の勢いを感じ取る。母さんとあたしを結びつける赤い川。母さんに対してだけ感じられるこの感覚。

　頭上にそびえる立ち枯れた木からとぎれとぎれにぶんぶんと音が聞こえてくる、と思ったら、広場はいきなり何かがこすれるようなささやき声に包まれる。空に向かって目を凝《こ》らすと、枯れた幹から黒い点が花輪のようにつながって、みんなでぶんぶんと歌いながら昇っていく。あたしは母さんの腕をさする。蜜のようにねっとりと伸びて昇っていく黒い点々、しゅうしゅうと響く歌の正体――しばらくしてから、あたしはようやく理解する。なるほど、木のなかに巣を作ったミツバチたちが、夜明けとともに目を覚まして飛び立っていくところだ。〈もう少しだけ〉とあたしは自分に言い聞かせる。もう少しだけ母さんを寝かせておこう。夢のなかで空に向かって漂わせておこう。目覚めの前に、起こす前に、この場所に引き戻す前に、もう少しだけ。

〈あとひと息だけ〉と、母さんの首に当てた指に母さんの心臓を感じながら、あたしは思う。〈あともうひと息のあいだだけ〉

　数か月が過ぎたころ、小屋から水田に向かう道のむこうに立つジョージアマンが目に留まり、そばに立ってあたしと母さんを指差すあいつに気がついて、あたしは母さんの手に爪を立てて制止する。

「母さん、だめ」

「来て」あたしは言う。初めて戦いの訓練に出かけた晩に、母さんがあたしを起こすときに言った言葉。

「お願いだから」

　あたしはくるりと向きを変え、小屋を、森を、遠くの広場を目指す。そうして母さんの腕を引っ張り、なんとか走らせようとするのだけれど、母さんはまるで動こうとしない。その場に立ちつくしたきり、あたしの襟をつかんでいる。目からはすでに涙があふれて顔をつたい、それを拭おうともしない。悲しみの涙を隠そうともしない。空には雲が厚くたれこめて、やがて来る雨を前に空気は重く、あたりは水のにおいに満ちている。母さんの目はひたすらあたしを、あたしだけを見つめている。両手で自分の髪をなでつけて、それからあたしの髪を同じようになでつける、と思ったら、頭の皮を何か鋭利なものが切りつける。象牙の錐があたしの髪のなかにするりと収まる。それから母さんがあたしの顔をつかんで自分のほうに向けると、あたしにはもう母さんの手のひらが頰を押す感触、耳を押す感触しかわからない。

「アニス、あたしのアリーズ」母さんの声は震えている。「愛してる、愛しているよ、あたしのかわいい娘」ジョージアマンの手下が近づいてきて、あたしがこれまで何度もそうしてきたように、母さんの腕の肉のやわらかい部分をつかむ。まわりで叫び声があがる。遠くで夏の稲妻が光る。仕事に向かう男や女や子どもたちをジョージアマンたちが次々と捕まえ、売りに出す者を分けている。ニューオーリンズまで行進させる商品を仕入れに来た連中だ。あたしの体の中心で何かが沈み始め、渦を描いてまわりを吸いこみながら、どんどん下へ落ちていく。地面がぱっくりと口を開いたに違いない。この恐ろしい世界があたしを呑みこもうとしているに違いない。あたしは母さんの手を、トウモロコシのように硬く筋張った手首をつかんで、泣き叫ぶ。

「母さん」

「ずっとそばにいるからね」母さんがそう言っても、あたしには〈嘘だ、いなくなる〉としか思えないし、〈嘘だ、いなくなる〉と思うそばから、いちばん近くにいるジョージアマン、汚らしい顔をした腕の太い男があたしから母さんをもぎり取る。母さんを引っ張る。あいつは母さんを売りに出すことに決めたんだ。

「だめ」あたしは訴える。

〈もう一度だけ〉そう思って母さんをぐいと引っ張り返し、槍のようにすばやく引き寄せる。

男がまたしても母さんを引っ張り、そうやって道で取っ組み合う大勢のほかの人たちと同じように三人で格闘していると、とうとうあいつのそばに立つジョージアマンがホルスターから銃を抜き、空に向かって弾を撃つ。その場がパニックに凍りつく。それでも母さんを想うあたしの気持ちを、母さんはここに、ここに、ここにいなくちゃいけないんだと、必死に求める心をなだめすかすなんて不可能だ。あたしは地面に転びながら、なおも母さんの脚にしがみつく。

「母さん」母さんのスカートに呼びかける。母さんが自由になるほうの手であたしの頭に触れる。

〈あとひと息だけ〉あたしは自分に言い聞かせる。

第2章　縄に至る道

　ご主人が母さんを売り飛ばしてからというもの、あたしはずっと眠れない。母さんの仕事はクレオが引き継いで、いまでは彼女が鉄の象、巨大なかまどと日々戦っている。屋敷の掃除と手入れ、厨房の雑務と給仕はあたしとサフィの肩に降りかかる。

　ジョージアマンが母さんを連れ去り、ニューオーリンズの奴隷市場を目指して南へ向かってから何週間にもなるけれど、あたしはいまだにサフィやクレオの顔をまともに見られない。妹たちの部屋の戸口で聞き耳を立てる気も起こらない。バケツの水ははねてこぼすし、床も軽くざっと磨くだけ。洗濯も早々に切り上げるので、ご主人の汗のにおいも妹たちのすえたようなにおいもなくならない。すべての仕事をさっとすませて、母さんを売り飛ばした男とは絶対に二人きりにならないようにする。ナンと子どもたちのいる小屋では眠れないので、夜には森へ、あたしと母さんの広場へ、むせそうなほど大量のミツバチを呑みこんでいる黒い木のもとへ逃れる。すべてのことから、ひたすら逃れる。

　真夏の盛りでも、森の広場は夜には冷えこむ。あたしは母さんといっしょに使っていた毛布を体に巻く。そうして木の根のあいだに横向きに寝そべり、腕に口を押し当てると、首から背筋へ寒気が駆け抜け、お尻を越えて膝裏のくぼみに達し、かつて味わったことのない寒さを思い知る。生きていくのにあたしの背中でスプーンのように丸まってお腹を腕で包んでくれる母さんがいないというのは、こういうこと。ひとりというのはこういうこと。安心して眠れないというのは、ようするに横になったまま目覚めていること。泣きすぎてよだれがあふれ、顔の下で水たまりになる。いまでは自分のもののように感じているミツバチたちが、夜になると舞い降りてきてあたしの手首や足にとまり、ふたたび舞い上がって自分の巣へ戻っていく。こんなあたしからいったいどんな苦い蜜を集めているんだろう、と不思議でならない。あたしの悲しみを、ミツバチたちはどこへ運んでいくんだろう。あたしのすすり泣きがミツバチには心地よく響くんだろうか。どうしてミツバチだけがあたしの嘆きを目撃しているんだろう。母さんなしで眠るというのは、夜が明ける前に屋敷へ向かい、厨房の隅に座ってクレオがかまどと格闘するのを待ち、髪が汚れて固まっても顔に泥がこびりついても気にしないということ。

　ある日の昼が次の昼になり、夜が次の夜になる。地面から熱が失われ、木の葉が茶色くなって枝から落ち、太陽と月が空に浮かぶただの淡い光になる。どこにも温もりがない。武器を掘り起こすこともない。森の広場に吹きつける風の下で地面にうずくまるだけ。あたしはご主人のほうを見ながらそのむこうを見ている。妹たちのむこう、クレオのむこう、サフィのむこうを見ていて、この新たな世界で、あたしにあるのは強烈な悲しみだけ。あたしの目には誰の姿も映らない、と思っていたら、ある日、目の前にサフィが見える。クリスマスの朝、サフィがあたしの前に膝をつき、濡らした布を手に持って、あたしのあごを上に向ける。それまで誰のことも見えていなかったのに、サフィが見える。サフィはキスでもするみたいにあたしと手のひらを合わせると、部屋の隅から立ち上がらせ、洗濯桶のそばに連れてきて、あたしの服を脱がせていく。

「あたしよ、アニス。あんたの目の前にいるのはあたし」そう言うなり、沸かしたお湯をカップですくって頭からかけ、ごしごしこすり始める。

「あんたはここにいるのよ」サフィに言われて、あたしの顔は崩れる。

あたしは子どもみたいにされるがままだ。座れと言われてサフィの膝の前にへたりこむと、もつれた髪をサフィが一房ずつ手櫛でほぐしていく。

「これは何？」長い象牙の錐をあたしの頭から引き抜いて、サフィが尋ねる。ジョージアマンらが母さんを連れ去ってからというもの、あたしも一度も触れていない。

「あたしのおばあさんが海のむこうから持ってきたもの。母さんがもらって、それをあたしにくれたの」あたしは背中を曲げて屈みこむ。「あいつらに連れていかれたときに」

サフィは象牙を自分の腿《もも》にのせ、あたしの髪を洗って、ゆすいで、油を塗る。それから前に屈んで髪を編み始めると、頭を押してくる力のぐあいが母さんとそっくりで、髪をより合わせるときに引っ張る力もそっくり同じだ。サフィの脚は母さんほどたくましくはないけれど、やわらかさは同じくらい。口は閉じているものの、あたしは顔をつたうしょっぱい涙を止められない。髪が仕上がり、サフィが象牙の錐をもとに戻して、髪で隠す。

温かい。

屋敷の仕事が終わって、あたしたちは歩いて小屋へ戻る。サフィが小さなショールを巻いてくれたのに、寒くて肩が耳まで持ち上がる。またしても体が凍えて、空っぽだ。足が霜のように冷たい。小屋に入って隅に座ると、壁の丸太を風が引っかいて小さな火の温もりをかき乱し、遊び歌を歌うナンの子どもたちに映った光のもようをかき乱す。母さんはいったいこの世のどこにいるんだろう。クリスマスを祝うささやかなふるまいぐらいはあるんだろうか。わずかばかりのもつ煮とか、豚の足とか、温かい煮出し汁とか、塩漬け肉とか。あたしはこめかみをさすって、辛《つら》くなるだけのそういう思いをなんとかもみほぐそうと試みる。

森の広場へ行こうと思って小屋を出たら、目の前にサフィがいて、凍えるような夜の空気のなかでショールの端と端をぴったり引き寄せている。今夜の月は丸くない。あたしにはもう月の満ち欠けもわからず、一年のなかで日に日に寒さが募ってくるのを感じるだけ――それもまた悲しみのなせるわざ。汚れを落として体はきれいになったけれど、温もりの記憶はシルクのように心地よく、猫のように煩《わずら》わしくつきまとってくるけれど、今夜は寒さに挑むつもりだ。なぜならあたしは心のどこかで、身の凍るような冷たい冬の手に抱かれて、わが身の温もりと悲しみと存在を、全部、すっかり、絞り出してほしいと感じているから。そうしてあたしの脱《ぬ》け殻を、あの木の根元に残していきたいと。そうしたらあたしの魂は空を飛んで南へさまよい、地上のどこかにいる母さんを見つけ出すことができるんじゃないだろうか。

「出かけるの？」サフィが尋ね、ひたいにたらした三つ編みのあいだからあたしを見上げる。彼女の編み目は細かく粒が揃っていて、その目は母さんの目のように濡れて黒々と輝いている。あたしは母さんと過ごした森の広場があるほうへ目を向け、うなずく。

「こんなに寒いのに」サフィがショールをさらに引き寄せて顔をしかめる。彼女はふだんとても穏やかで、いっしょに給仕をするときも、片づけや掃除をするときも、顔にはしわひとつ見当たらない。だからそんなふうに眉間にしわが寄っていると、なにか奇妙な感じがする。「今夜、泊めてもらえないかと思って」

抵抗の言葉が喉にぶくぶくとこみ上げる。小屋はただでさえ窮屈だし、ナンと子どもたちは眠っていても騒がしい。そして静かだけれどいちばんの問題は、夜に森で寝ているせいで寝床が汚れていることだ。母さんのにおいも消えてしまった。だけどそれはサフィには言わない。うつむいて足元の階段を見つめながら、温かい洗濯場と湯あみ、ぬるい布でサフィがこすってくれたときの感触を思うと、だめとは言えない。

「母さんが残るように言われて」サフィが言う。「屋敷に」

あたしはうしろを向いて小屋のドアを開ける。母さんと二人で使っていたマットレスと毛布のもとへサフィを案内する。ナンの子どもたちのひとりが眠ったまま声をあげ、言葉にならない言葉を口にする。あたしは急いで壁際まで体をずらし、サフィに背中を向けて、互いに触れないようにする。なるべく場所を空けてあげたい。サフィが隣に横になり、背中を向ける。あたしは起きていたはずがいつのまにか眠っていて、さっきよりも暗くなったなかで目を開けると、サフィがこっち側にずれて、きれいな背骨の線があたしの背骨に重なっている。温かい、確かな衝撃。あたしもサフィに身をすり寄せて目を閉じる。

サフィは次の晩にも現れ、週が終わるころにはあたしも彼女が来るのを期待して、森へ行く気は失せている。かわりに小屋の外のひび割れた階段に座って彼女を待っていると、森の広場に埋まったままのアザ母さんと母さんの槍みたいに硬い板がお尻にくいこんでくる。

母さんは武器を操り、あたしをなだめることも従わせることもできたけれど、サフィはひたすら優しい。毎朝いっしょに屋敷へ戻るたびに自分の母親につきまとい、髪をなで、せっついてものを食べさせ、余るほどの水をくんでくる。サフィといっしょに屋敷を掃除しながら部屋から部屋へ並んで歩き、戸口をすり抜け、互いの腕がぶつかるほど間近で過ごすうちに、彼女の毛のないほっそりした長い腕と、鳥の骨みたいに細い手首の感触にもすっかり慣れた。彼女といると心が慰められる。それでもすべての悲しみが消えるわけではない。

ほぼ毎晩のように母さんの夢を見る。ジョージアマンが母さんを奪い去っていく夢。母さんのすすり泣きと胸をさする音が聞こえて、あたしは屋敷から何キロも離れたところまで追っていくのだけれど、とうとうジョージアマンが銃を空に向けてばんばんと撃ち鳴らし、どうか身内を返してくれと請いすがる全員を追い散らす。

そういう夜には、長い仕事のあいだに積もり積もった悲しみが洪水となって押し寄せる。あたしは崩れた顔をサフィから隠し、声を殺してすすり泣く。固く固く身を丸めて泣く。ナンと子どもたちがたてる物音で悲しみをごまかそう、裸の木々が震えてはぜる音でかき消そうとするのだけれど、隠しきれない。サフィがあたしに腕をまわして手を握ってくるので、あたしは驚いて息を呑む。サフィがあたしを慰めようとしている。あたしに触れようとしている。あたしの手を引っ張っている。

「アニス」

あたしは首を振る。

「アニス」サフィはそう言って、さらに強く手を引っ張る。

恥ずかしさのあまり体がかっと熱くなる。凍りついて動けない。

「お願い」そうしてサフィの手のひらが頭のうしろを包みこむと、あたしはもう抑えきれない。サフィに寄りかかり、母さんが同じようにあたしを包んでくれたときのことを思い出して、すすり泣きながら彼女のほうに向き直る。

「隠れなくてもだいじょうぶ」ネズミがかさこそと走るぐらいの小さな声。「隠れてもあたしには見えるんだから」

サフィがあたしの心臓に手を当て、その手が炎となってあたしの胸のなかで燃え上がる。彼女の指はか細いけれど、クモの糸のように頑丈だ。

あたしは顔を近づけ、キスをする。彼女の手が胸骨を離れ、腕の外側をつたって肩を覆い、首のうしろを包みこむ。そうしてあたしを抱き寄せる。そばに、もっとそばに。

あたしは燃え上がる。

菜園の野菜につぼみがつき始め、木々が緑になり始めて、あたしは前ほど母さんの夢を見なくなる。

日々は一日から別の一日へといつのまにか過ぎていき、暗い寝床でサフィと向き合うときだけ時間が姿を現す。ある種の安堵があたしのなかを吹き抜ける。サフィと過ごす密《ひそ》やかな時間のおかげで自分のなかの深い悲しみが燃えつき、灰になって漂っていったと思えるから。女戦士のなかには互いに愛し合い、愛撫を交わす者たちもいた、と前に母さんが話していた。それを奇妙なタイミングで思い出す――両脚のあいだにサフィの脚がはさまっているときとか、彼女があたしの首に舌を這わせているときとか。そうして〈ああ、母さん〉と思ったが最後、次の瞬間には体の感覚が消えてなくなり、悲しみが洪水となって押し寄せる。そうなると、サフィとのキスのさなかであってもあたしはふたたび沈んでいく。そういう夜には、サフィは歯を使ってあたしを羞恥心から、彼女との喜びを恥じる気持ちから引きはがす。その後あたしは、互いに満ち足りて毛布のなかに横たわり、サフィが眠りに落ちるのを待って、ふたたび降りていく。頭にミツバチのことが思い浮かぶ。あたしのミツバチたちは、いまもあの朽ちた幹から羽音とともに舞い上がっていくのだろうか。腕にガーゼを巻いてそっと差し入れれば、怒らずに蜜を分けてくれるだろうか。母さんはどこにいるんだろう。この広い闇の世界のどこに。あたしはサフィにきちんと向き合っていないこと、彼女の優しさにきちんと応えていないことを自覚する。そこで水田の稲が伸びて茎が硬くなったころ、小屋の隙間から月明かりが漏れてくる晩に、サフィの手首をつかんで言う。

「来て」

白い月明かりのなかで、サフィはきれいだ。頬はプラムのようだし、唇はふっくらとして紫色のイチジクのよう。胸の内側で熱い花が開くのを感じてその手をぎゅっと握ると、母さんの手よりずいぶん小さい。花はしぼみ、あたしは肩をすぼめる。

「見せたいものがあるの」あたしは言う。

サフィの先に立ってあたしは浅い谷を通り抜け、母さんがきのこや葉っぱや草の根や薬草の見つけ方を教えてくれた低い丘に分け入って、あたしと母さんの広場に、あの木のもとにたどり着く。どうサフィの顔と引き締まった長い手脚に、あたしはご主人の屋敷からくすねてきたガーゼを巻いていき、ミツバチの針に刺されないように全身を覆う。オオカミの声が甲高く響いて、振り返ると、もうひとり白い布で覆われた女の蜃気楼が確かに見えたのに、実際にはあたしとサフィとミツバチしかいない。ミツバチは夜にはじっとして動かないと家庭教師は言っていたけれど、あたしのミツバチたちは生き生きとして、木の骨と骨のあいだに固定された琥珀色のピラミッドから出てきてぶんぶん舞っている。ミツバチは、あたしのミツバチたちは、目覚めている。月明かりに照らされた夜のなか、小指を絡めて立つサフィとあたしに、夏の生気にあふれたミツバチたちがあいさつする。あたしたちの肩に、頭に、手のひらにとまってキスをし、さっと触れては離れていく。サフィの指——二人をつなぐ生きた鎖の輪。うっとりするような甘い感覚に、あたしはいまにも泣きそうだ。この残酷な世界に、優しい気持ちであたしに触れてくれる者たちがいる。その一方で、広場の隅に埋まっている手彫りの槍のことが気にかかり、雷鳴がとどろく直前のようにその場の空気が張りつめているのもわかる。母さん。あたしはサフィのうしろにまわり、小柄な彼女の肩に腕をまわして、そのまま前後に並んで立つ。目をしばたたいて、母さんが恋しくなるのをぐっとこらえる。もう一度感じるという感覚を、愛するという感覚を味わう。

そんな感覚のリボンに身をまかせて日の出を越え、次の日を迎える。あたしは気分が浮いていたので、サフィといっしょに洗濯物をごしごし洗ってゆすいで干して、二人ではたきをかけて繕い物をして仕事に励んだあと、妹たちの勉強部屋のドアの外で立ち止まる。家庭教師の声は変わらない。教科書を読む妹たちの声も、相変わらずたどたどしくてつっかえがちだ。家庭教師はある男のこと、歩いて地獄へ降りていった大昔のイタリア人のことを話している。その男が旅する地獄は、この屋敷のようにいくつかの階に分かれている。「〝それでは降りていこう〟と詩人は言った。〝いざ、暗闇の世界へ〟」教師の言葉がこだまになってあたしのなかを駆け抜ける。ため息が聞こえる。夏の風が斜めに吹きつけ、屋敷の板がぎいとうめく。地獄へ降りていくイタリアの詩人のかわりに、地獄のような屋敷で苦役に苛《さいな》まれる母さんの姿が思い浮かぶ。木箱のぎっしり詰まった灼熱の屋根裏からいくつもの寝室が並ぶ二階へ降りてくると、母親をなくして泣きわめくご主人の子どもたちの声が鍵穴から漏れてきて、子守りを命じられた母さんがすがりつく子どもたちを胸から引きはがして一階へ降りると、こんどは燃え盛るかまどの前で腰を曲げて働くうちに体がみるみるひからびていき、続いて地下室へ降りていくと、ひんやりしたその場所にはジャガイモとタマネギのにおいがたちこめてネズミが出入りし、母さんが降りても降りても、地下室の下にはさらに深い地下室があって、さらなる地獄が口を開いている。「〝私が先を行く。おまえはぴったりついて来るがよい〟」教師が言う。「〝我は嘆きの街に至る道〟」ベルベットがそっとこすれるような声。

「苦しみに責め苛まれる街」あたしはささやき、その街にいる魂や精霊はどんな姿をしているんだろうと考える。前に、森の広場で訓練を終えたあとで、そういうことについて母さんに訊いたことがある。はるかかなたから降り注ぐ星明かりの下で汗が冷え、蚊に足を切り刻まれるなかで。

「どうだろうね」母さんは言った。「魂や精霊に会おうと思ったら、扉を開けて、洞窟をくぐり抜け、山を登り谷を下って行かなくちゃならないと言う人もいるけれど」母さんは木々をしならせている風を見上げた。「この世には精霊なんてうじゃうじゃいるよ」

「うじゃうじゃ？」あたしは訊き返した。

「そこらじゅうにね」母さんは歌うように鼻を鳴らしてぐるりと目を回し、眉を寄せて真顔になった。「あんたが呼べば、応えてくれるよ、アリーズ」

ご主人の部屋でサフィと落ち合い、はたきをかけて寝具を替えるあいだも、あたしはまだ地獄のこと、魂と精霊のことを考えている。あのときの感覚のリボン、あの高まった気分をもう一度味わいたい。ご主人は、日中はけっして屋敷にはいない。いつも外にいて、水田で腰を屈めて働くみんなを監督するか、隣人を訪ねるかしている。そういえば去年の夏から冬にかけてはあたしが垢と汚れにまみれていたせいで、ご主人も近づいてこなかった。それだけは悲しみのおかげとも言えるけれど、いまのあたしにはもっといろいろ欲しいものがある。

サフィが上掛けのしわを伸ばして体を起こしたところで、あたしはそばに近づき、彼女の肘の下に手のひらを添えて、うぶ毛の生えた首筋、ツルのように長く優雅な首に唇を当てる。サフィのほうも離れる気配はない。〈ここにいる、この魂〉あたしは考える。〈この暗闇の世界〉サフィがこちらに向き直り、あたしのひたいにキスをする。そうしてあたしが静かに喉を鳴らしていたそのとき、戸口でどんと音がしたので、サフィとあたしがふらふらと体を離していまも濡れた温かい唇でそちらを見ると、そこにはご主人がいて、ぽかんと開いた口からピンク色がのぞき、赤い髪が扇のように逆立っている。体のなかをパニックが駆け昇り、耳障《みみざわ》りな甲高い笑い声になってあたしの口から飛び出す。サフィは両手を組み合わせ、首をたれて足元に視線を落としている。あたしの笑い声がのこぎりのように尾を引いて消える。この地獄。

〈降りていこう〉頭のなかでそう思いながら、あたしはサフィのあとについて部屋を出る。

二日後の朝にジョージアマンの姿を目にし、あたしはキスの代償を知ることになる。そして同時に、生まれてこのかた自分がずっとこの縄に向かって歩いていたことを悟る。仕事に明け暮れる昼も、あっというまに終わる夜も。すり切れて黒ずんだ結び瘤《こぶ》だらけのこの縄に向かって歩いていたんだと。あたしに輪をかけて他の女たちといっしょに縛りつけているこの白人の男に向かって。夜明け前の薄暗い寒さのなかで、ある者は抵抗して体を引き、ある者は泣きわめく。あるいはまわりで泣き叫ぶ赤ん坊やうちひしがれる女たち、優しい目をした男たち、わなわなと震える子どもたちに向かって必死に手を伸ばす。ようするに、あたしの行き着く先はこれだった。死に先立つ死。売られる。ナンとクレオと母さんが話していた――というより、みんなが話していた。なぜならそれがどういうことかは、みんなが耳にしていたから。そういう話は農場から農場へ、作業所から作業所へ伝わった。〈尻なんか糞まみれだぜ〉と、うちの鍛冶屋といっしょに屑鉄を交換しに出かけた少年は言った。〈手枷《てかせ》に足枷〉と、家畜の取引に出かけた男は言った。〈すすけて、衰弱しきってさ〉と、使いに出されて稲作地帯のあちこちで蹄鉄を打ってきた蹄鉄工は言った。〈地獄だね〉と母さんは言った。〈くる日もくる日も、あたしらみたいなのがむこうを目指してぞろぞろ歩いていくよ〉

そういう話は聞いていたはずなのに、母さんが縛られるのを目の前で見て何キロも追いかけたはずなのに、いまこの瞬間まで、縛られるというのがどういうことかあたしはまるでわかっていなかった。あたしのそばでサフィがもがく。売られるあたしたちをつなごうと、別の白人が彼女の腕に縄を巻く。

「母さん」サフィが叫ぶ。「母さん！」

「だめ」あたしは言う。サフィが縛られ、縄がさらにきつくなる。サフィは縄をぐいぐい引っ張りながら、なおも母親を呼び続ける。頭を激しく前後に振る。

「お願い」あたしは請う。

結び目が皮膚をこする。サフィがあたしに寄りかかる。それでもあたしの目はご主人に釘づけだ。あいつもまっすぐにあたしを見ている。いまは口を閉じて、唇も固く引き結ばれている。両足を地面に、水田と鍛冶場と織工とともに父親から受け継いだ土地に、しっかりと食いこませて立っている。あたしは縄をぐいと引いて、歯をむき出す。あいつの頬に噛みついてやる。あいつの鼻を手のひらで叩きつぶして、顔の奥まで骨をめりこませてやる。あいつの首に両手を巻いて、力いっぱい締めて、締めつけて、魂を絞り出してやる。そうしたらあいつはジョージアマンに助けを求め、ジョージアマンはあたしたちをはるか南のニューオーリンズへ連れていくだろう。いちばん安上がりな古い道を通って、ぞっとするような汚いやり方で。男たちを鎖でつなぎ、女たちを縄でつないで、力尽きるまで追ってくる子どもたちには目もくれず、道端で倒れ息絶えてもかまわずに。この赤い大地で。泣き声にむせ返る果てしのない地獄で。

縄がぐいと引っ張られる。男たちはすでに足を引きずり、道を歩き始めている。鎖のせいで歩みがぎこちない。あたしたちの列が動きだし、何人かがびくっとして声をあげる。あたしは思いきり地面を蹴りつけて、もしも、もしもチャンスがあったなら、あいつをこんなふうに蹴ってやるんだと思いながら、あたしに泥みたいな中間色の肌を授けたその男から視線を引きはがす。あいつの土地に、恨みをこめて唾を吐く。あたしとサフィが盗まれた人生を少しばかり盗み返したからといって、あたしたちを売り飛ばしたあの男。あたしの母さんを凌辱して売り飛ばしたあの男。

近づいてくる夜明けに向かって足を引きずりのろのろと列が進むうちに、やがてなだらかな丘陵地に日差しがあふれる。あたしたちはそのなかへ歩いていく。一匹の長いヘビと化して、木立のあいだをがさがさと進んでいく。最初の一、二キロほどは、あちこちで咳やしゃっくりや泣き声があがっている。馬に乗った白人の男が八人で脇を固め、あたしたちを誘導する。さらに二人が荷馬車に乗ってうしろからついてくる。銃をホルスターから抜いた状態で。あたしたちを先へ進めるための脅しとして。縛られていない男たち、女たち、子どもたちがついてくる。どうか身内の縄を解いてやってくれと、必死に頼み、請いすがる。前にあたしたちがそうしたように。白人たちは目もくれない。午前の四分の一を歩いた時点で、早くも手首がすりむける。サフィがよろめく。

「歩いて、サフィ。お願いだから歩いて」

「アニス」そう言ったきり、サフィは何も言わない。とはいえ、震える肩を見れば言葉にされるまでもない。〈こうなったのはあんたのせい〉彼女の肩はそう言っている。〈あんたのせい〉

縄が食いこむ。

あたしは黙りこみ、サフィはよろめいたひょうしに前を歩く女にぶつかって、ぶつかられたほうの女がきゃっと声をあげる。胃の底に罪悪感が沈んでいく。

あのときあたしは悲しみのただなかで飢えていた。

あたしのせいだ。

「サフィ」本当はもっと別なふうに呼びたい。彼女があたしを見つけ出して温めてくれてからというもの、彼女にささやいてきたあらゆる別の呼び名で。〈愛しい人《スイート》〉と。〈あたしの甘い恋人《ハニー・スイート》〉と。二人でミツバチと過ごした初めての夜の終わりに、彼女はあたしと並んで木の根元に横たわった。ガーゼを巻いたまま土の上で抱き合っていたら、彼女は黒い腕をやや白いあたしの腕に絡めて、あたしの背中に頬をのせた。あたしたちは、愛に飢え傷にまみれた闇のなかの子どもだった。

何キロか歩いたところでジョージアマンが空に向けて銃を撃ち、追ってきた者たちを追い散らす。銃声が響いてサフィが大きくバランスを崩し、膝をつく。列の前方からジョージアマンがどなって馬の鞭をふるう。両手さえ空いていれば、サフィを抱き起こして力のかぎり運ぶのに。

「サフィ」あたしは彼女の服のうしろをつかんで持ち上げる。骨が曲がって折れそうだ。「歩かないと、ほら」

あたしは彼女を立ち上がらせる。

「いやだ」とサフィは言うものの、二人して縄に引っ張られ、転びそうになりながらも前に進む。女たちが全員よろよろと小走りになる。

「歩いて、サフィ、でないとあいつらに無理やり歩かされる」本当は言いたい。サフィ、あんたはあたしを救ってくれた。悲しみに打ちひしがれていたあたしをきれいにして救い出し、温かいまなざしで包んでくれた。愛している、と彼女に言いたい。けれども縄は片時も容赦しない。

「ハイヨー」ジョージアマンがどなる。「ハイヨー！」と言って、つながれた男と女、そして馬を急《せ》き立てる。

「お願いだから」あたしはあえぎ、その後はもう息を吸って吐くことしかできない。悲しみに打ち砕かれて筋肉は使い物にならず、みんなについていくのがやっとだ。あたしは走る。

　小走りで進むうちに夜になる。夕闇の訪れは、巨大な鳥がゆっくりと舞い降りてくるかのようだ。空を滑ってきて青くなった梢《こずえ》にとまり、やがて地面まで降りてくると、地上のすべてが黒くなる。列になって歩く男のひとりが地面に足を踏ん張ったきり先へ進もうとしなくなり、それを目にしたジョージアマンと手下が襲いかかる。男の足を蹴って転ばせるなり、延々と殴り続けて、そのうち男は息を吐くたびに血とよだれをたらすようになる。地面が錆色《さびいろ》の泥になる。

「どっちにしてもおまえらは行くんだよ」ジョージアマンが暮れゆく空に向かって、全員に向かって言い放つ。「自分の足でな。足がおまえらの船ってわけだ」

　ようやく止まって野営をするときにも、縄が解かれることはない。馬に乗った白人たちは広場の四か所に火を熾《おこ》し、まわりにあたしたちを座らせて、自分たちは荷馬車に積んだ食料を食べる。あたしたちには屑のような硬い部分があてがわれ、噛めるだけ噛んで、あとは回し飲み用に渡された金属バケツの水で呑み下すしかない。ジョージアマンが馬に向かってにこにこしながら、一日じゅう鞍でこすれていた背中と脇腹にブラシをかけてやる。馬がひんひんと鼻を鳴らして草を噛む。いまここに母さんの槍があったなら。そうしたら馬に膝蹴りをくらわせて、ジョージアマンの口に一撃を見舞って、あいつらの歯を粉々に吹き飛ばしてやるのに。

「寝たの、サフィ？」あたしは尋ねる。

　サフィの体から長い笛の音のような泣き声が漏れ、あたしは彼女の背中を針の長さほどに小さくさする。どんぐりみたいな背骨の節をひとつだけぐるぐると、サフィの声がやむまで。しゃくりあげながらもサフィがなんとか息をつけるようになるまで。そうしてつかのま小屋に戻ったふりをして、サフィがあたしの頭をなで、あたしはサフィの首に顔をうずめて、互いに物語を語り合えるようになるまで。

「何か話して」あたしは促す。

サフィが小さく喉を鳴らす。

あたしは縄を引っ張って、サフィの背中のなかほどに指の節を当てる。

「機織《はたお》りの話を聞かせてよ。サフィのおばあさんのこと」

サフィは首を振る。あたしは彼女の声が聞きたい。

「お願い」

「おばあさんがシャトルを押すと」サフィがささやく。

「うん」

「川の流れるような音がするのよ。しゅーっ、と。母親に織り方を教わって、それをあたしの母さんにも教えたの」

暗がりのなか、縄の先のほうから女たちのつぶやく声が聞こえてくる。痛みのせいでみんながぶつぶつしゃべっている。あたしは膝を抱き寄せ、歩きすぎてじんじんと疼《うず》く足を、ぱんぱんに張った腿の裏を、腫れた膝の関節を、なんとか楽にしようと試みる。サフィが仰向けに寝転がり、空に向かって続きを話す。彼女が見ているものをあたしも見ようと見上げても、大きな闇が見つめ返してくるだけだ。

「無心で織れるようになるまでには何年もかかった、と母さんが言ってた」

あたしは喉を鳴らし、サフィの皮膚の下の節のまわりを指の関節でぐるぐるとなぞる。

「でもあんたの父親に屋敷で使われることになって、機織りはやめさせられたのよ。ほかの仕事が優先だと言って」サフィが黙る。「足が痛い」彼女がささやく。

「ああ、サフィ」とあたしは言う。本当は〈ごめんね、サフィ〉と言いたい。〈こんなことになって〉と。でも実際に口から出てくるのは、母さんによく言われた言葉だ。「息を吸って、吐いて」

手彫りの槍を握り締めて何度も振り上げるうちに腕が震えて、これ以上はとても無理とあたしが泣き言を言うたびに、母さんに言われた言葉。きっと母さんも、あたしたちと同じこの道をたどったに違いない。この同じ黒い空を母さんも見上げただろうか。この暗い道で、あたしに言ったのと同じことを自分に言い聞かせただろうか。一年前に、この場所で。〈吸って、吐いて〉と母さんは言った。

サフィの動きが止まって、眠りに落ちる。焚き火の煙のせいで喉がひりつく。煙のむこうに目を凝らしてまばたきをすると、影のなかに、白い何かをまとった女が見える。ジョージアマンたちの焚き火の明かりを浴びて、肌が黒々と輝いている。農場から誰かがここまでついてきたんだろうか、もしかして闇のなかにいるのはサフィの母さんで、あたしたちをここまで追ってきたんだろうか、と思ったけれど、目をつぶってふたたび開くと、女の姿は見当たらない。風が吹いて、梢のあいだを川のように流れていく。


あたしたちは夜のうちに起き上がる。コーヒーとトウモロコシパンのかすかな香りが胃を直撃してぐいと引っ張る。ジョージアマンらに縄を引かれて何人かずつ用を足しに行ったのち、カップが回されて順番に水を飲むものの、朝食にはごくわずかな食べ物もない。炭火で焼いた温かいジャガイモもなければ、馬のおこぼれのゆでたトウモロコシすらない。水、ただそれだけが胃のなかでぴちゃぴちゃ跳ねるのを感じながら、あたしたちは森のなかを歩き、馬にまたがり暗がりのなかを進む男たちの黒い塊《かたまり》、しだいに明けゆく空の下に広がる闇のなかのさらに濃い闇のあとについていく。サフィに目を向けても、背中のドアは固く閉じられたまま、取りつく島もない。朝霧がしだいに散って晴れてくる。今朝は誰かがぶつぶつ言う声も、わめいたり請いすがったりする声も聞こえない。昨日の歩きですっかりひからびてしまったうえに、目の前には今日の行程が伸びているからだ。ゆうべの女がまた見えないかと目を凝らしても、どこまでも森が続いているだけで、右も左もふさがれ、そこが道であることも、轍《わだち》の跡がかろうじて物語っているにすぎない。ひとりの男、灰色の髪をわずかに残しただけの年配の男がよろけて転ぶ。男たちの列の半分がよろめき、残りの半分がバランスを崩して地面にしゃがむ。

「さっさと立て」ジョージアマンが言う。

転んだ男はいちばん最後に起き上がるものの、ひとたび立つと、背中は若木のようにぴんと伸びている。男はたっぷり一秒ほどジョージアマンをまっすぐに見据え、それから足元に視線を落とす。ジョージアマンが馬に拍車をかけ、全員に向かって「さあ歩け」とどなる。あたしは道に目を凝らし、轍や木の根を踏まないように気をつける。ジョージアマンの目に留まりたくないし、注意も引きたくない。あたしにもできるだろうか。さっきの男がやったみたいに、ジョージアマンの顔をまっすぐ見ることができるだろうか。あの視線ははっきりと何かを語っていた。地面では木々の根が湖面のように波打っている。歩くことがだんだん無意識の作業になってくる。火を熾すときに火口《ほくち》を置いて火床をこする、あの感覚。あるいは畑にいる人たちに水を運ぶときのような。

あたしたちは歩く。ひたすら歩いて、もはや地面と地面から突き出た呼吸根と足元のやせた草しか目に入らない。日が昇ってどんどん暑くなり、まばゆく燃えて真昼の光が広がるにつれ、あたしの世界はさらに縮む。骨がすりこぎと化して関節の皿をぐりぐりとすりつぶし、縄にこすれて手首が真っ赤になる。太陽が空高く昇ったころ、おそらく昼も食事はなしだと気がつく。前を歩くサフィがすすり鳴くような声を漏らし、彼女の脚を液体がつたうのを見て、あたしは悟る。おそらく用を足すための休憩もなく、その点においてもあたしたちは家畜と同じ、馬のように歩きながら糞をたれ流せというわけだ。燃え盛る太陽の下、あたしがサフィの肩に触れても、悲しみの外套をまとった彼女は指の感触に気づかない。あるいは気づかないふりをしている。それにしても、あたしたちはなんと歩いていることか。あたしも、母さんも、アザ母さんも。母さんはあたしから引き離されて、売られるために南へ歩いた。アザ母さんは海辺の城塞まで歩かされ、船に乗せられて、海の果てにも等しいこの地に連れてこられた。その前には父親といっしょに都まで歩き、宮殿の中庭で王様の足元にひれ伏した。火口のように細い体で。

顔を上げると夕暮れが迫りつつある。あたしたちはのろのろと足を引きずり、体をうしろに倒して鎖や縄に引っ張られるようにして歩く。頭のなかで家庭教師の声が響く。〈降りていこう〉ジョージアマンが馬に声をかけ、停止する。サフィが崩れるようにその場にしゃがむ。あたしもそばに寄ってへたりこむ。口のなかで舌がふくれあがっているような感じがする。サフィが前に屈んであたしを避ける。あたしの慰めを拒絶する。サフィはあたしを世話してくれたのに、あたしは何もしてやれない。体をきれいにふいて、温めて、気持ちをほぐしてやれない。

「ごめんね」あたしは言う。

カップの水を飲む順番がまわってくるころには、もはや自分のなかに人間らしい何かが残っているとも思えない――ただのほつれた縄の切れ端。与えられた硬い食べ物をもぐもぐと噛む。横になっても眠れない。サフィの細い背中をひたすら見つめて、体がぴくっ、ぴくっと動くのを眺めるだけ。てっきり泣いているんだろうと思って、慰めようとにじり寄ったら、そうではなくて、サフィは結び目をほどく気だ。手首を縄にこすりながら前後に動かしている。より縄に血が染みこんで、どす黒い赤に染まっている。

「サフィ」あたしが呼んでも口をきこうとしない。その晩も、次の晩も。かわりに寝返りを打ってあたしのほうに向き直り、一回、二回、とあたしの頬に触れる。抑えきれずに彼女の腫れた指に寄りかかると、ぴしっとひび割れるような冷たい感触が顔に広がる。サフィはふたたびむこうを向いて、縄を引っ張る作業に戻る。これまでまわりに与えてきたすべての優しさを、縄を解くことに、逃げることに注ぎこむ。

「サフィ、何か話でもしようか？」あたしはアザ母さんのことを話したい。アザ母さんもまた、親をなくした悲しみのなかで愛を見つけたことを。

「いい」サフィがささやく。馬がハエを払うみたいに筋肉がぴくっと動いて小さく手を引っ張るようすから、何をしているかは察しがつく。

「あいつらに見つかるよ、サフィ」

動きが止まり、サフィが振り返る。あたしだって縄を引っ張りたい。両手をちょん切ってしまいたい。ぐいと引いたらするりと抜けるまで、手首をずたずたに削ってしまいたい。サフィのそばににじり寄って唇を重ね、最後にもう一度だけ彼女の息を吸いこみたい。なぜならあたしにはわかるから。サフィの母さん、スイカみたいな丸い頭に黒い目をした彼女の母さんが、うつろな目をして首をかしげ、屋敷の厨房にひとりぽつんと立つ姿がサフィの胸に錨《いかり》を下ろし、彼女をどこまでも引っ張っていくのがわかるから。

「だって母さんはひとりぼっちなのよ、アニス」

〈あたしだってひとりぼっちだ〉と言いたいけれど、気持ちはすぐにうしろめたさに沈んでいく。風が巻き起こって、一回、二回、強く吹きつけて去っていく。

「愛しいサフィ」そう言いながら、あのとき彼女に身をゆだねて喜びに沈んでいきたいと願ったことを謝っているのか、赦《ゆる》しを求めているのか、自分でもよくわからない。まわりの木々がブラシの毛になり、革のように真っ黒な空をせっせと磨く。うとうとしながらも頭はつねにかゆいし、かさぶたがむけて手首はひりひりするし、骨がすりつぶされて節々は疼くし、服がこすれるせいで腕と腰の皮は赤く腫れている。歩き始めてかれこれ五日。眠るあいだも安らぎはない。

翌日、あたしはさながら地面を引きずられる鋤《すき》だ。歩いたかと思えば引っかかって、木の根をよける。木漏れ日を受けてサフィの首がきらりと光る――割ったばかりの薪が炎を得る瞬間。その首筋に舌を這わせると、なんともやわらかくしょっぱい味がした。あたしは思い出して恥じ入り、視線をそらす。あのイタリア人も、地獄へ降りていくときにはこういう心持ちだったんだろうか。かつて地上の世界で味わったあらゆる喜びと安らぎに気を取られていたんだろうか。どうしてあたしは、痛みのほかにはサフィの唇と母さんの手のことしか考えられないんだろう。

野営の場所に落ち着いたあとで、あたしはサフィのあばらをつなぐ華奢《きゃしゃ》な胸骨に手を伸ばす。そのせいで縄が引っ張られて、「歩くあいだにあれだけ引っ張られて、まだ足りないのかい？」とうしろの女に言われても気にしない。けっきょく指はサフィの服をかすめるにすぎない。あたしたちが並んで座るむこう側にモスリン生地のような薄い霧がたちこめ、焚き火に照らされて女の形がくっきりと浮かびあがる。〈誰？〉と思って目を凝らすと、もういない。かわりに、目の前にジョージアマンが立っている。背後のすべてがかすんで見える。狙いはサフィだ。

「おい、娘」そいつが言う。

サフィとあたしはいっしょに起き上がる。

「おまえだ」

「あたし、ですか？」サフィがささやく。

炎が弾ける。あたりには煙のにおい、ジョージアマンらの食べた夕食のにおいが漂っている。見張りの男が屈んでサフィの縄をほどく。

「静かにしろ」

男がサフィの手首をつかんで縄から引き離す。母さんの槍があればそいつの膝裏に叩きつけて、足首をざっくり切り裂いてやれるのに。

サフィがよろめいて、彼女をつかむジョージアマンから体をそらす。風が吹いて木立がざわめく。すると何かがささやく。〈かわいいアニス〉。サフィとジョージアマンが、男たちと焚き火のそばを離れて闇のなかに姿を消す。あたしは体を丸めて首を胸に、膝をお腹に押しつける。せめてもの救いは、ジョージアマンがサフィをみんなで分け合うわけではないこと。それでもサフィの声が聞こえてくる。暗がりのなかで泣き叫んでいる。耳はふさがない。サフィが耐えなければならないなら、せめてあたしも証人となって聞き届ける。


ジョージアマンがサフィを縄につないで去ったあとで、あたしは彼女の腕をつかむ。サフィは小さな声で泣いている。あいつに体のなかも外もすっかり痛めつけられたから。夜が揺らめく。せめてもう少し見えたなら、サフィの皮膚のすりむけていないところ、どこか傷のない部分に触れることができるのに。サフィが首を振って、頭のてっぺんをあたしの胸に押し当てる。闇のなかで、彼女の呼吸は濡れた音がする。

「ごめんね」あたしは言う。指がやけどしそうに熱い。まるであたし自身が彼女を焚き火の奥の暗がりへ引きずっていったような気がしてならない。あたし自身が彼女の生皮をはいだ気がしてならない。

「ごめんね」とあたしは言い、本当にそう思い、心の底からそう思って、あえぎながら彼女の髪に向かって謝り、組み合わさった細い指にキスをして、その時点でも申しわけなさでいっぱいなのだけれど、はたと止まって言葉を失う。ジョージアマンはとんでもないミスを犯していた。寝袋のもとへ、ぱちぱちと弾ける炎のもとへ戻ろうと気が急くあまり、縛り方が甘くなったのだろう。サフィの細い手首、小枝のような細い指が、縄をすり抜けている。サフィがあたしを見つめ、互いにぎょっとして凍りつき、続いて彼女の顔を笑みが電光のように駆け抜けると、闇のなかに浮かび上がったその大きな笑みと白い歯があまりに喜びに満ちあふれて、あたしが初めて槍で母さんの肋骨を突いたとき、ひゅんひゅんと唸る母さんの防御を初めて打ち破ったときに母さんが見せた笑みにそっくりで、あたしのなかを愛情が炎となって駆け抜ける。あたしがびくっとして体を離し、目をしばたたくと、サフィはすでに縄から自由になり、褐色のきれいな姿が闇のなかで月明かりに縁取られて、まるであの森の広場で体にガーゼを巻いて夜の毛布に包まれ、二人でいっしょにあたしのミツバチを浴びたあの晩の彼女のようだ。

「サフィ」あたしはささやく。

サフィはあたしの口を片手で覆うと、縄で縛られたあたしの手を自分の顔に当てて首を振る。あたしにはその意味がわかる。そう、わかる。あたしの縄は手首に深くくいこんでいる。サフィの顔は濡れている。あたしを縛りつけている結び目をぐいと引いて、なんとか隙間に指をねじこもうとする。闇のなかでジョージアマンの馬が首を振り、サフィが動きを止めてその場にしゃがむ。手には赤い線がいく筋も刻まれ、血が流れている。それでも彼女は自由だ。自由。

「行って」あたしはささやく。「行って」

「だめ」サフィが言う。「いっしょに来て」

サフィがあたしの手のひらに顔をうずめる。あたしの心の奥に悲しみが沈んでいく。水に浸したシーツのように、服を煮沸する大鍋のように重い悲しみ。でもそこには愛がある。あたしの体のなかではサフィへの愛がドラムのように鳴り響いている。母さんを失ったあたしに初めて優しく触れてくれたサフィ。あたしのミツバチたちのキスを繊細なレースのようにまとってくれたサフィ。あたしの顔をのぞきこみ、いつどんなときも悲しみのカーテンを押し開いてくれたサフィ。

「行って」

サフィがあたしの手のひらにキスをする。けれども皮膚が厚すぎて唇の感触がほとんどわからないうちに、サフィはしゃがんだまま闇のなかへ、焚き火のもとを離れ、あのジョージアマンのもとを離れて、いまもあいつのにおいがこびりついた体で、森のなかへ去っていく。森がささやいて彼女を呑みこむその音が、ご主人やほかのみんながあたしを呼ぶときの名前に聞こえる。〈アニス、アニス、アニス〉。

あたしは土の上で横向きに転がり、そのままじっと横たわる。サフィを求めて、走っていく彼女の静かな物音を求めて耳を澄ませても、聞こえてくるのはささやく木々のこだまだけ。風が背中で渦を巻き、濡れた顔の前をひゅうと通り過ぎても、感じるのはサフィがいなくなったことだけ。手のひらをなめると、血の味とサフィの涙のしょっぱい味がする。目を閉じると、女の声が聞こえてくる。木々がざわめくむこうから、くぐもった声で呼んでいる。最初はサフィかと思った。もう一度縄をほどいてみるために、あたしを自由にするために。けれども暗がりからサフィが忍び出てくる気配はなく、もしかして母さんでは、前に本人が言っていたように、本当にあたしのもとへ来てくれたのでは、という気がしてくる。あたしが母さんの魂を呼んだから、いまも呼んでいるから、息をするたび、よろめくたび、誰かをにらむたび、まばたきをするたびに、母さんが連れ去られてからずっとその名を呼び続けているから。〈母さん〉と。けれどもどこからともなく聞こえてくるささやき、そこらじゅうの闇から聞こえてくるささやきは、母さんの声ではない。サフィのやわらかな声でもない。窓の継ぎ目から入りこんでくるような、床の隙間から吹き上げてくるような、ただのたちの悪い風。野に芽吹いた緑の若木をなぎ倒し、人を馬からはたき落とすたぐいの風。甲高く吠えたかと思えば、ぐつぐつと煮えるように低く唸る。

心臓が激しく打ち震える。恐怖のせい。そして希望のせい。心の一部では、べつに誰の声でもかまわないと思う。女の声はどうやらあたしにしか聞こえていない。誰も起き上がって森のなかをのぞこうとはしないいし、「誰なの？」と尋ねもしない。ジョージアマンたちはいびきをかいたり鼻をふんと鳴らしたりしているし、鎖につながれた男たちと縄につながれた女たちは昼に痛めつけられた分、夜にはじっと伏せている。女の声があたしを本当の名前で呼ぶ。母さんがつけてくれた名前、それをあたしの父親が叩きつぶしてアニスにしてしまう前の名前で、〈アリーズ〉と。

アリーズ――〝ちょうどいいときにやってきた子ども〟

第3章　一連の喪失

朝霧の向こうからミルク色の光が染みてくるころ、ジョージアマンたちはようやくサフィがいなくなったことに気がつく。口汚く罵《ののし》っては、縄につながれた女たちに思いきり馬の鞭を振るうので、あたしたちは身を寄せ合って首をすくめ、肩をいからせる。鞭が当たると刺されたようにずきずきする。細長い火で焼かれるような感覚。あたしたちは痛みにあえぎ、列は絡まり合って結び目になる。

「どうやって？」ジョージアマンが憎々しげに息を吐く。「いったいどうやって？」

あたしたちが右往左往していると、ジョージアマンはようやく疲れて手を休め、あたしの前に新しい女をつないで、その間に手下たちがもつれた列をもとに戻す。あたしの前に来た新しい女は鼻が歪んでいる。折れて、つぶれて、鉤《かぎ》のように曲がっている。ふだんから殴られている人間にありがちな感じで、おどおどしている。

「どうやって？」女が言う。「いったいどうやって？」

女が振り返ると、ほかのみんなと同様、一週間歩きづめで頬とひたいのまわりで髪が絡まり合っている。体を洗うことも油を塗ることもかなわず、しわの部分がうろこ状になって炎症を起こし、ひび割れている。血が出ている。延々と歩き続けて、あたしたちはいったいどこまですり切れ、一枚また一枚とむけていくことか。馬上の高い位置から手下を罵り、鬱蒼《うっそう》と茂る周囲の森を指差して捜索を命じるジョージアマンの声は、サフィにも聞こえているだろうか。目の前の女の問いに対し、あたしは無視をきめこむ。ほかのみんなに対しては、何も知らないことになっているから。

「ぐずぐずしている時間はない。アラバマで合流だ」ジョージアマンが吐き捨てる。昨夜の見張り役だった二人が怒った顔で、べったりとした細長い髪をなびかせながら、静まり返った朝のなかに去っていく。ジョージアマンが男たちの鎖を点検し、あたしたちの縄を点検して、手首の結び目を固く締める。手脚がむくみ始めている。腕も、手先も、足先も、何日も歩きづめで鬱血して熱を持ち、硬くなっている。むくみを和《やわ》らげるための処方は母さんに教わったけれど、どれも手に入らない。アキノキリンソウも、アカガシワも。縄が引っ張られて、列がぞろぞろと動きだす。じきに足が裂けるだろう。

　前を歩く女の質問に答えるとすれば、いったいどう答えればいいのだろう。〈ジョージアマンがしくじった〉と言うこともできるだろう。縄がゆるんでいたのはそのせいだ。だけどあいつがサフィを縄に連れ戻したときにサフィの手首が傷ついて血を流していたのは、あいつのせいじゃない。〈運がよかった〉とも言えるだろう。おかげで夜の闇にまぎれることができた。とはいえ、野生のなかでたったひとり、自由とは言っても何もないような自由を目指して逃げるサフィにとって、それは本当に運がよかったのかどうか。〈戦う心〉とも言える。そう、サフィがどうやって縄から逃れたかに対する答えとしては、それがいちばん近い気がする。〈あたしの甘い恋人《ハニースイート》〉あたしのもとを離れ、サフィを闇のなかへと駆りたてたのは、彼女自身の戦う心だった。あたしはよろめいて、はっと体を起こす。脚をナイフで刺されたような痛みが走る。あたしのせいでみんなをばたばたと転ばせるわけにはいかない。今朝はとくに、ジョージアマンはあたしたちを殴って立たせようとするだろう。あたしたちは歩く牛、歩くヤギだ。すっかり家畜の群れにされてしまったあたしたち。でもそうじゃない。あたしたちはそうじゃない。

アザ母さんが年長の女戦士から最初に受けた訓練は〈走る〉ことだった。視線を落として前の女、サフィのかわりにそこへ来た女が足を引きずって歩くさまを眺めながら、あたしはその言葉を繰り返す。彼女が足を上げるたびに、赤い色がちらりとのぞく。試しにつま先で歩いてみたら、足裏全体を使うよりもさらに痛い。それで、脚のほうはもっと速く歩きたがるのに、けっきょく上下に動かすだけになる。アザ母さんもこういうことをしたんだろうか。あたしはなんとか痛みを忘れたくて、一歩ごとに肉ではなく、足でもなく、骨が地面を突き刺すようなこの感覚をまぎらわせたくて、母さんに聞いたアザ母さんと仲間の戦士たちの話を思い出す。

「アザ母さんを見た最年長の女戦士は、この娘はひ弱そうだと思って、列のうしろに並ばせたそうよ。それから長さも重さも剣と同じぐらいの棒をアザ母さんの背中にくくりつけて、走れと命じたの。アザ母さんと仲間の戦士たちは走って走って、そのうち血が出て、それでもなお走り続けた」母さんは言った。「地面に足跡を残しながら、ひたすらそれだけを繰り返す。何か月もずっと。そのうち傷は癒えて、肉も厚くなって、足は丈夫になるんだけど、田舎道《いなかみち》を延々と走るうちに脇腹が破裂するんじゃないかと思った、と話していたよ。空気が喉を切り裂いて入ってくる感じがした、と。ところがずっと感じていたそういう痛みが、ある朝目覚めてふと気づくと、少し軽くなっていると言うのよ。それがさらに軽くなって、しまいには痛みはほとんどなくなり、蚊の針みたいに締め出せるようになったと。

「女だけなんだから、きっと家族みたいなもんだろう、ほかの妻は姉妹や母親みたいなもんだろう、アザ母さんはそう思っていた。やがて象の群れに出会うまではね。象を間近で見るなんて生まれて初めてだから、アザ母さんはとにかくじっと眺めていたそうよ。母親が子象に鼻を巻きつけるところ、互いのしっぽと鼻をつないでこの世を渡り歩いていくところ、食べてまどろんで遊ぶところ。家族の中心は雌で、自分の母親がそうだったように、どんなときも雌が中心にいるんだって。でも実際には、アザ母さんと仲間がそこへ送られたのは、雄《おす》の象、牙のあるほうを仕留めるためだった。象狩りを通じて戦いを学ぶために。象を殺せるようになれば、人間も殺せるだろうというのでね。だけどアザ母さんは誰のことも殺したくなかった。それで野営のときに、そばにいた娘に訊いてみたの。あんたは象を殺したいか、ちょっと怖くないか、と。そうしたら牙みたいに大きな白い歯をしたその娘は、首をすくめてささやくように答えたそうよ。これは王の妻として名誉なことなんだ、と。それから顔を上げて隊長のほうを向くので、アザ母さんも顔を上げたら、隊長が二人を見ていたんだって。剣を握って。それを見てアザ母さんは悟ったのよ。自分がほうりこまれたのは家族なんかじゃない、軍隊だ。ここでは自分はただのひとつの肉体にすぎないんだ、と」

日の高くなったなかを歩いていると、前の女が足を取られる。息をするたびにひゅうひゅうと音がする。彼女が膝をついたので、あたしたちは立ち止まる。転んだ女の前の女、頭にスカーフを巻いた女が彼女を引っ張って立ち上がらせると、哀れな女はまたしても倒れる。回虫持ちなのか、その目は黄色っぽく乾いている。まばたきを自分でも止められないとみえ、ジョージアマンが馬に乗って近づいてくるのを見てたくましいほうの女が手を離し、またもや地面にへたりこんでからも、ずっと目をぱちぱちさせている。

「立って」大柄な女がささやいても、膝をついた女には聞こえていない。

「行こうか、お嬢ちゃん」ジョージアマンが言う。

そいつが乗馬用の鞭を振るう。あたしは母さんに祈る。〈母さんお願い、彼女を起き上がらせて。立たせてやって〉そうしてしゃがんだ女と自分のあいだで縄がぴんと張るまであとずさる。みんなのなかに溶けこむために。ろうそくが溶けて受け皿に溜まるみたいに。ジョージアマンには目をつけられたくない。サフィのように、膝をついている女のように。

女は膝をついたまま震えている。大柄な女がうしろに下がって自分の縄をぴんと張る。弱った女は身動きができない。まるで縄に引っかかった芋虫だ。女がうめく。

「おれがどうやってこの馬を歩かせているか、知ってるよな、お嬢ちゃん。拍車をぎゅっと押しつけるんだ。痛みを与えればどんなやつでも動くからな」ジョージアマンがまたしても鞭を振るう。「立て」

あたしは体重をうしろにかけて縄を引っ張る。母さんに教わったように、体重を利用してあとずさる。大柄な女があたしに目を向け、縄が張りつめるさまに気がついて、自分もゆっくり、ごくゆっくり、体をうしろに倒す。へたりこんでいる女の体がわずかに持ち上がる。ジョージアマンが鞭で馬の脇腹をさするほうに目を向けると、馬体のうしろ四分の一に細長い線が無数についている。ジョージアマンが馬を走らせるために切りつけてできた古い傷跡。馬が踊るような動きを見せ、息が荒くなって、パニックの様相をおびる。あたしはさらに強く縄を引く。大柄な女もぐっと力をこめる。その衝撃で、膝をついた女が一瞬だけ正気に返る。それで充分。

「はい」女がごくりと唾を呑み、「だんな様」と続く言葉を吐き出す。女がゆっくりと立ち上がり、膝に力がこもる、と思ったら、がくりと折れる。体が宙で上下に揺れる。あたしの両手に縄がくいこむ。それでも女は立っている。

「行くぞ」ジョージアマンが言う。あたしたちはほどけていく。衰弱した女はあたしたちがぴんと張った縄に寄りかかりながらも立ち続けて、よろよろと歩きだす。木立のあいだで何かが白く光る。またあの女の幽霊だ。一瞬だけれどくっきり、はっきりと見えたので、サフィでないことだけは間違いない。サフィよりずいぶん背が高いし、やせている。幽霊の服が大きくふくらむ。霧のような夜会用のドレスをまとっていて、あたしの足がずきんと痛むたびに、その服が血を流して黒く染まっていく。

あたしはすがる思いで目を凝らす。もしかして母さんでは、一年前にサフィのように縄から逃れたのでは、とむなしい望みを抱く。森をさまよいながら、南へ向かうあたしを待っていたのでは。自分でも抑えられない。もっとちゃんと見ようと思って振り返ると、女はもういない。希望が煙となって流れていく。空が雨を吐き散らす。濡れた手首が焼けて疼く。

雨は二週間降り続く。しとしと降ったかと思えば、次の日には前が見えないほどのどしゃ降りで、その次の日には咳きこむように風が吹き、雨が斜めに叩きつけて、その次は濃い霧であたしたちはあいかわらず濡れそぼち、その後またどしゃ降りが戻ってきて、天気はふたたび同じ周期で繰り返す。あたしたちは泥のズボンをまとい、歩みはさらに鈍くなる。小降りの日には、隊列のまわりに蚊の雲が押し寄せて渦を巻く。あたしたちは掻《か》くこともままならない。現れては消える不思議な女の気配もなく、胃の底に溜まった飢えと、腫れあがった手脚と頭とお腹と足先のあいだで競い合う鋭い痛みから、気をまぎらわせてくれるものは何もない。そこであたしは、自分にできることに専念する――ひたすら思い出す。

母さんがアザ母さんから聞いた話によると、女戦士たちはとほうもない距離を走るので、最後のほうになると若い戦士はばたばた倒れていったという。年長の戦士はそれを槍の尻でついたり叩いたりして折檻した。

「立て。寝転がっていいのは死んだ者だけだ」

アザ母さんいわく、果てしなく走り続けた先は象の道に通じていて、巨大な生き物に踏みつぶされて草が平らになっていた。王の妻たちは離れた場所から何時間もかけて象をじっくり観察した。老いた象、弱った象、病気の象、若い象。象たちは遊び好きだが、気性が荒い。彼らは子どもの象に食べさせ、体をなでてやる。老いた象の面倒をみる。それぞれの見分けがつくようになると、アザ母さんはついつい象たちに名前をつけた——突撃屋の雄、月に向かって歌う雌、ちょこちょこ歩きのちび。そしてそれらの名前をこっそりささやいた。老いた雄が狩りの標的に決まったときには、剣と槍が手のなかでぐらぐら揺れて重くなり、握っているのがやっとだったという。その雄は、年のせいで皮はたるんでしわだらけなのに、牙は大理石かと見まがうほど立派で、ヤギの乳みたいな真珠色をしていた。アザ母さんいわく、年長の戦士は若い戦士たちにライフル銃を向けて言い放った。〈王の花嫁であることを証明してこい〉象に立ち向かっていかなければ不名誉と見なされ、帰還後に処刑された。王のために戦わない妻などなんの価値があるだろう、というわけだ。命をかけて王に尽くすのでなければ。

アザ母さんの話によると、若い妻たちは頭にレイヨウの角をきつく縛られ、丈の高い草のあいだを皆で這うように進んだ。真っ先に突進していった者たちは鼻で払われ、牙で突かれたあげくに、空高くほうり上げられて墜落した。アザ母さんは、大きな歯をした例の娘の体を走って跳び越えた。彼女は死んで地面に横たわり、目は濡れた球体と化して、ひたすら雲に向かって見開かれていた。アザ母さんは象の目を狙い、首を狙い、腹を狙い、ありとあらゆる弱点を狙いながら、年長の戦士に最初に教えこまれた言葉を唱え続けた。〈硬い武器、やわらかい的、硬い武器、やわらかい的〉雄の象はぐるぐる回って戦士たちの意表を突き、地面を掻いたかと思うと、突進してきた。けれども大勢の女戦士に対し、象はたったの一頭だ。

アザ母さんによると、雄が倒れたときには群れの雌たちが悲痛な声をあげて吠えたて、そのうち二頭が女戦士たちに向かってきた。雄の妻だろうか、それとも姉か妹、あるいは娘だろうか、とアザ母さんは思った。マスケット銃を持った年長の女戦士が空に向けて弾を撃ち、雌の象たちを威嚇して追い散らした。それから女戦士たちは象の解体に取りかかった。肉を取り分け、皮をはいで、象牙を確保する。そしてその晩、アザ母さんは砕けた象牙のなかにあの錐を見つけた。手のひらほどの長さでペンのように細い、のちに母さんに託したあの錐を。王の戦利品にはいっさい手をつけてはならないことになっていたので、アザ母さんはそれを服のなかに隠した。老いた雄のむくろを荷車にのせて王宮に戻る女戦士たちのあとを、雌の象は何キロも追いかけ、街を囲む城壁の近くまでやってきたという。雌の象は怒り狂い、遠くの雲に向かって高々と吠えた。静かな闇にごろごろと鳴き声が響き渡り、民家が現れ始めるあたりで象の群れは溶けて消えた。

すりむけた皮膚のまわりが硬くなって盛り上がり、アザ母さんの象の皮みたいにごわごわしている。少なくとも、サフィの腕はこういう目には遭わずにすむはずだ。たとえ喉から心臓が飛び出しそうになるほど走って、走って、パニックに駆られ、びくびくしながら北を目指し、母親のもとを目指して、あのプランテーションのまわりに広がる森のなかに潜んで暮らすことになるにしても。もしもそこにたどりつけたなら――だいじょうぶ、きっとたどりつける――少なくとも彼女の腕は、こうはならないはずだ。

雨が通り過ぎると、今度は連日のように太陽がつきまとう。あたしは日に焼けて真っ赤だ。一週間ぶっ通しで風が吹き、顔の表面をこそいでいく。奇妙なほどびゅうびゅうと吹き続けるので、流れる水音が恋しくなる。いきなり開けた場所に出たと思ったら、驚いたことにジョージアマンが止まれと言う。緑の丘があって、ボウルをひっくり返したみたいにまわりじゅうに木立が広がり、ひと筋の滝がすうっと落ちていく滝つぼの水もまた、周囲の木々と同じくらい深い緑色をしている。あまりの美しさに心臓がひっくり返って、巣のなかの小鳥みたいにもぞもぞと動きだす。一瞬、縄の感触が消えて、自分が縛られていることすら忘れてしまう。けれどもすぐに手首や腰、脚、全身の痛みがどっと押し寄せ、あたしはトンネルのむこうから体のなかに、縄のもとに、引き戻される。立ち止まると同時にあたしはぐいと腕を引いて縄を締め、美しい風景を自分のなかから叩き出す。たったいまの感動を苦痛に変えてやりたい。

　ジョージアマンが手下に命じて野営の準備をさせる。炎が高く燃え上がるころ、サフィを追っていた二人が戻ってくる。馬たちは息を切らし、手綱を引いても言うことを聞かない。ジョージアマンが滝の音をかき消すほどの大声で罵る。縄につながれたあたしたちと鎖につながれた男たちは、視線をあちこちに向けながら、そいつがどうなっているほうだけはけっして見ない。昼間に弱った女をいっしょに引っ張り上げた大柄な女が、胸にあごをうずめて忍び笑いをしている。たいていの晩は、縄につながれた女たちがひそひそと話すだけでジョージアマンらがやってきて、静かにしろと馬の鞭を振り回す。けれども今夜は、彼らが自分の場所に落ち着いたあと、流れ落ちる滝の音にまぎれてあたしたちはおしゃべりをする。みんなのささやき声を水の音が呑みこんでくれるから。空は雲に覆われ、風が吹き荒れて、ごろごろ鳴っている。鎖につながれた男たちも、今夜はあたしたちから体ひとつ分しか離れていない。背中を丸めた年配の男が口を開く。火明かりのなかに、クモの脚みたいな目尻のしわとクルミのように硬そうな突き出た頬骨が浮かび上がる。

「このあたりはほとんど岩ばっかりだが」男がつぶやくように言う。手が動いたひょうしに、闇のなかで鎖がじゃらりと響く。「そうでないところもあってな。川の反対側、ずっと上流のほう。そっちはそうでもない。いくらか粘土質のところがある。砂も混じっているがな」

「このあたりに住んでたことがあるのかい？」鎖をまとった別の男が尋ねる。肩幅が狭くて、この一か月の移動で髪がずいぶん伸びている。男が首を振って髪を目から払うと、闇のなかでその目がきらりと光る。

「いいや、そういうわけじゃない。だが丸太をやってたんでな。丸太を川に浮かべて流すんだ。午後の暑い盛りには、たまに土手を掘ってほら穴をこしらえ、なかに座って暑さをやり過ごしたもんだ」

「水は入ってこないのかい？」

「ちゃんと掘れば入ってこないさ」年配の男が答える。

「どうやっても無理だろう」肩幅の狭いほうが言う。闇のなかに荒い息づかいが響く。「溺れるに決まってる」

「いいや」年配のほうが言い、一瞬、笑みが光る。「きちんと計る必要はあるがな。穴の上にその二倍は地面が残るようにするんだ。土手に穴をあけ、とちゅうから上向きに掘って、棒きれで補強する。無駄にできるような釘はないから、枝を折って、穴の壁に埋めこんで、そうやってきっちり支えるのさ」

　やせた男がジョージアマンらのほうを振り返り、自分に言い含めるように言う。「今日はほとんど腹も減ってねえよ」

　あたしには、彼の胃袋の状態が手に取るようにわかる。彼も、あたしも、ほかのみんなも、お腹が空かないのは胃袋が体の中身を食っているからだ。飢えが野良犬みたいに体にむしゃぶりついているから。そう考えてつい笑ったら、ずきんと痛みが走る。年配の男があたしを振り返ってにやりとする。彼もまた、若者の言葉が見栄だとわかっているのだろう。

「逃げた娘とは知り合いだったのか？」

「サフィのことね」あたしは森のなかにぼうっと並ぶ幹のあいだに目を凝らす。サフィの顔が見えないかと期待する半面、見えないほうがいいとも思う。あたしのなかの賢い部分は、彼女にこんなところでうろうろしていてほしくないと思うし、うろうろしていないことを知っている。けれども空気がさざ波立って、長いドレスがさっとひるがえり、一瞬、細長い手脚が見えて、そこに誰かがいることは間違いない。何者かがあたしたちのあとをつけている。サフィではない誰かが、あの不吉な風のなかに潜んでいる。

「母親を知っていたんでな」年配の男が言う。「機織りがうまいというので有名だった」彼も木立のあいだ、あたしたちが明日歩くことになる道が南へ伸びているほうに目を向ける。あたしたちはさながら、ヘビに呑まれて濡れた熱い食道を落ちていく小鳥だ。夜が脈を刻む。年配の男もいまはもう笑っていなくて、その顔を見ていると、むしろさっきはどうやって笑っていたのかと不思議になる。顔に広がるクモの脚のようなしわは、すべて下を向いている。「それでいて、なんともやわらかい手をしていた」温もりのあるざらついた声は、なにかとても優しい感じがして、あたしは母さんを、闇でささやく母さんの声を思い出す。

「あたしの母さんのことも知ってる？」あたしは尋ねる。

「なんと呼ばれていた？」男が尋ねる。

「サーシャ」

「何か特技は？」男が尋ねているのは、機織りとか、裁縫とか、郡にその名が知れ渡るような特技のことだ。男に言いたい。〈あたしの母さんは目にも留まらぬ速さで槍を振れたし、槍が宙を切り裂くときにはハチドリが羽ばたくような音がした。母さんは小柄でやせていたけれど、筋肉が発達していて、木の幹を這い登るヘビのようにたくましかった。母さんの手はビロードのようではなかったし、料理と洗濯と掃除と繕い物と火を熾すことに明け暮れていたのだから当然だけれど、それでも母さんがあたしに触れるときには、ビロードのように優しくそっと触れてくれた〉けれどもそれは、彼に聞かせる話ではない。それはあたしの物語。あたしが背筋をしゃんと起こしているための唯一の支え。

「とくに」

「覚えがないな」年配の男は肩を落とし、隣にいるやせた男がため息をつく。二人の手首の枷がじゃらりと鳴る。あたしは上を見上げる。頭の上でコウモリが飛び交っている。口のなかの硬いビスケットを舌でまさぐる。唾液で湿してやわらかくしないと噛めないうえに、噛むたびに弱った歯茎が抵抗する。〈母さんお願い〉あたしは祈る。〈サフィを見守るように、サフィの父さんに伝えてあげて。どうか彼女が無事でありますように〉嵐の気配を伴う湿気がみんなに重くのしかかり、降り出さないのが不思議なくらいだ。その下であたしたちはうなだれている。あたしは腕を枕に横になり、骨のまわりにもっと肉がついていればいいのにと思いながら目を閉じる。

目覚めたときにはあごが痛くて、口のなかで歯がぐらぐらする。伸びをしたら骨がぽきぽき鳴る。じっと横になったまま闇に耳を澄ませていると、ノコギリを引くような大きないびきと夢のなかで甲高く叫ぶ声が聞こえてくる。虫たちのしゅうしゅうかたかた鳴く声が、だんだん騒がしくなってくる。眠るべきなのに眠れない。サフィのことが気になって、這うような不安が全身を苛む。もしかして母さんもこの同じ空き地で縄につながれ、悲しみに打ちひしがれて横になっていたんだろうか、と思い始めると、その考えが毛布のように覆いかぶさってくる。あたしは横向きに寝転がり、森の広場をぐるりと囲む夜に見入る。母さんを思う気持ちが漁網のように覆いかぶさって絡みつき、頭のてっぺんから全身と足のつま先まで母さんが恋しくてたまらない。胸に大胆な希望がこみ上げる。もしかして、森に潜む影の正体が母さんだったら？　サフィのようにまんまと逃げおおせて、この悲惨な一年のあいだ、あたしのもとへ帰るためにひたすら歩き続けて、そうしてついに、南へ向かうあたしを見つけ出したのだとしたら？

「あたしが呼んだら来てくれるって言ったよね」ざあざあと流れ落ちる滝の音にまぎれてあたしはささやく。「言ったよね、母さん」

木立のあいだで何かが動く。ご主人の子たちが着ていたようなひだ飾りのある長いドレス、それが激しくのた打っている。それを着ている女の肌は母さんのような褐色で、体つきも母さんのようにほっそりしている、と気づいた瞬間、恐怖に体が凍りつく。母さんにそばに来てほしい、縄を解いてほしい、と強く願う一方で、そのために母さんが男たちに捕まるのは絶対にいやだ。捕まる、という言葉が頭のなかで鐘のように鳴り響く。ここにいる男たちがまたしても母さんを縄につなぐ、そんな場面を見るのはとても耐えられない。

けれども母さんかもしれないその人、母さんに違いないその人は、恐れ知らずだ。背筋をまっすぐに伸ばし、自信に満ちた足取りで森から出てくる。そんな優雅な歩き方はこれまで見たことがない、と思うと同時に、母さんではないことに気がつく。目元の感じといい、引き締まった口元といい、母さんに似てはいるけれど、母さんはそんな、肩を反らせて地面を滑るみたいな歩き方はしない。灰色の薄地を何枚も重ね、ひだをたっぷりとって腰当てでふくらませたようなそういう服を着たこともなければ、ドレスが生き物みたいにふくれあがったこともない。大きく息を吸いこんでまわりを見渡しても、いっしょに縄につながれている仲間も、鎖につながれている仲間も、寝袋のなかでぴくっと動いて寝返りを打つジョージアマンとその手下も、みんな眠りのなかに沈んでいる。きっとこの女はほかの誰かの姉か妹、妻、母親、あるいは母親代わりなのに違いない。喉の奥で落胆の思いが砕け、流れ落ちていく。なるべく感じないようにするものの、やっぱり感じてしまう。この女はここにいる誰かにとって自由を意味するのかもしれないけれど——その誰かはあたしじゃない。

背の高い男ひとり分ぐらいの距離をおいて女があたしの前に立つと、黒々とした目の輝きが見えるだけでなく、彼女のドレスがなにか奇妙なことにあたしは気がつく。上着もそう。てっきり銀糸で織った布が炎の明かりをちらちらと反射しているのだろうと思ったら、なにやら稲妻のような電気的な光が服の表面を這っている。そのドレスはシルクでもなければ薄地の綿でもなく、夏の空にむくむくと昇ってやがて沸点に達する雲のようにつかみどころがない。肩にはおったショールだと思っていたものは、肩からたれ下がった霧の蔓《つる》で、腕に沿って幕のような雨を降らせている。

「誰?」あたしは尋ねる。

女はあたしを見て、出てきたのは失敗だった、地面に横たわっているのはてっきり別の人物で、ようやく見つけたと思ったのに、という顔になり、自分のドレスから吹き出す冷たい風のなかでぶるっと身を震わせる。あたしは縄を引っ張らないように気をつけながら、肘をついて体を起こす。女が首を傾けて気取った笑みを浮かべると、どういうわけか、あたしは立ち上がって最初の一撃に備えたくなる。母さんに教わったように足の裏の平らな部分に軽く体重をのせ、かかとを上げて、足の指を大きく広げたくなる。けれども縄と寝ているみんなのことがあるので、けっきょく何もせずに震えている。激しく震えるあまり、ほとんど息もできない。

「わたしよ」女が言う。

「誰に会いに来たの？」あたしは尋ねる。

「おまえに」稲妻が女の顔を二つに切り裂く。

「え？」

「呼んだでしょう？」女が言う。

「呼んでない」

「助けに来たのよ」女が言う。

目の前の女は母さんよりも背が高く、肌は黒くて、霧状の髪が何かに触れるそばから縄のように垂れ下がって彼女を取り囲む。

「呼んだわ」女が繰り返す。あたしを見るその目つき、険しい眉、目を見開いて探るようにじろじろ眺めるさまを見ていると、あたしを売り飛ばしたあの男を思い出す。値踏みされて、不良品と見なされたような気がしてくる。

「母さんに頼まれて来たの？」

風のなかで女のマントが大量のヘビのように波を打つ。笑顔が裂けて、女が声をたてて笑いだす。あたしの前につながれている回虫持ちの女がはっと目を覚まして起き上がり、肘の内側で目をこする。

奇妙なドレスをまとった女はあたしよりもむしろ彼女の近くに立っているのに、回虫持ちの女は、黒い雲と銀の稲妻をまとったその女には目もくれない。

「冷えるね」ひ弱な女が言う。「もっとそばに寄ろうか？」

あたしが首を振ると、縄につながれた女はふたたび横になり、肩に巻いた布をぎゅっと引き寄せて、体を揺すりながら眠りに戻る。そのときようやくあたしは悟る。嵐に包まれた目の前の女は、まったくもって人間などではない。

「いいえ」精霊が言う。「わたしは自分の都合に合わせて自分で来るのよ、呼ばれたときに」そう言ってあたしを指差す。「おまえが呼んだから」

「だってあんたのことなんか知りもしないのに。名前だって知らない」

精霊なんかこの世にうじゃうじゃいる、と母さんは言っていた。ただし精霊を呼ぶなら捧げ物が必要だ、とも。ちょっとした貝殻や使い道のないきれいな布、鼻をつまみたくなるような薬草や熟れた果実。だけどあたしにあるのは切り傷だらけの足、縄の一部になりかけた皮膚、砂に染みた血だけだ。あたしに残っているものはあたしだけ。

「わたしはアザ」女が言う。

「あたしのおばあさん？」あたしは尋ねる。「おばあさんの霊なの？」

母さんの話のなかに登場するアザ母さんは、歩いて、走って、槍や剣を振り回し、仲間の戦士に足で踏まれて、王様の射抜くようなまなざしにさらされたすえに、体にしみついた鋭さが感じられた。その一方で、アザ母さんの心には優しさも宿っていて、母さんを起こすときにはいつも背中をさすって耳元でささやき、辛い一日の始まりに、ごくそっと呼び戻してくれたと話していた。だけど目の前のこの生き物には、そういうところがまったく見当たらない。大理石のような黒い目にも、あたしを取って食おうとするように首を傾けて見つめる態度にも。

「いいえ、違う」あたしは言う。精霊のドレスの一部がみぞれ混じりの風にはためき、あたしに巻きつく。あたしを縛る。

「大きくなったわね」アザ母さんではないアザが言う。

冷気に締めつけられて、あたしはほとんど息もできない。空が震える。雷鳴がとどろいて激しい雨が降りだし、大きな川となってあたしたちみんなに降り注ぐ。気がつくと精霊はいなくなり、かわりに嵐が来ている。男も女ももがいて起き上がり、どしゃ降りの雨に背中を丸める。体がまるごと大きな打ち身になったみたいだ。あたしはうめいてお腹を抱え、背中を丸めて吐く。吐瀉物《としゃぶつ》をよけようと、動ける範囲でよちよち移動するものの、すぐに縄が張りつめる。しかたがないので、泥と化した地面を少しでも避けるため、みんなを真似《まね》て四つん這いになる。頭上で空が吠えたてる。あたしは大洪水に頭《こうべ》をたれ、体じゅうで跳ね返る痛みに、嵐が運んできたあの精霊の謎に、頭をたれる。そして、眠らない。

第4章　川は南へ

水浸しの暗がりのなかでジョージアマンらがみんなを起こす。連日の行進で体じゅうが疼くのを感じながら、あたしは泥の染みた服をはたいて、傷口に入りこんだ泥をぬぐう――どれも無駄な作業だけれど。みんな疲れきっている。ジョージアマンが鞭を振るって脅そうがどうしようが、鎖につながれた男たちと縄につながれた女たちはとぼとぼ歩くのみ。〈アザ〉と、稲妻をまとった精霊の名前を声に出して言ってみる。〈アザ〉一歩踏み出すごとに脚と背骨と頭ががくがくする。一歩踏み出すごとに彼女の名前を口にしてみる。〈アザ〉

どうして彼女はアザ母さんの名前をかたったのだろう。いまの足跡にも、次の足跡にも、答えは見つからない。泥のなかに謎を解く鍵は見つからない。精霊が運んできた嵐のせいで、どこもかしこも泥をかぶって錆色だ。あたしの手も、果てしのない踏み分け道も、まっすぐに伸びる棘々《とげとげ》の松の木のあいだから見える空も。ぴんと立った鋭い葉は小さなナイフのようだ。名前を呼んだら、アザはこうして歩くさなかにも来てくれるんだろうか。嵐の雲を引き連れて、ひんやりとした静けさをもたらしてくれるんだろうか。ハリケーンの目のような力で締めつけられたけど、風にはためくドレスと稲妻をまとったあの顔が現れてくれれば、ちょっとした気晴らしにはなるだろう。果てしない歩きの息抜きには。けれども身をすりつぶして何キロも歩き続け、太陽が弧を描いて空を渡るにつれ、彼女のことを思い出すのもだんだん難しくなってくる。彼女が目の前に現れたときのあの感覚、縄のことも傷のことも忘れさせてくれたあの奇妙で新鮮な感覚が、思い出せなくなってくる。

あたしたちは歩いて、食べて、眠る。次の日、アザは戻ってこない。次の週も、その次の週も戻らず、あたしたちはさらに南へ進んでいく。このあたりは湿地で、川と沼が血管のように筋を描いている。次の川を目の前にして、体のなかに水田を覆う浮きかすのような恐怖がこみ上げる。これまでにも川はいくつか渡ったし、そのたびになるべく流れが浅くて狭いところを選んで、転ばないように気をつけながら石の上を歩き、そうでなければ岩のごつごつした川底につま先を突っこんで、ひんやりした水のおかげで一瞬だけ香油に足を浸したような気分になれた。南部のこのあたりまで来ると、川は泥のような色をして、まんなかあたりで黒々と渦を巻いている。あたしたちは川岸に立って、ジョージアマンらが縄と鎖を解いてくれることを期待するのだけれど、願いはかなわない。何人かが馬に乗って流れに踏み出し、馬たちがむこう岸まで彼らを運ぶ。残りはあたしたちといっしょに待機して、それから女たちの列に向かって口笛を鳴らし、馬の巨体を使ってあたしたちを寄せ集める。

「そら行け」ジョージアマンが言う。「そら」あたしたちはすり足で流れに近づく。先頭の女が川に入り、スカートが浮き上がる。縄にぐいと引かれ、あたしもみんなのあとに続いて水に入ると、足首のまわりに小魚がわっと寄ってくる。指の血豆に水がしみて、両脚を覆う小さな切り傷が酸で焼かれるようにひりひりする。鎖につながれた男たちはうしろのほうで身を寄せ合い、無言であたしたちを見つめている。あたしの前を行く女、やつれた顔を髪が縁取る女の呼吸が荒くなり、あとずさる。

「あたし、泳げないんだ」女がささやく。

「水に捕まりそうになったら、走るときと同じ要領で蹴るのよ」あたしはささやき返す。それもまた、母さんに教わった。「これはもうひとつの歩き方」母さんはそう言ってあたしのお腹に腕をまわし、冷たい川のなかで抱きかかえた。母さんに言われて脚を蹴り、腕を振り回すうちに、あたしは目と鼻を水面から出していられるようになり、さらにはヘビのように水を斜めに渡れるようになった。

「蹴って」女に向かってそう言いながら、川のなかほどまで来て水に捕まりそうになると、あたしもパニックに襲われる。先に入った女たちはすでに川から上がってむこう岸にいる。流れの強さを知っているので、草のなかで足を踏ん張り、体を後ろに倒して力を貸してくれる。あたしの前では泳げない女が頭をひょこひょこと浮き沈みさせながら水を蹴り、濡れた髪のてっぺんが見えなくなったと思ったらふたたび現れ、また沈んで、浮き上がったと思ったら、水を吹き出してまたもや水のなかに沈んでいく。あたしも必死に泳ぐ。ヘビというより水に浮くコルクだ。足の先が川底の砂に触れる。腰のロープをひねってうしろの女を引っ張り、女が浮き上がって息を継ぐのを助ける。あたしがよろよろと川から上がるころには、前の女は水を吐いているところで、うしろの女も咳《せ》きこみながらふらふらと岸に上がってきて、縄につながれた女たちの全員が粒の細かい焼けた砂を蹴散らして一か所に集まり、川のむこう側を、対岸に立つ鎖につながれた男たちを振り返る。あたしたちが泳いだのはほんの二、三メートル、川のなかほどの黒々とした流れの部分だけにすぎないのに、もっとずっと長く感じた。むせびながら息を吸うとともに、この長い行進のどこかで命を落とすことになるもうひとつの可能性を思い知る。

先頭の男たちが水に飛びこむ。あたしたちよりも背が高い彼らは、川底を跳びはねながら進み、流れのいちばん深いところもそうやって渡ろうとするのだけれど、鎖の枷は縄より重い。水をかくにも蹴るにも力がいる。男たちがもがいて、水が泡立つ。底がかき混ぜられて川が泥になる。両岸でジョージアマンらが行ったり来たりしながら「ハイヨー!」とどなる。馬に拍車をかけるみたいに「ハイヨー」とどなって、笑う。

空で雷鳴のような音がとどろき、アザがすぐそばにいるんじゃないか、風にのたうつ雨のような髪が見えるんじゃないか、と思って姿を探しても、あたりではジョージアマンの乗った大きな赤い馬が前足で砂を掘っているにすぎない。その脇腹を水がつたう。馬が両目をぐるりと回して――はみを噛む。

川はあたしたちの恐怖のもとになる。浅い川では足が底に沈んで、ただでさえきつい歩きがさらに苦しくなる。深い川では溺れないように必死に抗う。泳げる女たち、うまく渡りきった女たちは、ほかの者たち、あえいでいる者やもがいている者を引っ張って助ける。川はしだいに広く深くなり、やがてあたしたちはこれまでいちばんの難所に行き当たる。流れの両端は濃い茶色、まんなかの黒々とした部分は、少なくとも荷馬車二台分の幅がある。反転流のせいで川面《かわも》が羽毛のように逆立っている。

女たちが水に入り、黒々とした川の中心部で先頭のひとりがふっと沈んで見えなくなったかと思うと、浮き上がってぜいぜいと息を継ぐ。あたしも水に入り、インクのような流れの手前まで歩いてきたら、次に踏み出した足に触れるものが何もなくて、思わずうしろにあとずさる。中ほどの黒い部分は岩棚になっているようだ。前の女が水中でもがき、髪が水草のように浮いている。見殺しにはしたくない。〈息を吸って、吐いて〉と母さんは言った。ふたたび足を踏み出した次の瞬間、世界が消える。

水のなかは夜のように暗く、全身が焼けるように熱い。あぶくが頬と頭をくすぐりながら昇っていき、目をつぶると母さんの手があちこちに触れているようで、あたしは全身を包まれ、丸ごと抱かれているような気がしてくる。月に一度の戦いの訓練のあと、たまにそのまま横になって眠ることがあって、そのときに母さんがあたしの頭にそっと指を滑らせる感触がちょうどこんな感じ、優しい感触がちょうどこんな感じだった。あたしは一瞬、思いきり口を開けて胸の空気をいっきに吐き出し、このまま水の愛撫を吸いこんで、下へ、下へ、真っ黒な水底へ運ばれてしまいたくなる。そうすれば二度と歩かずにすむだろう。

「あたしのかわいい娘」母さんは言った。ごくそっとささやくだけなので、あたしの耳にはほとんど息が吹きかかるようにしか聞こえない。「夢のなかへ飛んでいくの？　どこへ飛んでいくのかな」

「森のなかよ、母さん」あたしは答えた。

「それからどこへ、アリーズ？」母さんはそう言って、あたしから物語を引き出そうとした。

もしいまここで死んだなら、ずっとこの思い出のなかにいられるだろうか。最後の泡を吐き出して体が水面に浮かんだら、そこはあの森の広場で、あたしはまた母さんといっしょにいて、母さんの物語を聞いているだろうか。〈あたしのかわいい娘、アリーズ〉と母さんが言うのを聞けるだろうか。

けれども続いて手首に縄が食いこんで、日々の重みに押しつぶされた黄色い目の女のことを思い出す。新たな川を目にするたび、喉の奥で小さく泣きそうな声を漏らすうしろの女を思い出す。そう、流れに引きずられて底に沈み、川下に流されて沈泥になっていくのはあたしだけではない。彼女たちまで道連れにしてしまう。そう気づいて水を蹴ったそのとき、泥混じりの水のなかで、温かい腕のようなものが体に触れる。浮き上がって、あえいで、まわりを見ると、あたしの前では回虫持ちの女の肩が水面で上下に揺れ、うしろには女の頭があって、水を蹴ってもがきながらなんとか浮いている。

「アザ？」あえぎながら呼んだ次の瞬間、いくつもの腕、川の流れと同じくらいおびただしい数の腕が伸びてきていっせいにあたしをつかみ、あたしは吸えるだけの空気を吸いこんで、ふたたび水のなかに沈んでいく。なかは濁って薄暗く、黄色い光が差している。流れに抵抗してもがきながら下に目を向けると、川のなかに川が、流れのなかに流れがあって、ぼやけた目でまばたきをしたその一瞬、渦の塊が顔になる。平たい鼻、落ちくぼんだ目、大きな口。その口が、泡をぶくぶくと吐きながらしゃべりだす。

〈呑みこんであげる〉川が言う。

縄がぐいと引っ張られる。

〈抱き締めてあげる〉川の声が耳元で弾け、体が下に引き寄せられる一方で、縄が上に引っ張られる。

あたしは水を蹴って水面を、光を目指す。息が苦しくて喉が焼ける。何本もの川の腕があたしをつかんで、暗い深みへ引きずりこもうとする。

〈ここにいればいいじゃない〉川が言う。

沈んだ船と鎖が鈍くじゃらりと鳴るような、くぐもった女の声。

〈上のことは忘れて、下のことも忘れて。ここに〉

暗い川床に横たわる倒木がどすんと響くような声。

〈ここは静かよ〉

肺がわななく。

〈ずっと抱き締めていてあげる〉

肺に亀裂が走る。

〈あたしの流れのほうがずっと楽。嵐の精なんて最悪〉

肺が弾けて騒ぎたてる。

〈あんたなんか風で引き裂かれるのがおち〉

肺が発火する――白炎が上がる。

〈あたしはあんたを傷つけたりしない〉

沈泥が舌に触れる。腐った鉄片が頬の内側に入りこむ。

〈ここは安らか〉

足先の痛みが消えている。腕も痛くない。腿も痛くない。体の中心部だけが空気を求めて燃えている。息を吸いたい。吸ってしまいたい。足の力を抜いて。あごの力を抜いて。口を開けたい。開けたい。

〈自由になれる〉
あたしは息を吸う。縄がぐいと動いて腕と胸と脚の感覚が戻ったかと思うと、いきなり体が引っ張られる。上へ、上へ。口のなかに泥が入りこむ。

水面に上がると、昼の光がとんでもなくまぶしい。川がいまもぬるぬると足をつかむ一方で、縄につながれた女たちも川岸から懸命に引っ張っている。あたしは沈んで、浮いて、ぜいぜいと息を継ぐ。岸に倒れ、膝が砂にこすれて、見ると、そこらじゅうで女たちが砂を掘って吐いている。体の内も外も水だらけだ。水が鼻に火をつけて目から流れ落ち、喉からかあふれ出す。つながれた女たちが甲高い声で叫びながら縄を引っ張る。母さんはいつも、この世は精霊だらけだと言っていた。本当だった。

むこう岸では鎖につながれた男たちがぞろぞろと土手を下りながら、ジョージアマンらのほうを横目でうかがう。鉄の鎖がじゃらじゃらと音をたててぬかるみに沈む。

「ハイヨー」ジョージアマンが声をあげる。「それ行け！」大声でどなる。銃の弾を放つみたいに命令を放つ。どなり声が響くたびに、あたしはびくっとして土手を這い上り、腰を落として縄を引き、うしろにつながれた最後の仲間を水際のイグサのなかから引き上げる。

川が静かにささやいて、宙に向かってぴちゃりとはねる。〈おいで〉川がささやく。〈いらっしゃい〉

鎖につながれた先頭の男が水に入り、岩棚が黒々と突き出たところまで来て立ち止まったかと思うと、ジャンプして飛びこみ、弾みで浮いてこようとするのだけれど、川面にふたたび顔を出すまでにはずいぶん時間がかかるうえ、ひと息吸っただけでまたもや水に沈んでいく。二番目の男が鎖に引っ張られる形で水に落ち、同様に男たちが次々と水に引きずりこまれて、最後のひとり、ひときわ華奢な男が浅瀬に転がり落ちる。どうやら泳げないらしい。しかも小柄で、ほかの男たちよりも頭ひとつ分背が低い。見覚えのある顔――屋敷で菜園の世話をしていた男だ。その小柄な男の手にかかると、庭は真冬でも青々と茂っていた。あとずさる男を、鎖が前に引っ張る。

「やめて」あたしはささやく。けれども男たちが必死に川を渡る音にかき消され、誰の耳にも届かない。あたしのまわりで地面に座っている女たちにも、馬を連れて川を渡るジョージアマンの最後のひとりにも、そして鎖につながれた男たちにも。流れのせいで男たちが川下に引きずられ、いくつもの頭が斜めに並んで浮き沈みする光景は、さながらたるんで流れる釣り糸だ。しんがりの男は座りこんで川岸のほうに背を倒し、かかとを地面に食いこませて踏ん張ったすえに、横に滑ってそのまま前に引きずられ、じりじりと岩棚に近づいていく。

「くそっ」ジョージアマンがどなるのを聞いて手下たちはあわてて馬から降り、土手を下りて水に入ると、鎖につながれた男たちの腕をつかんで、彼らがこのまま川下に消えてしまう事態をなんとか防ごうと懸命に引っ張る。

しんがりの男が横向きのまま水に落ち、川のなかに広がる真夜中の中心へ沈んでいく。そのさいにも小さなしぶきが上がるだけで、ひとたび沈んでしまうと、水を蹴ってもあぶくひとつ昇ってこない。

「ハイヨー！」ジョージアマンがどなる。「引っ張れ！」手下の男たちが腕にぐっと力をこめ、鎖につながれた男たちを懸命に引っ張るうちに、やがてひとりまたひとりと、むせながら、あえぎながら、かすれた声でわめきながら、川から上がってくる。サフィが去ったばかりのころに近くに座っていた年配の男も水を吐いている。若いほうの男は激しく咳きこむあまり息もできず、砂に顔をうずめている。

「お願い、浮き上がって」川のささやきに抗《あらが》い、空に向かって、沈んでいった庭師の男に向かって、あたしは訴える。白人たちが力いっぱい鎖を引き、溺れかけていた男たちが自らも立ち上がって鎖を引っ張り、傷口から新たに流れ出た血が手首を一周して腕から滴《したた》り落ちる。けれども最後のひとり、あの小柄な庭師が浮き上がってきたときには、その体は力なく漂っているだけで、顔は暗い淵のほうを向き、背中は雲に遮られた灰色の空を向いている。あたしの隣にいる女が、ひと声だけ鋭くむせぶ。鎖につながれた男たちがその場にしゃがんで口を開け、ぜいぜいと息をつくそばで、白人たちが悪態をつく。ジョージアマンが馬を鞭打ち、馬が一回転してその場にしゃがみ、ぐるりと目を回して白目をむく。鎖につながれた小柄な男は、いまではやすやすと流れを渡る。息絶えて、ヘビのように伸びきって。

ジョージアマンが庭師を鎖から解き放ち、川下へ流す。あたしは彼が見えなくなるまで、川が曲がって緑に呑みこまれるまで、ずっと見守る。悲しみ――一陣の風に巣を揺すられ、かき乱されるミツバチたち。絶望――その中心に横たわる女王バチ。大きな体がぴくっと動いて、卵を押し出す。ふたたびじっと横たわる。

沼の存在は見える前ににおいでわかる。最初は水田に似たにおい。黒い水、その下に溜まった泥、底のほうで軟泥になっていく植物と動物。死にゆく者が生ける者に身を明け渡すあのにおい。歩くと足が泥に沈む。暑い日中を通じて濡れた服が乾くことはなく、重しとなってあたしたちを下に引っ張る。あたしたちは縄に寄りかかってとぼとぼ歩く。ジョージアマンらは沼の縁に沿ってあたしたちを誘導する。水は四方に広がって、鮮やかな緑の浮き草が泥水のなかに浮いている。雨に打たれたばかりのヌマスギがきらきらと輝いている。

立っているのが辛い。道がもっと広かった北のほうでは、なかば眠ったようにして、起きているようないないような状態で歩けたけれど、ここではそうはいかない。道には棘が生え、鋭い歯をむいてくる。沼では羽虫が群れていくつもの雲になり、互いに渦を巻いてあたりの空気を灰色に変え、この世のごちそうに大喜びで食らいつく。その騒ぎのなかをあたしたちが歩いて通れば、虫たちは細かな針の網と化して引きずられるようについてくる。ジョージアマンらは二手に分かれ、あたしたちの列に前後から蓋をするようにして進んでいく。道があまりに細いので、そうしないと進めないからだ。

虫たちがしゅうしゅうかたかた鳴いている。前を行く黄色い目の女が振り返り、気がつくと何やらしゃべっている。

「あたしが前にいたところにも、こういう沼地があってね」女は足を取られ、体勢を整えてから、またもや半分だけ振り返る。話しかけていることに気づいてほしいんだと思って、あたしはうなずく。

「ディズマル大湿地っていうんだけど」

「そこもこんなに大きいの？」

「これより大きい」女が答える。「そこに足を踏み入れた人間は、行方知れずになるのよ」

「そんなところへ誰が行くの？」

女が振り返って笑みを向ける。口を閉じたまま唇の両端をわずかに下げて、釣り針みたいなしわがいくつもできる笑い方。なるほど、声に出して言われたみたいによくわかる。〈あたしたちみたいな人間〉だ。

「前はどこにいたの？」あたしは尋ねる。

「ノースカロライナの北のほう。そこの湿地はとてつもなく大きくて、バージニアにまで広がってるんだ」

棘のある根っこをうっかり踏んで、あたしはひいっと声をあげるものの、革のように硬くなった血だらけの足でいまだに感じることのほうがむしろ意外だ。

「名前はなんていうの？」

「フィリス」女が答える。

「その湿地へ行ったことがあるの？」

彼女は、今度は笑わない。

「ううん。人の話を聞いただけ。あたしの知り合いにも、行った人がいて」ささやくような声がますます小さくなって、ほとんど聞こえない。「叔父さんと、甥っ子が」ひと言口にするたび、一歩進むたびに、肩がどんどん内を向いて顔が下を向いていく。地面に目を凝らしているようにも見えるけれど、彼女が恥じているのも伝わってくる。「あたしは怖くて行けなかったんだ。急な深みがあるうえに、ヘビやイノシシが出るって聞いてたから」またもやつまずいて、体勢を整える。「そこは行くのも大変だけど、出てくるのはもっと大変なんだって」彼女の髪が風に吹かれて、まわりの木にぶら下がった灰色のスペイン苔《ごけ》といっしょに揺れる。「だから行きたくなかったんだ」

あたしは地面に向かって指を伸ばす沼の奥に目を凝らす。沼全体をぼんやりと覆い隠す蔓と苔に目を凝らす。明るいところ、絡まり合う葉と葉のあいだにできた日溜まりで、ワニの一家が丸太の上に並んで日なたぼっこをしている。道の縁をカメがのっそりと這っていく。一匹のワニがふいにしっぽを返して、獰猛《どうもう》ななかにも優雅さを備えた動きが、武器を振るう母さんの腕を思わせる。

「あんたの名前は？」フィリスが訊く。

「アニス」あたしは答え、顔を流れ落ちてきた汗を吐き出す。

「一度だけ、甥っ子が戻ってきてさ」

「なんて言ってたの？」

「パンサーがうろうろしてるって。母子連れのパンサーがそこらじゅうにいて、日が沈むと、猫がしっぽをつかまれたみたいな声で雄が吠えるんだって。クロクマもいるから、食料は木の上に保管しなきゃいけないとも言ってた。羽虫の数がすさまじくって、空が金色になることもあるって」

「その人たちはどこで寝泊まりしてたの？」

「家を建てて、そこで」

「家を？」

　フィリスがちらりと振り返る。

「木で作るのよ」

「二人だけで？」

　彼女は横目を向けて、首を振る。

「ほかにもいるから。行方知れずになった人たちというのは、そこへ行くのよ」彼女はささやく。

　あたしはぽかんと彼女を見つめ、それからはっと口を閉じて、あたしの片手ほどもある黄色いクモが張りついたクモの巣をくぐる。

「そこの湿地には島がいくつもあって」フィリスはふたたび前を向き、あとの部分は肩越しに投げてよこすので、彼女の言葉が塩のように軽くぱらぱらと降りかかる。「そういう島を探すの」

　あたしは鬱蒼としたジャングルに、編まれたように絡まり合う木々に目を凝らす。こんなところに人がいるなんて、想像するのも難しい。ヌマスギの壁のむこう、蔓のフェンスのむこう、日差しと食料を求めてうろつく動物たちのむこう、この水のむこうに人がいるなんて。こんな水浸しの場所に島があるなんて、乾いて盛り上がったところがあるなんて、とても想像がつかない。

「いっしょに行こうと誘われたんだけど」最後のほうは消え入りそうな声で、耳を澄まさないと聞こえない。「あたしは断ったんだ」フィリスは涙混じりに息を吐き、その後は黙りこんで、足が泥に吸いこまれる音しか聞こえない。

「泳げないしね」あたしは言う。

「うん」

「怖かったんだね」

フィリスはしゃっくりをして縛られた両手を顔に当て、右から左へ滑らせる。

「これよりはましだったのに」そう言って吠えるように笑うと、何かが壊れるような音がする。

「フィリス」あたしが小声でたしなめると、彼女はさっと口を閉じるものの、暮れそうで暮れない薄闇のなか、延々と続く湿地の森を歩き続けるあいだも肩はずっと震えている。


次の川にたどり着いたとき、あたしはがくりと膝をつきそうになる。茶色く濁った広い川の幅は、少なくとも荷馬車の五台分はある。渡れるわけがない。ひとり残らず溺れてしまう。フィリスが笑いだし、やがてそれがすすり泣きに変わる。ジョージアマンに気づかれたくないので、女たちの小さな群れのなかで、あたしはできるだけ彼女のそばに寄って顔を近づける。

「フィリス、見て」彼女に見えないのは承知で、あごで示す。彼女は過呼吸に陥ってわなわなと震えている。「もっとゆっくり息をして」それでも震えが止まらず、あたしの言葉を聞こうとしないので、彼女の背中のいちばん上、皮膚の下で背骨が小石のように突き出している部分に手を当てる。

「見て」

「なあに？」フィリスが尋ねる。

「あそこ」

川岸にずらりとボートが並んで、それぞれ水面に張り出した木に係留されている。ピローグにカヌーにスキフ。船はどれも粗削《あらけず》りで、スキフは何艘かずつ適当にまとめてつながれている。一方の岸からもう一方の岸にロープが渡され、火のように真っ赤な髪をした白人の少年がロープをつたって流れを渡っている。ピローグはその子ひとりがやっと乗れるぐらいの大きさだ。あたしたちをいっぺんに運べるような船はひとつもなく、ひと筋の希望にあたしの心臓はどきっとする。縄をほどかれるかもしれない。

ジョージアマンが無言で近づいてくる。まずは女たちのほうへ。髪が頭にぺったり貼りついて、使い古して縁のほつれた灰色のハンカチで拭いてもなお、顔はてかついて光っている。

「これからおまえたちの縄をほどく」あたしたちにそう告げながら、実際には誰に向かって言うでもなく、あたしたちの頭の上、森のほうを眺めている。小枝をかじっているせいでむにゃむにゃと聞こえるものの、あたしたちは理解する。「川がどういうものかはおまえたちも承知だろう。せいぜい気をつけるこった」ほかのジョージアマンたちが近づいてきてあたしたちの手から縄をほどくと、腕が、あたしの腕が羽のように軽くなって勝手に持ち上がり、一瞬、自分が沼の羽虫になってぶんぶん舞い上がり、息がつまりそうな木立を越え、いまいましい水を越えて、澄み渡った空へ飛んでいけそうな気分になる。肩が拳のように丸くなる。切り傷だらけの足を見下ろす。縄がなくなり、恋しさが解き放たれて、いまにも泣きだしそうだ。あたしのミツバチ。あたしと母さんの砂まじりの広場。落雷で焼け焦げたあたしたちの木。屋敷を遠く離れてきのこや野草を探した森。何を与え何を与えてくれないかを知りつくした土地。秋の最初の冷えこみの朝に感じる空気の澄んだにおい。サフィの優しさ。槍を握るあたしの手に巻きついた母さんの手。〈アリーズ、あたしのかわいい娘〉縄につながれていたあたしたち女はみんな黙って立ちつくし、それぞれが失ったものに思いを馳《は》せる。

「来い」ジョージアマンが言う。

体をぎしぎし引っ張られるのに慣れすぎて、縄がないと歩きにくい。うしろのほうで別のジョージアマンが咳きこみながら指示を飛ばし、男たちの鎖をはずす準備に取りかかる。銃はいつでも撃てる状態だ。ひとりは腿の前に持ち、別のひとりは肩に背負い、別のもうひとりは軽く手に握っている。銃口を向けて撃鉄を起こすまでもなく、効果はてきめんだ。川岸に砂地はなく、沼がそのまま緑色の指を伸ばして流れに達している。ヌマスギが空に向かって弧を描き、浅瀬に膝まで浸かって流れを遮る。つながれたボートが幹にぶつかる。赤毛の少年がにっと笑う。前歯がほとんどないせいで、ぽかんと開いた口は赤ん坊みたいにピンク色だ。

「ほら、乗った」ジョージアマンが言う。

フィリスがいちばん手前のスキフに乗る。弾みで木船が上下に揺れる。手を強くつかまれて、あたしも船のなかほどに寄る。必死に握ってくるので痛いのだけれど、振りほどくのは我慢する。船は女たちでいっぱいになり、やがて傾き始める。

「そこまで！」船頭のひとり、そばかすの散った男がどなる。「羊なみの脳みそだな」男がつぶやく。聞いたことのない訛《なま》り。船頭が船を押す。この汚らしい男に、あたしは母さんから食料探しについてあらゆることを教わったし何十種類ものきのこを見分けられるんだと言ってやったら、どう思うだろう。あたしはひとつ残らず全部覚えて、しかもそれはこの男の赤毛の息子みたいに歯が生え揃う前のころ、それより幼かったぐらいで、それでもひとりで出かけて自分と母さんの分を採ってこられたし、あたしが持ち帰ったもので誰かの具合が悪くなったことは一度もなかった。

浅瀬ではワニが水面を漂い、川の流れが速くなっているあたりでは、お互い同士でしゅうしゅうといがみ合っている。ワニたちがぱきぱきと音をたてながら体をくねらせる下のほうで、古い川がしゃべっている。完全には理解できないけれど、言葉のいくつかは聞き取れる。〈凍れ〉と言っている。〈氷になれ〉と。〈休息を〉とささやいている。近づいてくる岸のむこうの森のなかに、アザがまたたくように姿を現す。あたしを待っている。あたしは濡れ雑巾のようにくたくただけれど、それでも川面に唾を吐き、ぶつぶつつぶやく川としゅうしゅう唸るワニの声をかき消して、毛むくじゃらの青い男に言ってやりたい。〈あたしは獣じゃない。あたしは羊じゃない〉二人目の船頭、もじゃもじゃの胸毛を生やしたちびの男が、そばかすの男に向かって笑う。「今回はワニの餌はなしだったな！」そばかすの船頭が声をたてて笑う。

フィリスがあたしの手を離してジャンプする。やわらかな毛皮に覆われたシカを思わせる優雅なジャンプ。硬い地面に降り立つときには痛いだろうに。身を削る長い歩きのあとで、彼女の足先と腿と腰がどんな状態かはあたしも知っている。アザを探すと、すでにいない。フィリスが顔を歪める。すり減った骨と削りかすの溜まった関節を振るい起こして、あたしもあとに続く。

大きな川を全員が渡ると、ジョージアマンらはすぐさまあたしたちを縛る。あたしたちの手首に縄を巻いて、男たちをしっかりと鎖につなぐ。あたしたちは日が暮れるまで歩く。木立に星がかき消されて世界は闇になり、虫たちの声が耳をつんざく。野営のために止まれの号令をかけると、ジョージアマンらは野性の獣から身を守るために両側に大きな火を焚く。沼地の闇に潜むものが恐いんだろう。あたしはアザを待つ。お願い来て、炎の明かりを食いつくして、と念じてみても、アザは現れない。脚と腕を丸めて服のなかにしまいこみ、両手のなかに顔を隠しても、眠りに落ちるまで蚊が刺してくる。

目覚めるとアザがあたしをのぞきこみ、その顔が、夜の闇のなかで静かにくすぶる炎に縁取られている。あたしが横向きに転がっても、彼女は宙に浮いたきり、石のように動かない。あたしは立ち上がって彼女のそばから、黒い霧に包まれたこの精霊のそばから離れたくて仕方がないのだけれど、縄を引っ張らないようにぐっとこらえる。気ままに来たり去ったりできる彼女が羨ましい。あたしはしぶしぶ怒りを呑み下す。呼べば来ると言いながら、肝心なときには現れないくせに。

「ずいぶんよく眠ること」アザが言う。

「見捨てたくせに」あたしはささやく。

「わたしはそばにいるのよ」アザが言う。「おまえには見えないときも」

「どうして？」

「おまえの母親とも歩いたし」アザはそう言ってあたしたちの長い列のむこうに目を向け、ジョージアマンらが寝返りを打って立ち上がり、唾を吐くさまを眺める。

「ニューオーリンズまで？」

アザがほほ笑む。歯は見えず、かわりに口のなかで稲妻が光る。

「そう。それ以前にも。生まれてからずっと」

「あたしは一度も見たことないけど」アザの風が肌に触れて、川の感触が甦《よみがえ》る。ぺろりと舌を出しかけたパニックを、あたしはぐっと押さえこむ。「母さんから話を聞いたこともない」

アザの笑顔が崩れる。

「おまえが目も見えないようなころから、ずっとそばにいたというのに」アザが手を伸ばし、風のリボンがあたしの巻き毛を波立たせる。「そうやっておまえの母親のそばにいたように、いまはおまえと歩いているのよ」

そう言いながら彼女は立ち上がって幹のあいだに退いていき、その場に止まって浮いている。その顔は沼の水のようにそよとも動かず、会話が終わったことを告げている。けれども消えるわけではない。大声を出さないと声が届かないぐらいの距離に、じっと留まっている。ジョージアマンたちがうーんと唸って目を覚まし、みんなに向かって吠え立てる。午前のなかばになるころには、あたしたちは果ての見えない大きな湖のまわりを延々と歩いている。喉のなかはアザに訊きたいことでいっぱいだ。彼女は嵐の雲に囲まれて、ずっと近くを漂っている。その声は、遠くから近づいてくる雨のような響き。

「おまえのおばあさんはね」アザが言う。

あたしはうなずく。

「海を渡ってきたのよ」

縄が食いこむ。

「そこでは水平線から水平線まで水が広がっているの。船にはおまえのおばあさんといっしょに盗まれてきた大勢の者たちが、頭の先から足の先まで、右も左もぎゅうぎゅう詰めに詰めこまれていた」

両手を下に伸ばしてみても痛みは変わらない。

「船員らは女たちをレイプした」

ジョージアマンのひとりが口笛を吹く。

「死んだ者はそのまま捨てた。海にくれてやったのよ」

足首に石が詰まっているみたいだ。

「おまえのおばあさんは、闇のなかで祈っていた。自分の先祖に。母親に教えられた精霊たちに。目覚めると祈った。水が配られるとそれを飲んで祈った。祈りながら眠りに落ちて、唇には血がにじんでいた」

ぎくしゃくと歩くたびに痣《あざ》ができる。

「そしてある日、彼女の両側にいた女が二人とも死んだ」

よろめくたびに刺すような痛みが腰にくる。

「その大きな海で彼女たちに出会ったのは、たまたまだったわ。わたしが派手に踊っていたものだから、船は深い谷に落ちこんだかと思えば山のようにせり上がって、おまえのおばあさんは死体といっしょに投げ出され、血にまみれて、吐いて、大便をたれるありさまだった。祈るのもやめていた」

両肘をぴったり脇につけて、なんとか無心で歩き続けようとするのだけれど、痛みがしつこくつきまとって邪魔をする。

「ところがその晩、こんどは嵐に祈り始めた。そうとは知らずに、わたしを呼んだのよ。彼女は言ったわ。お願いだから、お願いだからあたしを連れていかないで、と。そこにいるんでしょう、聞こえているんでしょう、お願い、と」

まるで痛みのなかを泳いでいるみたいだ。

「あなたの力は知っている、と彼女は言った。あなたを知っている、と」

あたしは縄に引かれるままに歩く。女たちはみんなうめいている。その合唱を聞くと、あたしだけではないんだとわかる。

「生き残っているほかの連中は泣いていた。蟻のように弱々しく。ところがおまえのアザ母さんは諦めなかった。声をあげて訴えたのよ」

関節がぐるりと回ってくぼみに溜まった削りかすをすり潰すあいだも、なんとか痛み以外のことを考える。

「彼女に呼ばれて、わたしは海の上で踊るのをやめたわ。ほかの連中が捕らえられた魚のように泣いてあえいで、口のなかまで水が入りこんでいることは知っていたけれど」

手首から血が流れている。

「それも彼女に免じて助けてあげたのよ。彼女がわたしを呼んだから」

湖のそばを離れても、あたしたちは水から離れるわけではない。足の裏はいまも濡れた地面に沈んで、刺すように疼く。

「おまえのアザ母さんがわたしを呼んだから、船を助けてあげたのよ」

沼地がいつしか地面になり、両側に木立が戻ってくる。

「わかってもらえたかしら」

あたしたちは小高い場所にいて、ジョージアマンの馬たちが鼻息を荒らげて草の上でぐるぐる踊っている。遠くのほうから甲高い犬の吠え声が聞こえてくる。

「わたしはおまえのおばあさんと顔なじみだったのよ」

泥の上、沼の上に、小さな高床式の建物が並んでいる。

「おまえの母親もわたしを呼んだわ。かつて彼女の母親がそうしたように。あの男に犯されて、おまえを身ごもったときに」

遠くのほうにぼんやりと黒っぽい四角が見える。森にしては形が揃いすぎているし、緑の葉っぱではなく霧に包まれている。街だ。

「そしておまえも」

街に沿って大きな黒い川がのっそりと流れている。

「おまえたちは三人とも、わたしのことを呼んだのよ」

ジョージアマンが馬をなだめて列の先頭へ向かう。

「着いたぞ」

水平線で街がきらきらと輝いている。頭のなかで家庭教師の声がこだまする。「〝我は嘆きの街に至る道、永劫の苦しみに至る道、迷える者たちに至る道なり〟」弾ける焚き火で暖を取ろうとするように、アザが両手を前に差し出す。金色の夕日を顔に浴びてかすかに笑みを浮かべ、うれしそうだ。

「おまえの血筋の女たちと同様、あの場所は大声でわたしを呼ぶ。みんなが祈り、願い、請いすがる」アザが言う。体が大きくなり、見上げるような高さになって、顔の下で嵐が渦を巻いている。

「生者の街、死者の街、死者と生者のあいだのあらゆる者たちの街」アザのまわりで雲が湧き起こり、彼女の口を、頰を、目を覆い隠す。彼女は嵐の柱と化して、もはや声しか聞こえない。「ニューオーリンズよ」

第5章　嘆きの街

一歩ごとに少しずつ坂を下って、あたしたちはニューオーリンズの街に入っていく。湖と高床式の家はうしろに去り、木々が四方から手を伸ばして風にうなずき、あたしたちは緑の手のまっただなかにいる。やがてその手が開かれると、川がある。とほうもなく幅が広くて、むこう岸にいる人たちはウサギみたいに小さい。午前の日差しのなかで草を食べながら、なかば凍りついているところ。アザは姿を消す。川を渡る船も大きくて、女たちが全員乗れる。つまり、縄からの解放はなしだ。川は何をしゃべるでもなく、ただ老いたうめき声が深みのなかから聞こえてくる。川を渡るとさらに多くの家がある。細長い平屋に続いて二階建ての家がひしめき、場所によっては隣同士がくっつきすぎて、人ひとりがかろうじて立てるぐらいの隙間しかない。レースのような鋳鉄飾りと広いバルコニーに縁取られたとりわけ豪華な屋敷は、さながら天まで伸びて空を覆い隠す巨大な石の宮殿だ。黒々とした長い運河が向きを変えるたびに街を切断する。あたりはコーヒー豆を煎《い》るにおいと大便のにおいがする。

　通りは人であふれている。つばの広い帽子をかぶった白人の男たちが馬をなだめながら進んでいき、轍の刻まれた道は、いつしか貝殻を敷きつめた広い街路に変わっている。髪を覆った白人の女たちが子どもを店先の日除けの下へうながし、飾りたてた縦長の戸口をくぐり抜ける。そしてそこらじゅうに、あたしたちのような盗まれた者たちがいる。縄や鎖につながれた者。背中や頭に袋をかついで群れて歩く者。道端に並んで立つ者もいる。粗布でできた揃いの服を着ている――丈の長い黒っぽいドレスに白いエプロン、男たちは黒っぽい上下の揃いにつば広の帽子。それでもあたしにはわかる。彼らはゴールドと銃をまとった白人の男たちによってつながれ、見張られている。全員が一列に並んで互いに口もきかず、手と首に生々しい傷をさらしている姿を見れば、彼らがつながれていることは明らかだ。彼らがまとう悲しみを見れば。見えない地平線を眺めるようなうつろな目で、わが身の惨《みじ》めな姿に見入るさまを見れば。

そうかと思えば、褐色の肌をした者のなかには、盗まれたようには見えない者もいる。光沢のある柄物の布を頭に巻いて、一歩一歩が自分の歩みだという感じでこの世を闊歩している。あたしみたいな明るい肌をした者、もっと白いミルク色で、白人の女みたいに青い静脈が透けて見え、つば広の帽子やボンネットをかぶっている者もいる。あたしはフィリスのほうににじり寄り、がらがらと通り過ぎる四輪馬車の一団をやり過ごす。数人の女たちがヘビのようにくねくねと道を進んでいく。宝石のようなまばゆい布を頭に巻いて、あちこちきょろきょろ見ているくせに、縄につながれたあたしたちの列だけはけっして見ようとしない。長い道のりを歩き続けてうなだれ、血を流し、ぼろぼろになったあたしたちの列だけは。

「あの人たち、きっと自由の身なんだよ」あたしは言う。

「どの人たち？」フィリスが聞き返す。

「あそこ」あたしはあごでそちらを示す。

フィリスが鼻をすすり、腕でぬぐう。

頭を丸刈りにした男の子が三人、頭にクリーム色の布を巻いたオリーブ色の肌の女のあとを歩いている。その子たちがあたしたちを見て驚きに目を丸くしていると、おそらく母親なのだろう、いちばん近くにいるひとりの肩をつかんで、三人を自分の前に追い立てる。

「だめよ《ノン》」女に急かされ、子どもたちは馬車を引く馬のように小走りに駆けだす。「行くわよ《アロンズイー》」ひとりが転びそうになり、女が襟首をつかんで引っ張り上げる。

　彼らが角を曲がって並木のむこうに姿を消すまで、フィリスはずっとそっちを見ている。あたしは見ないでおこうとするのだけれど、頭に布を巻いた人たち、鮮やかな色をまとい、視線をそらして足早に歩いていく人たちがほかにもいないかと、どうしても探さずにいられない。自由な人たちがほかにもいるんじゃないかと。

「ほら歩け」ジョージアマンがどなって、ウサギの巣穴みたいにごった返したこの街のさらに奥へとあたしたちを追い立て、やがて二人の女が肩車をして立ったほどの高さの板塀の前で立ち止まる。塀の上から、つぎはぎだらけの雑な造りの瓦屋根がのぞいている。塀の中央にはゲートがあって、それが大きく開くと同時に、囲いのなかから誰かの泣き叫ぶ声がわっと外に漏れてくる。

「入れ」あたしのそばにいるジョージアマンが言う。

　あたしたちはひと塊になってゲートをくぐり、なかへ入る。二階建ての家並みと石造りの商店を振り返ると、もじゃもじゃの髭《ひげ》を生やした白人の男がひとり、両手をポケットに入れて家のポーチに立ち、あたしたちが追い立てられるようすを眺めている。その表情は窓のように虚《うつ》ろだ。

「ほら娘、入れ」ジョージアマンが言う。通りのむこうにいる男が黒いベストの胸のあたりを片手でなで、帽子に軽く手を触れる。嚙み合わせの悪い木と木とのこすれる耳障りな音をたててゲートが閉じ、あたしたちはなかにいる。

　中庭にはところ狭しと建物が並んでいる。そのうち二つは高さがあって、白漆喰《しろしっくい》にれんがの壁。残りは低くて窓がなく、れんがは川の水のように黒ずんでいる。足下に広がる砂混じりの地面は踏み固められて、木の床みたいにまっ平らだ。ただしそこには足跡がついている。いくつもの足跡——指を示す五つのくぼみと、かかとを示す丸くてなめらかな跡、それをところどころ輪っかで囲む馬の蹄《ひづめ》の跡。ジョージアマンが屋根の高い建物へ入っていき、手下たちが馬を降りて厩《うまや》へ連れていく。建物のなかから笑い声が響いてくる。それを聞いて犬たちがわんわん、きゃんきゃんと吠えたてる。

「来い」手下のひとり、日に焼けてひたいの赤くなった背の低い男が言う。襟の下で髪がヘビのようにくねっている。女たちはそいつのあとについて、低くて横に長い黒ずんだれんがの建物へ向かい、鎖につながれた男たちはもうひとりの白人に連れられて別の建物へ、と言っても双子のようにそっくりな粗末な小屋へ向かう。屈んで建物のなかに入り、背中を伸ばすと、髪が天井に触れる。あたしよりも背の高い女たちは屈んだまま足を引きずり、むっとする暗がりの奥へ入っていく。窓はなく、唯一の明かりはれんがの割れ目から差しこむ日の光だけ。男がのろのろと縄をほどく。最初に縄を解かれた女が片足を引きずり、部屋のいちばん隅まで行って座りこむ。ある女は縄を解かれたとたんに崩れて膝をつく。背中の曲がった別の女は捧げ物でもするみたいに両手を差し出し、体を左右に揺らしている。フィリスは近くの壁にもたれてずるりとしゃがむ。あたしを縛っていた部分の縄が床に落ちて、あたしもゆっくりあとずさる。そういえばあたしは、苔を燻《いぶ》してもミツバチたちがなかなかおとなしくなってくれなかったときにも、こんなふうにあとずさった。そう思い出した瞬間、ミツバチたちのことが猛烈に恋しくなるあまり、あたしは足もおぼつかない。森の広場、木にこびりついた古い焦げ痕《あと》、ねっとりとした琥珀色の蜜。

「アニス」フィリスが呼ぶ。

ジョージアマンがドアを閉じる。あたしはフィリスと並んで床に沈み、れんがに頭をもたせかけ、目を閉じて思い出そうと試みる。かつてミツバチの世話をしながら、はやる気持ちを抑えてじっと待つことを学んだあのときの感覚、あたしの吸って吐く息に喜びが宿っていたあの感覚を。

あたしたちは空腹を抱えたまま、布をかぶって眠りに就く。喉をこするようなフィリスの寝息が、激しい咳きこみに変わっている。いびきも聞こえるけれど、ほとんどの女は倒木のようにじっと静かに横たわっている。母さんもここへ来たんだろうか。ふと思いがよぎる。母さんもこの床で眠ったんだろうか。この狭苦しい暗がりで、母さんもあたしのことを考えただろうか。あたしは自分で自分の頭をこすり、母さんが最後にあたしの髪を洗い、油をすりこんで、編んでくれたときの指の感触を思い浮かべる。フィリスのほうににじり寄って背中と背中をそっと合わせ、一瞬だけ、これは母さん、暖かくて安心できる母さんの背中、というふりをする。

ひと筋の煙が蔓になってれんがの割れ目から忍び入り、屋根の隙間の下にすすのように溜まって渦を巻く。暗がりのなかに、さらに黒くアザの形が浮かび上がる。

「また来たんだ」あたしは言う。

「ちょっとほかに呼ばれていたのよ」

「母さんのこともここまで追ってきたの？　こういう小屋まで？」あたしはささやく。

電光がアザの首をぐるりと回って、暗がりのなかにぱちぱちと消える。アザは床には降りてこない。

「ええ」

「母さんはどうなったの？」

電光が弧を描いてアザの頭部を横切り、後光のように光る。アザが顔をしかめ、話しだす。

「これからおまえの身にも同じことが起こる」そう言うと、アザの表情が変わる。目元が和らいだのは同情だろうか、と思ったら、ハチドリがひゅうと横切るみたいに消えてなくなる。「悲しみに打ちひしがれ、やがて誰かに連れていかれる」

「知ってるの？　母さんがどこへ行ったか知ってるの？」喉にしゅわしゅわとこみあげる希望の泡を、

あたしは必死に呑み下す。

「ここを出て、海とは逆の、北のほうへ連れていかれた」

気持ちが、希望が、今度は重いクリームになって胃に沈んでいく。

「そこまでついていったの？」

霧の毛布に包まれて、アザがようやく降りてくる。

「彼女は体を壊していたのに、わたしを呼ぼうとしなかった」あたしはアザに指を伸ばす。煙のようなドレスの端のほうでは、ぱらぱらと冷たい雨が散っている。アザの顔はじっとして動かない穏やかな水だ。「精霊というのは、呼ばれなくては何もしてあげられない。彼女を見たのはそれが最後よ」

あたしは片手を握ってお腹にこすりつける。指が痛いほどかじかんでいる。

「必要とされてるのは知ってたくせに」言ったあとで、言わなければよかったと後悔する。さっきの希望が酸化してごぼごぼとこみ上げ、舌のつけ根をぴりぴりと刺す。

〈何もしなかったんだ〉せめてその部分は言わずにおく。

闇のなかに立つアザは凜《りん》としてきれいだ。彼女が視線をそらしてれんがの壁のむこうに目を向けると、その横顔が、完璧な一瞬のあいだだけ、母さんの横顔になる。夜のなかで彼女が近くに、とても近くに感じられて、恋しさのあまり全身がわんわんと響きだす。

「そうね」アザが言う。「おやすみ」

寝返りを打って横を向きながら、あたしは驚きを禁じえない。さっきはあんなにひんやりとして心地よかった冷たさが、いまはこんなにもじんじんとして肌を焦がす。

男たちに命じられてかいば桶で体を洗ったあとで、あたしたちは茶色い袋みたいなそろいの服を着せられる。午前のなかごろに最初の女が連れ出され、その間あたしたちは天井の低い暗い建物のなかでしゃがんでいる。最初の女はよろよろと部屋に戻ってきたかと思うと、そのままこそこそと隅の暗がりへ向かう。ほかの女が集まってきてあれこれ訊いても、いっさい答えない。戸口に男が現れては、あたしたちを連れていく。一度にひとりずつ、名前を呼んで。〈サラ、マリー、エリザベス、アリヤ、アニス〉

　白人の男が戸口に現れてあたしを呼び、逆光でそいつの顔も見えないまま、あたしはあとについてまばゆく燃える日差しのなかに出ていく。奴隷小屋が並ぶ囲いのなかは土埃だらけでなんの草木も生えていないけれど、あたしたちを外界と隔てているゲートの上では、街路を縁取る並木の梢が揺れている。空にはハトのお腹みたいな雲が浮かんでいる。杭につながれた馬たちがもぞもぞと動いていなく。男たちの声が縄のように絡まり合ってあたしに巻きつき、締めあげる。白人の男に連れられて、昨日ジョージアマンが入っていった立派な建物のドアをくぐる。ただしジョージアマンはもういない。部屋には暖炉と炉棚があって、ろうそくが灯され、金縁の鏡の前で煌々《こうこう》と輝いている。それに机、というより角に渦巻き装飾のほどこされたテーブルが一台置かれて、背もたれの高い木の椅子が並んでいる。白人の男が全部で五人。こざっぱりとした身なりで、ドアのそばにかけてある帽子に押さえられていた部分だけ、髪がへこんで平らになっている。それぞれ白い頬髭を生やしていたり、背が高かったり低かったり、太鼓腹だったりやせていたり。そして白い。全員が懐中時計の鎖をぶら下げている。ろうそくの明かりのなかで歯が光っている。

「こっちへ」いちばんちびでお腹の出ている男が言う。体の末端がことごとく赤い。両手も、髪の生え際も、頬も、全部赤くまだらで、動物の喉をかき切って返り血でも浴びたのかと思うほどだ。別の白人、やせて頭のはげた男が隣に立つ。

「歩き方がしっかりしているな」ちびの男が言う。「目にも輝きがある」

「健康そうだな、きちんと食べさせればだが」やせた男が書類を見ながら言う。

「もちろん食べさせるさ」ちびが答える。

やせた男が何やら書きこみながらうしろを振り返って言う。

「彼女を奥へ」

「かしこまりました」声が聞こえて、そのとき初めて、頭に布を巻いた褐色の女にあたしは気がつく。床を見つめて座っていた女が立ち上がり、こっちへ歩いてくる。シャツもスカートも簡素でゆったりしている。あたしに手を差し出すものの、こっちの手を取るわけではなく、ついてこいという感じでくるりと体の向きを変え、小さなドアのむこうに姿を消す。男たちは全員あたしを見ているくせに、何も言わない。部屋に入ると低いテーブルがあって、染みのついた布が置いてある。近寄りたいとも思わないのに、女はそれを指差して「どうぞかけて」と言う。あたしは木の角が腿に食いこむぐらい、ぎりぎり端に腰かける。

「さっきの方はお医者様。あなたを診てくださるわ。健康かどうか確かめて、もしも悪いところがあれば、治療してくださる」そう言いながら女はずっとあたしのむこう側を見ているので、なんだかあたしのうしろにもうひとりあたしがいて、宙を漂いながら天井に昇っていくみたいだ。〈アザ〉あたしは念じる。〈アザ、そばにいると言ったでしょう〉

「わかった？　わかったならうなずいて」

あたしは女を見る。まっすぐに見つめる。張り出したひたいに散ったそばかす、鼻の横にあるほくろ、歪んだ犬歯。

「わかったわね」女が言う。

〈アザ〉あたしは言う。〈この女は自由なんでしょう？　誰が自由にしてやったの？〉

医者が入ってくる。

「服を脱いで」女が言う。

〈アザ、ねえ見て〉あたしは言う。〈彼女を見て〉
あたしはゆるい服を頭から脱ぐ。冷たい空気の手が肌に触れた瞬間、小さく漏れそうになった声を呑みこむ。

〈アザ〉視界の隅で何かがちらちらと光っている。

「お医者様よ」女が言う。あたしのほうを向いて、一瞬だけじっと見たと思ったら、すぐにまた視線をそらす。顔に貼りついたしかめ面みたいに、うしろめたさが貼りついている。「あなたを……診てくださるわ」彼女はささやくように言い、組んだ両手を通り越して自分の足元に視線を落とす。

〈アザ〉あたしは言う。〈お願い〉

てかてかのさや豆みたいな医者が近づいてきて、あたしの身長、手、足、腰まわり、腿、腕、頭のサイズを計る。口を開けさせてなかをのぞき、耳をのぞき、目をのぞきこむ。頭に手のひらを置かれたときには、思わずびくっとする。骨をぐっと押されて、閉じたまぶたをさすられる。そのまま目をつぶっていると、医者の手が頭の上から首に移り、さらに下へと這い進む。クルミのような関節をした白いクモ。

「混血の影響で体のつくりが繊細だな。出産の形跡はなし。腰が細い」医者がつぶやく。「骨盤は大きい」頭に布を巻いた女が医者の言葉を書き留める。その目はひたすらノートを見ている。「おそらく囲われ女《ファンシーガール》として売るのが、いちばん高く売れるだろう」医者が言う。あたしは自分がアザのように宙に浮いて、頭に布を巻いた女と医者を上から眺めるところ、医者があたしに指を這わせ、指を入れ、ひだと、それ以上にやわらかく繊細なくぼみの内側を探るあいだ、その指といっしょに痛みが小さな芋虫になってあたしのなかにもぐりこむところを想像する。けれども母さんもこれを耐えたんだ、これよりひどいのを耐えたんだ、と思い至ってわれに返り、自分の体に戻っていく。あれだけ戦いの技を知り、それを誇りにしていた母さんでさえ、これを阻止することはかなわなかった。

〈ああ、母さん〉

男に連れられ、あたしは天井の低いれんがの建物に戻る。なかは暑くてむっとする。フィリスが同じ男に連れられて外に出る前に忠告しよう、あの女とやせた医者のことを、その医者が手で突き刺してくることを伝えようと思うのに、伝えられない。彼女のそばに座って自分を抱き締めるだけ。体じゅうが濡れている。頭も、顔も、肩甲骨のあいだも、お腹も、手首も、医者に探られた両脚のあいだも、傷口が赤く開いた足も。あたしは壁に寄りかかる。隙間から差しこむ鋭い光の糸に目を細める。れんがに何かが刻まれている。何かの文字。太陽みたいな形。さらに下のほうにはまっすぐな長い線が引かれて、上部に小さな三角形が描かれている。あたしは手で触れ、なぞってみる。槍のようだ。もしかして母さんが彫ったんだろうか。名前は書けないから、紙もペンもなかったから。

もしかして、あたしのために彫ってくれたんだろうか。

フィリスが戻り、ぐらりと傾いてあたしの隣に崩れる。泣いている。静かなすすり泣きが、歯が抜けるようにこぼれてくる。彼女が落ち着くのを待って、あたしは髪のあいだ、頭のなかの隠し場所から象牙の錐を抜き取り、母さんが連れ去られた日から肌身離さず持ち歩いているその錐で、もしかすると母さんが彫ったのかもしれない印のそばを削っていく。壁をこすって円を描き、まんなかに縦の線を引いて、その背中の片方に小さな楕円を描き、反対側にも同じ楕円を描く——これは翼。目を細めて見れば、ミツバチに見えないこともない。

女たちはみんな眠っている。自分を抱いて、あるいは互いに抱き合って。長い行進と医者の仕打ちで体は疼き、傷ついている。母さんが売られてからサフィがあたしをきれいに洗って温めてくれるまでのあいだ、悲しみが熱い洪水となって押し寄せていた時期には、あたしはよく、空気がオレンジ色になってウサギがその日最後の食事をするころ、フクロウとコヨーテがそれを捕らえに来る時間に、森の広場へふらふらと出かけたものだった。母さんがくれた象牙の錐を取り出し、それを握って歩いていると、絶望的な状況が少しはましになる気がした。自分でもばかげていることはわかっていた。武器はあたし自身、と母さんは言わなかっただろうか。自分さえしっかりしていれば大丈夫、道は必ず開けると。けれどもいまは体じゅうが痛くて、力も入らず、ぜんぜん自分が武器だとは思えない。

アザが降りてきてあたしを包む。

「どうして？」あたしはささやく。「どうして母さんを助けてくれなかったの？　どうしてあたしを助けてくれないの？　あたしたちをここから連れ出すくらいできるくせに」

アザの髪は生き物だ。流れる雲と、その雲を真っ赤に染める夕日。アザが身をのり出し、風が吹きつける。洗ったばかりの洗濯物が冷たい風に吹かれてはためき、顔にぴしっと当たる感じ。

「わたしの雨で錠をうがつのはとても無理。風で錠を壊すことなら、おそらくできるかもしれないけれど、ここは男たちの数が多すぎる。それに犬も。連中は追ってきて、おまえを見つけるわ。あっというまに」

「ほかにも方法はあるはずよ。試したことはないの？」あたしは尋ねる。

アザの風は冷たくぴりりとして、母親らしい優しさはどこにも感じられない。アザがあたしをにらみ、黒目の部分を稲妻がよぎる。

「おまえの祖母、おまえのアザ母さんを船で助けたあとも、わたしは彼女についていったのよ。彼女には何かが、何かの音が感じられたから。ひゅーっという細い音、嵐の前に鳥たちを運んでいく強風のような音」アザの霧が一瞬、紫色に光る。女たちの誰かが唸る。「市場に連れてこられてから出ていくまで、あとを追ったわ。船に乗っていたときと同様、ここに着いてからもどんなにきつく縛られていたかも見た。おまえの父親の屋敷に着いて、お腹がふくれていくのもこの目で見た。お腹の中身はおまえの母親、彼女がお腹に宿していっしょに海を渡った赤ん坊よ。でもそのときも、逃れるすべはどこにもなかった」

あたしは両手を脇に滑らせる。腿とお腹に力をこめる。

吐いた息が凍りつく。フィリスがそばで身を震わせている。

「ねえアザ」と言って、あたしは両手を上げる。指先がすっかり紫色だ。「寒いよ」

アザがコヨーテのお腹みたいななめらかな濃い灰色に変わる。嵐の気配をおびて興奮し始めた彼女から顔をそむけ、あたしは体を丸めて暖を取る。

「確かにわたしはおまえのアザ母さんのもとを去った。大きなお腹を抱えてまごついていたというのにね。それでも、月明かりに浮かび上がった荒れ狂う海に引き返して初めて彼女を見たときには、深い海から浮かび上がって潮を吹くクジラたちのもとに戻ったときには、本当に彼女のことを気にかけていたのよ」アザはあたしから顔をそむけて建物の壁のむこう、街のむこう、何キロも先を見つめているかのようだ。「船なんかいくらでもあったし、船倉に捕らわれているおまえたちの仲間だっていくらでもいたけれど、わたしのことをあんなふうにまっすぐに見つめた人間は彼女だけだったから。あるとき戻ってみたら、彼女はおまえの母親を産むところだった」

アザの髪がするすると頭に戻ってくる。いく筋もの黒い川が曲がりくねって海に流れこむみたい、と思ったら、またもや四方に伸びていく。

「おまえの母親がこの世に生まれるとき、おまえのおばあさんからは紫色の水が流れてきた。おまえの母親はその水に浮かんであっというまに出てきたと思ったら、産婆の手をつるりと滑って土間にぶつかるしまつ。おまえのおばあさんはそれを見て笑って、産婆が戒めても意に介さず、赤ん坊が泣き叫んでも平気だった。赤ん坊のほうも受け継いでいたわ。稲妻のような気性。槍のようにまっすぐなところ。風が鳴るような高い歌声」

アザがあたしの脚に、お腹に、霧を転がす。

「わたしたちが求めているのはそれだけよ」アザがきれいな朝もやの色に変わる。明るくひんやりとした灰色。「呼ばれること。まっすぐに見つめられること。おまえの母親もあたしをまっすぐに見つめたわ。生まれて初めて口にした言葉も、彼女にとってわたしを意味する言葉だった。〈嵐《ストーム》〉と彼女は言ったのよ。不器用な舌で、ほんの小さな口で、まばらに生えた歯で、緑色の小さなアオヘビがしゅーっと唸るみたいに」あたしは胸にあごを押し当てる。「ところが大きくなるにつれ、おまえの母親は言葉のなかに小さなアオヘビの響きをなくしてしまった」

まわりの女たちが小さくつぶやき、寒さを逃れ、痛みを逃れて身を寄せ合う。あたしとアザはぽつんと取り残される。

「アザ母さんには、逃げるのに手を貸してほしいと頼まれたことはなかったの？」あたしは尋ねる。

アザのドレスがあたしと女たちの上を這う。女たちが互いの服をさらに強く握り締める。

「頼まれたことは一度もないけれど、おそらくそれは、ここがどういう土地で、どういう人間が住んでいるのか、まるで見当がつかなかったからじゃないかしら。体をぐるぐる回されると、止まったときにまっすぐに立てないみたいにね。すっかりショックを受けて、圧倒されていたから。航海は生き延びたものの、たどりついたところも情け容赦のない世界。もう象たちのもとへは戻れない、母親のもとへは戻れない、と悟ったんでしょうね。海はあまりに広すぎる。彼女にとって、自分の足で立ち続けるために残されたものは、彼女自身の戦う意志だけだった」

「母さんは？」あたしは尋ねる。「あたしの母さんは、逃げるのに手を貸してほしいと頼んだことはなかったの？」

アザの風は秋の最初の寒さの日のようにぴりりとしている。来るべき死の予兆。あたしは壁の槍を指でなぞる。細い溝の感触。

「おまえの母親は、わたしに対して見ないふりを決めこんだ。最後にわたしに口をきいたのは、おまえのおばあさんが息を引き取った夜、病気で燃えつきたときよ。わたしの水では、おまえのアザ母さんを冷ましてやることはできなかった」

思い出しながら、アザはゆっくりと目をしばたたく。

「精霊のなかには病気に力を及ぼすことのできる者もいるけれど、わたしは力が及ばなかった」アザの声が、これまで聞いたことがないほど小さくなる。「おまえのおばあさんが宙に浮き始めるのを見て、わたしは引っ張って体から出してやった。そうしておまえの母親に、これからはわたしがアザを名乗る、彼女の名前が生き続けられるように、と告げたのよ」

アザが、あたしの頭から足に向かってさっと手を払う。あたしのひたいに、鼻に、口に、首に、肩に、お腹に、腿に、氷のように冷たい水がぱらぱらと降りかかり、足の裏に溜まる。

「それなのにおまえの母親ときたら、おまえのおばあさんの胸に突っ伏して悲しみに泣くばかりで、その後は二度とわたしを見ようとも口をきこうともしなかった」

痛みを感じないなんて、なんてすてきなんだろう。何も感じないなんて。アザ母さんはどれほど身軽に感じたことだろう。

「母さんはあんたを責めていたの？」あたしは尋ねる。

「そういうこと」アザはぴしゃりと答えて、雲のドレスであたしを包む。足先から腿へ、腰へ、胸へ、肩へ。それから床にいるほかの女たちのほうに視線をそらすので、あたしは彼女の返事が妙に早かったことが気にかかる。いまの話は本当だろうか。都合のいい言い逃れではないだろうか。

けれども体じゅうに寒さが広がり、もはや何を考えることもままならない。赤むけた足から、ずたずたの手首から、感覚が失われていく。体が凍えて、母さんが売られていったあとの日々のようだ。あたしに残されたものは母さんが生きていた痕跡だけ、母さんの名残だけだなんて、あまりに辛すぎる。象牙の錐、戦いの訓練、母さんが語ってくれた物語、母さんの手と母さんがあたしに示してくれた愛情の記憶。つまるところ、それは母さん自身が自分の母親からかろうじてすくい上げたものでもあるのだけれど、あたしには母さんの真似はできない。母さんのように強くはないし、たとえ目の前の精霊が期待に応えてくれなくても、おそらくは嘘だってついているにしても、背を向けるだけの強さはない。だってあまりに孤独で、あまりに寒い。あたしはアザが与えてくれるものを受け取るだろう。

「おまえのアザ母さんは、**水**のもとへ行ったのよ」アザが言う。

「**水**？」

「この場所のむこう側、すべての精霊が生じるところ。明日の世界」アザが答える。「この世にはおまえの知らないことが山ほどあるのよ。おやすみ」アザがささやき、あたしのまぶたはかさかさと閉じる。

しゃがんだような背の低い建物にふたたび白人の男がやってくるころには、あたしたちはみんな起きている。男はドアの鍵を開けてあたしたちを中庭へ連れ出し、売人の男、節くれだった大きな手に金ぴかをまとった赤いまだら顔のちびの前に並ばせる。少し離れた横のほうに医者がいて、あたしたちと似たような姿をしたあの女と並んで立っている。隣にいるフィリスが、お腹の前で腕を組む。そうやって体のやわらかい部分、骨に覆われていない部分を守ろうとするみたいに。いちばん端の女は背が低く、あたしたちのなかでもかなり低いほうだけれど、ほかのみんなが紐のようにやせているのに対し、筋肉がついている。売人の男が最初の女の前に立ち、片手を伸ばして彼女の顔をつかむ。

「おまえなら男並みに働けるだろう。買い手に訊かれたら、はい旦那さまと答えろ」

医者が書き留める。

「そむいたら鞭だ。わかるな？」

女は震えている。さんざん走らされた馬みたいに震えて、最後にうなずく。

売人の男は列の前を移動して、腕、指、脚、背中、と女たちをひとりずつ吟味したのちに告げていく。片目のたれた女には〈おまえはメイド〉、体の大きな女には〈おまえは一等級〉、片脚が悪くてふらふらと立つ別の女には〈おまえは看護婦〉、もつれた髪を背中にたらしている女には〈おまえは子守り〉、あれだけ歩いたにもかかわらず磨耗しきっていない女には〈おまえは料理人〉、そしてフィリスには〈おまえは針子だ〉と。フィリスは胸にあごを押し当てたまま、うなずきもしない。

「そしておまえは……」男が指の節であたしの腕を上へとつたう。「おまえは黙っていればいい。見れば買い手もわかるだろう」そいつは医者と同じことを言う。あたしはファンシーガール、お楽しみ用だと。あたしの価値は両脚のあいだにしかないと。

男の頭上で霧の触手が渦を巻いて頭を一周したと思ったら、みるみるふくれあがって、なかからアザが現れる。日差しのなかで輝いている。日を浴びる川面の水。両手は体のそばに軽くたれている。口が動く。

「ほらそこ」と言ってアザが売人の背中を指差すと、宙に炎が、ろうそくみたいな細長い炎が浮いている。あたしたちを盗んだ男は次の女に移って話しているのだけれど、言葉がくぐもって聞こえる。炎がぱっと燃え上がる。なかから溶けた頭が現れたと思ったら、肩が現れ、胴体が現れて、最後に燃え盛るドレスが現れる。続いて顔の部分が黒くなり、鼻が現れ、口が現れて、目が現れる。精霊の髪は大火事だ。頭と肩は実際にぱちぱち鳴っているし、顔は暖炉の炎に灰をかぶせて黒くなったところ。そうして男の上、ここにいる全員の頭の上を漂っているのは、女の形をしたくすぶる雲、燃える精霊だ。

「見えるでしょう？」アザが言う。「彼女は**記憶する者**」

売人の男があたしたちの悲しい列に並ぶ次の女の前に進み、彼女がどんなふうに売られていくかを申し渡す。

燃え盛る精霊が腕を曲げる。その腕は顔と同じぐらい黒くなっている。薪のような腕の継ぎ目がくるりと回って動きだし、線になっていく。文字になっていく。心臓部分の炎が滑るように動いて言葉になる。それらの文字が精霊の腕を上り、丘のような肩を越えて、黒い、真っ黒な口の谷間に流れこむ。

「彼女はおまえたちの苦しみを、この世のあらゆる苦しみを見届ける」アザが言う。「見届けて、記憶する。それが彼女の力」

記憶の精がぱちぱちと弾けて燃えさしを吐き出し、吐き出すそばから文字がさらに腕を転がって顔を覆い、全身を覆ってはふっと消え、女たちが自分に申し渡された筋書きにうなずくたびに、次々と上ってくる文字に場所を明け渡す。

「こっちの世界はわたしたちに新たな命を吹きこんでくれる。新たな精霊を呼び寄せて、古くからの精霊を養ってくれる。わたしたちに信者をもたらし、捧げ物をもたらしてくれる」アザが言う。「わたしたちはみんなひとつ、家族のようなもの。おまえのアザ母さんにもそれを伝えようとしたのだけれど」

あたしは両手を握り締める。男の言葉をそいつの口のなかに押し戻して、喉を詰まらせてやれるとでもいうように。一列に並ぶ女たちをざっと見渡し、アザを通り越して、記憶の精に目を向ける。記憶の精があたしを見つめ返し、ぱっくりと開いた口が最後の言葉を呑みこんで、彼女から煙が立ち昇る。するとあたりに古い火のにおいがする。つついて、くべて、何世代にもわたり燃え続けてきた太古の炎。いまここで口がきけるなら、アザに訊いてみたい。〈記憶の精はそれをどうするの？　何もかも覚えて、それはどうなるの？〉霧が広がってアザの手がぼやけ、腕がぼやけ、首もドレスもぼやけて、ついには全身が霧に包まれてばちっと音がしたかと思うと、アザは消えている。あたしを見下ろす**記憶する者**の脚が崩れ、続いて腰が、胴体が、腕が、そして最後に顔が崩れて、すべてが灰の雨になって降り注ぐ。

このちび男、あたしの錐でその目を突き刺してやる。

精霊が記憶するだけではとても足りない。

第6章　身を委ねる

女の泣く声で目が覚める。声の主の見えないまま、あたしは夜の闇に目を凝《こ》らす。「母さん」女が言う。「母さん」またしても手か腕で口を覆っているようなくぐもった声がして、傾いたバケツから水がこぼれるみたいに女からすすり泣きがこぼれてくる。

あの燃える精霊はこういうことも目に留めるんだろうか、こういう自分だけの痛み、あたしたちが夜のあいだにしくしく泣くような光景も。それとも彼女が書き留めて記憶するのは、公《おおやけ》になってみんなが知っているような痛みだけだろうか。妹たちの家庭教師がイタリアの地獄はそういう苦しみであふれていると言っていた、自殺した者が木になったり、女の顔をした怪鳥に食われたり、異端者が燃え盛る地下の部屋で焼かれたりするような苦しみ。**記憶する者**はいまもここを漂っているんだろうか。見えない姿であたしたちの上を、母を求めて泣くあたしたちを。母さんはこの世が精霊であふれていること、天国や地獄まで行かずとも会えることを知っていた。そういうものは全部ここにいるんだと。いまならあたしにもわかる。

あたしは寝返りを打って横向きになる。みんなから離れて壁のほうににじり寄り、髪のなかから小さな錐《きり》を取り出す。闇のなかで錐がぼうっと光る。片手で壁の印を探りながら彫り始める。暗すぎてミツバチを彫るのは難しい。そこで槍を一本彫る。続いてもう一本、さらにもう一本。母さんの印。

いまここに母さんがいて、これが本当に母さんのものだと信じていいのかどうか訊けたらいいのに。母さんがここにいて、アザについて、アザが語ったことについて訊けたらいいのに。母さんがここにいて、どうしてアザのことを一度も話さなかったのか、この世は精霊だらけだと言いながら、どうして知り合いだった彼女についてはひと言も話さなかったのか訊けたらいいのに。母さんがここにいて、アザを信用してもいいのかどうか訊けたらいいのに。まえに二人で流産をうながす薬草と草の根、それに食用のきのこを探して歩いていたときに、母さんに言われた。〈あんたは、見つけるのはうまいけど、いい面だけを見てすぐに飛びつくところがある。もっと全体をよく見ないとね。ちゃんと危険にも目を向けないと。あんたはあっさり信用しすぎる。それはよくない〉

フィリスの背中が眠ったままあたしの背中に触れる。空気に煙のにおいが混じっている。男たちが起きだしてかまどに火を起こし、食事の準備に取りかかっているようだ。

「アザ」とあたしはささやいて、彼女の嵐が生じるのを待つ。ブロンズ色に焼けた顔が現れるのを待つ。フィリスがむにゃむにゃとつぶやく。あたしはじっと耳をそばだてる。

「母さん、だめ」暗がりで泣いていた女がふいに声をあげ、また静かになる。

アザがそばにいて冷やしてくれないと、体じゅうのやわらかい部分が刺すように疼《うず》く。

「アザ」もう一度ささやいても空気はどんよりしたまま、床で眠る女たちがときおり埃をかき立てる以外はなんの動きもない。顔を覆ってサフィのことは考えるまいとするのに、けっきょく考えてしまう。ここと家のあいだのどこにいるとも知れないサフィ。ありとあらゆる姿が思い浮かぶ。白んでいく日のなかで震えているところ。川岸に穴を掘って身を隠し、無事でいるところ。両手で木の幹にしがみつき、腕のやわらかい部分を木の皮にえぐられて、下で犬たちが吠えているところ。捕らえられ、縛られて、南へ向かう船、ここニューオーリンズへ向かう船に積みこまれたところ。ぴくりとも動かず、魂の脱《ぬ》け殻と化して、目はしぼんで色褪《いろあ》せた干しブドウのようになり、骨は浮き上がって潮が引いたあとの岩のようになったところ――死。彼女の魂はいったいどこへ？　小川のようにごぼごぼと流れる涙を押し戻そうと顔を覆う手に力をこめても、アザの姿が見えることもなければ、母さんが叱ってくれることも、朽ちていくサフィが目の前に現れることもなく、まぶたの内側で星がちかちかと流れるだけ。

ニューオーリンズはハチの巣、そしてあたしたちはハチミツだ。褐色の肌の女が小屋を訪れて全員に服を配るときに、あたしはそれを理解する。丈の長い黒っぽい服と、つばのない黒っぽい帽子と、バター色のエプロン。「それを着て」と彼女は言い、あたしたちが着替えるのを待ってから、「このオイルを肌にすりこんで」と言う。彼女の配ったトウモロコシパンはずいぶん脂っこくて、口のなかがねばねばする。いずれにしてもあたしたちは貪《むさぼ》り食うのだけれど。服の生地は目が粗《あら》く、すりむけた手首を猫の舌のようにざらざらとこする。黒っぽい服に、さらに黒い染みがついている。ここに閉じこめられていた別の誰か、この服を着せられ、売られた誰かの血。頭に布を巻いた女が顔を近づけ、初めてまっすぐにあたしを見る。

「ちゃんと言うのよ」女がささやく。かろうじて聞き取れるぐらいの小さな声、こわばった唇。「自分が何者か。仰向けに寝転がって男に好きにさせるよりほかにできることがあるんだと」その言葉には、過去の記憶に思いを馳《は》せるような響きがある。彼女のそばかすの由来を物語る何か、頭に巻きつけたティニョンからのぞくブロンドに近い巻き毛を説明づけるような何か。おそらく彼女の母親の傷に関すること、あるいは祖母の傷に。こういう肌の色をした女なら、誰もが知っているたぐいの傷。

彼女の言葉を聞いて、あたしの体は震えだす。それをなんとか止めようと、髪を軽く叩くふりをして、なかに忍ばせた象牙にそっと手を触れる。あたしのたったひとつの武器。ティニョンの女は顔を伏せ、あたしの次、見えない風に吹かれて揺れているフィリスの前に移動する。そのまま眺めていると、ティニョンの女は列のさらに先へと進み、何やらささやきながら、女たちのボンネットを整え、スカートについている何かをむしり取り、そうでなければエプロンを結び直す。

「専用の競売場が使われることもあるけれど、今回の男は小屋の外で売るそうよ。あなたたちは立って、待つ」それからあたしたちを捕らえている男たちの下で働くその女は、顔を伏せてささやく。「主があなた方を祝福し、守られますように《ク・ル・セニュール・ヴ・ベニス・エ・ヴ・ギャルド》」そして声をもとに戻す。「さあ」

あたしたちは女のぴんと伸びた背中のあとについて低いドアをくぐり、埃《ほこり》っぽい中庭を突っ切って、正面のゲートを通り抜け、通りに出る。女の頭に巻かれた布は花のようだ。曇天の薄明かりのなかに咲くやわらかな薄紫の花。鎖につながれた男たちはすでにその場にいて、通りを向いて一列に並び、行き交う人々や馬を眺めている。ティニョンの女があたしたちを停止させ、背中を塀に、顔を空に向けて並ばせる。シルクのように細くて軽い花粉ほどの小雨がちらつき始めて、あたしは炎が見当たらないか、雲が見当たらないか、**記憶する者**かアザの姿が見えないかとあたりに目を配る。どちらもいないと思ったそのとき、ふと母さんの髪の気配、ほっそりとした軽い髪の感触を頬に感じる。あたしがまだほんの子どもだったころ、長い一日の仕事を終えた母さんは、お腹を空かせてへとへとに疲れた体であたしをおぶい、暗いなかを歩いて小屋まで戻った。母さんの髪はあたしのヴェールだった。〈あたしのかわいい娘〉と母さんはささやいた。目を開けると、そこにはもじゃもじゃの灰色の髪のような一日と、悲しみが広がっているにすぎない。あたしがおぶわれるくらい幼かったころ、母さんとのそういう帰り道はあんなに短く感じられたのに、母さんのいないこの時間、母さんの髪も歌も顔もなく、ただ待つだけの忌まわしい時間は、一分一秒がなんと長く感じられることか。

午前が少しずつ欠けて午後になったころ、沐浴《もくよく》とオイルと脂《あぶら》っこいトウモロコシパンは、長く悲惨な行進を取りつくろってあたしたちを売りやすくするための方策だったと遅ればせながら気がつくものの、どれも効果があるとは思えない。あたしたちの手首の傷はとても癒えたとは言いがたいし、フィリスの首と顔には生肉のような吹き出物が散っている。列の端にいる女はいちおう立ってはいるけれど、片足をかばって一方に傾いている。スカートの下で彼女の足首は赤く腫れ、まだらもようのタマネギのようになっている。最初の男が足を止めてあたしたちを見定め、足の悪い女について、掃除はこなせるかと売人に尋ねていたのに、彼女の足首を見てわずかにかばうようすに気がつくや、タバコの焦げ痕《あと》のついた髭《ひげ》をひとなでして去っていく。二番目の男、髭をきれいに剃った背の高い色白の男は、立ち止まって大柄な女のことを尋ねながら、いきなりあたしに触ってくる。あたしはうろたえてどこへともなく足を踏み出し、曲げた背中と痛む両脚のあいだで腰を引く。午後の時間も過ぎて十人目の男が立ち止まるころには、あたしはもはや動かない。

小雨はしだいにやむものの、あたしは飢え、渇いて、体のなかでは胃がひっくり返っている。つやつやのシルクのスーツをまとった太鼓腹の大男が列の前で立ち止まり、あたしたちに何ができるかあれこれ質問するあいだも、あたしは飢えの痛みに耐えつつ息を吸っては吐きながら、ひたすら前を向いている。あたしが彼を通り越してむこうを見ていれば、彼の目もあたしを通り越してくれるんじゃないかというふりをして。ところがやがて男はあたしに顔を近づけ、上から見下ろす感じで観察し始める。あたしは視界を遮られ、通りも、馬も、家も、行き交う人々も、昼間の光もいっさい見えない。視界に映るのは全身黒ずくめのその男、夜が降りてきたかのようなその男だけ。あたしはしかたなくそいつを見る。

「これは?」男が尋ね、気がつくと売人もそばに立っている。

「お楽しみ用ですね」売人が答える。

男が歌うように喉を鳴らす。コロンのにおいがする。果実がアルコールのなかで発酵していくときのつんとくるにおい。男がにやりと笑う。

「見たところ、いい仕入れ品じゃないか」

「妊娠線はありませんが、体のほうはしっかり仕上がっていますよ」売人が答える。

　母さんには妊娠線があった。あたしの印。おへそから広がってお腹を下へとつたう油のような黒い線が四本。胸の下にも、黒い線が二本ずつ。

「違います」あたしは言う。言葉が大男のスーツにぶつかって石のように跳ね返り、下に落ちて波が生じる。まわりの女たちが体をそらす。びくっという動きが波紋になって広がる。

「メイドです」あたしは言う。売人が自分の顔を両手でぴしゃりと叩いて、頭のまわりをしつこく飛び回る羽虫に対し、あたしに対し、彼の見立てにそむいてあたしが勝手な口をきいたことに対し、苛《いら》立《だ》ちをぶつける。

「洗濯、アイロン、縫い物、火を熾《おこ》すのも埋《い》けるのもできます」あたしはパニックを呑み下す。「料理もできます」長身の男の髭が日差しを受けて赤く燃え、一瞬、男が自分の父親に見えて、あたしは墓穴を掘ったことに気がつく。熟した体に仕事の知識、この男にとってあたしはよく調教された雌馬《めうま》にすぎず、すぐにでも乗っかってくるに違いない。男がにやりとする。

「これはまた、ずいぶんな上物じゃないか」大柄な男が売人に言う。男の目は黒々として鉄のようだ。黒々として、アザ母さんが握って走り、切り裂き、殺めた剣のようだ。黒々として、母さんが彫った槍のようだ。けれども二人は自分を売り買いする男たち、レイプする男たちに対してはそれらの黒い武器を抜くことができず、振り回すこともできなかった。

「植物の知識もあります」あたしは言う。「ベリーに薬草」そして吐き捨てるようにつけ加える。「きのこについても」

　大男が一歩あとずさる。それは体のとっさの反応で、本人が理由に気づいたのは、おそらくうっかり石を踏んでうしろにぐらりと傾いた瞬間だ。男自身もきのこについていくらか心得があるのだろう。

斑点のある茶色いきのこに黒いきのこ、鮮やかな黄色いきのこ、オレンジや錆色《さびいろ》のきのこ。やわらかい柄の部分はおいしいかもしれないし、命取りになるかもしれない。男が誰に教わったのかは知らないけれど、あたしには母さんが、ご主人の目を盗んで教えてくれた。母さんはそれをアザ母さんから教わり、アザ母さんは、もともとそこにいた人たち、あたしたちよりずっと前からカロライナで暮らしていたおばあさんに教わった。その人はアザ母さんと物々交換をしていたのだけれど、その後、掃討を避けて山へ逃れた。眉を寄せて大男の白い顔をにらんでしまう自分を、あたしは自分でも抑えられない。口のなかに苦味が広がる。焦げたキャベツみたいな味。ゲートに沿って並ぶあたしたちの列が揺れる。はたしてあたしはわが身を救ったのか、それとも滅ぼしたのか。大男がくるりと向きを変え、石から足を下ろしてその場を離れ、道を踏みしめ、角を曲がって見えなくなる。

日が沈みかけて空気がキルトのように重くしっとりしてくるころには、塀に並ぶあたしたちを吟味して歩いた男たちはそれなりの数に上っている。ヒマワリの種みたいに質問を吐き散らしていった男、とくに質問をするでもなく、読めない文字でも読もうとするように目を細めてひとりずつ吟味していった男。あたしのしたことに対して売人がそれなりの答えを用意していることはわかっていた。だからみんなと囲いに、自分たちの小屋に戻ったあとでティニョンの女が食べ物を運んできたときに、あたしの分だけなくても驚かない。彼女は口を歪《ゆが》めて、申し訳なさそうな目をしている。

アザの姿を探しても、ここにはいない。

床に寝転がり、寝言をつぶやいては寝返りを打つ女たちに囲まれて、自分も体を丸めて頭をお腹に押しこみ、目をつぶろうかとも思うけれど、どうせよけいに空腹を感じるだけだ。痣《あざ》と傷が身に染みるだけ。あたしは自分の描いたミツバチの印を指でなぞり、母さんの槍と、もろいれんがを削って自分で描いたいくつもの小さな槍をなぞる。天井を見上げてあの精霊を呼んでみる。

「アザ」

アザは来ない。もしかして空気のように透明な姿であたしの上に浮いていて、あたしの父親の神様みたいに、あの売人の神様みたいに、口などきいてやるまいとしているんだろうか。わざと黙って隠れているんだろうか。つまるところ、あたしが生まれてからほぼずっとそうしてきたわけだし。それともあたしのこの状況は、それほど大したことでもないんだろうか。あるいはもっと何かあたしの知らない事実があって、それを理解させようとしているとか。もしかするとアザは、自分があたしにとってたちの悪いきのこのような存在だということを自覚しているのかもしれない。傘の部分は鮮やかでベルベットのようになめらかだけれど、まんなかにはちょっとした毒が潜んでいる。というより、アザはあたしのことなどなんとも思っていなくて、この水の街で、別の誰かに崇《あが》められていい気になっているだけかもしれない。あるいは仲間を探し、精霊同士で集まって、みんなで呪ったり燃えたり救ったり授けたりしているとか。ただしここではないどこか、蒸し暑く息の詰まるこの建物、ぼろぼろになった女たちが眠りのなかで子猫のようにみゅうみゅう鳴いて、虫のように土間を這い、〈さあ、立ち上がって、ついておいで――おまえの場所を用意した〉と言ってくれる心地いい体、優しい声、包みこんでくれる手、夢のなかでも探し求めるこの場所ではないどこかで。

あたしたちは探し求め、けっきょく何も見つからない。

一週間が過ぎるころには、立ち止まって質問してくる男たちがみんなぼやけてひとつになる。あたしの前で思い悩む男たちのなかで唯一くっきり光って見えるのは、彼らの残忍さだけ。あたしたちの脚をこつこつと叩く乗馬の鞭。長時間立たされて疲労のあまり通りの敷石にがくりと膝を打ちつける女を見て、ちらりと顔に浮かぶ笑み。あたしたちを吟味しながら売人にあれこれ質問し、口を開けて歯を見せろと命じるときの険しい目つき。交配用を探す男が突っこんでくる指と手持ちの若者に関する自慢話――あたしたちがいかに彼らを奮い立たせてやれるか、ひとりにつき何人あてがってやれるか。男の言葉は絶えず吹きつける悪風さながらに、殺され打ち捨てられて森のなかで腐ちていく動物の死骸に似た悪臭を運んでくる。

男たちは朽ちゆく丸太から蛆《うじ》が湧くようにやってきては、女たちをひとりまたひとりと列から引きはがしていく。あたしたちはしだいに引きはがされて、いまも立っているのはほんのひと握りにすぎない。色白の男がまたひとり近づいてくるたびに、この錬獄にあたしをさらに沈めようとするやつらの手口を、あたしはすっかり知りつくしている。そこであたしも彼らに特技を教えてやる。森の奥の最も暗い隙間に育つきのこを探し当てられること、それを集めて食卓にのせられること。あたしが口にせずとも彼らは理解する。あたしには家事の切り盛りができて、台所仕事ができる——彼らの食事にそれらのきのこをこっそり忍ばせることができる。

ほどなく小屋で眠るのはあたしとフィリスだけになる。

ここへ着いたばかりのころにはこれ以上の不幸はないと思っていたのに、夜になると、ひっそりとしたかび臭い小屋でいつもの重石《おもし》がのしかかる。母さんを奪われたときと同じくらい強烈な、新たな悲しみと孤独。それが天井の低い小屋じゅうにひしめいている。そしてあたしは眠れない。目を閉じれば何が起こるかわからない。サフィがあたしの体を洗ってくれたあと、眠れない夜には薬草を探しに出かけた。森の広場の土や泥の上で寝るのをやめたので、きっとまたご主人の目に留まるようになると思ったからだ。きっとあたしに手を出してくるだろうと。そういうわけで、四分の一の月の薄暗い明かりの下、母さんに教わった薬草と草の根を、あたしのお腹で赤ん坊が形になるのを防いでくれるに違いないそれらの植物を探しに出かけた。ときにはサフィも目を覚まし、そのまま眠るように言っても聞き入れず、あたしの上着をぎゅっと握ってついてきた。互いにぼんやりとしか見えない目を、暗がりのなかでぱちぱちさせながら。もっと明るいほうがよかったし、もちろん満月のほうが目当ての草も見つけやすかったのだけれど、時間の余裕がないこと、そのうちあいつが手を伸ばしてくることはわかっていた。〈不幸なときに幸せな日々を思い出すことほど悲しいものはない〉――家庭教師の単調な声をかき消して赤ら顔の子どもたちに物音を聞かれることのないよう、あたしの口を覆ってくるに違いないと。母さんにもそうしたように、あたしを無理やり奪うに違いないと。そうして九か月もすれば、意に反してできてしまった赤ん坊を産むことになりかねないと。

「アザ母さんはいつも、薬草を摘むときには必ず話しかけるようにしなさいと言ってたんだって」屈んで地面を掘り返しながら、あたしはサフィに話して聞かせた。「この世のすべては、生き物も精霊も動物も、話しかけられるのが好きだから。ありがとうとか、こんにちはとか、声に出して言ってほしいんだって。仲間にあいさつするみたいな感じで」

サフィは隣に膝をついて、あたしの肩甲骨の下に片手を当てた。彼女の結わえた髪からほつれた何本かが、あたしの頰に触れた。サフィはキスができるぐらい間近にいて、あたしが闇のなかで地面を手探りしていると、彼女のやわらかな吐息と綿毛のような肌が触れて、どきっとした。

「アザ母さんは、あんたとあんたの母さんに山ほど物語を残してくれたんだね」サフィが言った。

「サフィの母さんは、そういうことは話さないの？」

「若いころにここにいた人たちの話なら聞いたりするけど。収穫がすむとみんなが祝日を心待ちにしたものだとか、その日だけはお腹いっぱい食べて踊ったとか。少なくとも畑で働く者たちは、なぜなら仕事が休みになるから、とか。だけど母さんが自分の母親から聞いた話は聞いたことがない」

「どうして？」

「母さんの母さんは、盗まれたときに口をきくのをやめてしまったのよ」サフィは言った。「母さんはここで働いていた年配の男の人から聞いたみたい。あたしのおばあさんは母さんを連れて海を渡ってきたんだけど、盗っ人たちに船に乗せられたときには、泣いて、叫んで、早口でまくしたてて、言葉が全部つながって、長いひとつの文みたいになって、何を言ってるのかさっぱりわからないありさまだったのに、ひとたび鎖につながれると、それがぴたりとやんだんだって。まるで体のなかの何かを断ち切られてしまったみたいに。口はずっと開いているのに、なんの音も出てこなくなったの」

肩のうしろにサフィの頬が当たるのを感じて、せめてその間はじっとしていようと、あたしは根っこを抜く手を止めた。あたしとサフィ、二人だけの月明かり。二人だけで語らう夜。手首をひねって引っ張ると、それまで掘っていた根っこ、土くれのついたもじゃもじゃが地面から抜けた。朽ちた葉の下に潜む命に隠れ家を提供していた土のにおいがした。サフィがさらに身を寄せてきて、キスをした。やわらかくて、ふっくらとした唇。いまこの瞬間でさえ、その晩のぼやけかけた記憶に骨の芯まで引き寄せられる。サフィのほっそりした背中の一部と、すり切れた細い手、根っこのようにいびつで筋張っているけれど、うっとりするほど優しい指に。

土間のほうに寝返りを打って息を吸うと、ここの土は最悪だ。汗と小便と吐瀉物《としゃぶつ》と大便が滲《し》みこんで、絶望と恐怖が鼻を突く。ここにはなんの命もない。優しく触れてくれる指もない。それがあるのは追憶のなかだけで、それらの追憶が夢見る女たちの上を漂って悲しみと混じり合い、記憶と混じり合う。静けさのなかで、それがさらに深まっていく。


次の晩、ようやくアザが戻ってくる。小屋の一角にひときわ濃い闇がたまってきたかと思うと、インクで描いたみたいに目が現れ、湧き上がる雲のような髪が現れ、濃い褐色の首が現れて、片方の脚が蹴り上がり、もう片方の脚がそれに続く。アザがにっこり笑って命が宿ると、鼻の広がるさまが母さんの笑ったところにそっくりで、はっと息を呑むその惨《みじ》めな一瞬だけ、母さんがいないのにアザがここにいることに腹が立つ。アザが長い腕をなでつけると、サフィがいないのにアザがいることに腹が立つ。実際にはこんなところにサフィがいて辛《つら》い目に遭うのはいやなのだけれど。とにかく自分の置かれているこの状況がいやでたまらず、アザを恨んでやりたい。母さんを見做《みな》ってこの不実な精霊に背を向け、二度と、二度と口をきかずにいてやりたい。けれどもその一方、悔しいことに心の奥のごく一部では、彼女に会えて、この精霊に会えて、汚物のごった煮のようなこの土と惨めな地獄だけがこの世のすべてではないのだと確認できて、あたしはうれしく感じている。

「見捨てたくせに」あたしは言い、汚物まみれの土のにおいを嗅ぐのを承知で横向きに転がる。

ころころと向きの変わる風にのって、アザが隅のほうから漂ってくる。天井につながれた錨《いかり》を自分で解いて降りてくるような感じで、へべれけに酔っ払い、ご主人が酒のにおいをぷんぷんさせながら壁をつたって寝室へ向かうところにそっくりだ。

「この街ではやたらにお呼びがかかるのよ。精霊といい、人間といい。願いごとにすがりごとに捧げ物。そういうのが山ほどあって」アザが言う。喉の奥をごろごろ鳴らすような響きから、密《ひそ》かな喜びがうかがえる。あたしがサフィの腿の内側、あたし以外の誰も見たことも触れたこともないやわらかな肌に触れたときに、彼女が漏らしたような響き。どうやらアザは、人に崇められることで満たされるらしい。あたしたちの血筋には何かがあると言いながら、あたしや母さんやアザ母さんが彼女を呼ぶ声には特別な響きがあると言いながら、どうしてたびたびいなくなるのか本人に訊いてみたい。でも訊かない。売られるために通りに立つ長く惨めな日々を通してあたしは学んだ。確かにアザには神秘的な魅力が備わっているのだけれど、実際には気まぐれでお調子者なのだ。

「とはいえ、そういう連中に会うためにおまえのそばを離れたわけではないのよ。別の精霊を探していたの。遠くを見る一族の仲間、船の見張り台に立つ見張り役みたいなものね。わたしは嵐の一族。ぐるぐる回って引き裂くタイプ。踊って混乱を引き起こす。けれどその精霊の一族は——世界を遠くから見晴らすの。言わば水先案内人。道なきところに道筋が見えるのよ」

「その精霊になんの用があったの？」あたしは尋ねる。本当は土に顔をうずめて寝たふりを決めこみたいのだけれど。アザにあれこれ訊くぐらいなら、彼女のほうを見るぐらいなら、汚い床に口をつけるほうがましなのだけれど。あたしにはだんだん、彼女に関心を示すこと自体が捧げ物のように思えてくる。

「彼女、占い師と霊媒師のところにいたわ。つまり彼女の信者たち、彼女を拝み、姿を垣間見て未来を読もうとする連中。まあ、赤子のようなものね」いかにもばかにした口調。「でも彼女は――彼女の神通力は本物なの。だからわたしはドレスをたぐり寄せて、嵐の気配を呼び起こしてあげたのよ。信者たちの恐怖と怖れを煽《あお》って注目を集めてあげたというわけ――それはもう大いに注目を浴びていたわ。それでそのお返しに、占ってもらったのよ。おまえのことを。明日、ある女がやってくるそうよ」

「誰が？」あたしが尋ねるそばで、フィリスが眠ったまま何やらつぶやく。

アザの両腕を小さな放電が駆け抜け、髪の毛先でぱちぱちと音をたてる。

「女よ。ナイフの先っぽみたいに小さな女。予言の精霊が、おまえはその女についていくべきだと言っていたわ」アザの放電がぴたりとやむ。雨の最初のひと粒が落ちる直前のような感じ。「つまり、その女に買われろと」

「どうして？」あたしは尋ね、はたと気がつく。〈アザもあたしを利用するつもりなんだ〉そう思うや、頭の先から足の先まで焦げるように熱くなる。この小屋の持ち主みたいに、道端であたしたちを売りさばくあの男みたいに、アザまでこの身を売れと言うんだ。でもどうして？

「わたしは――」アザがちらちらと光って、波が寄せるようにだんだん黒くなる。「わたしもすべてを知っているわけではない。すべてを知っているのは**水**だけよ」

アザは口を閉じ、話すのをやめたようでもあるけれど、暗がりのなかでいまもあたしの顔を見つめ返し、霧のように渦を巻いている。

「**水**って？」あたしは尋ねる。

「その前に、この精霊のことをもう少し理解する必要があるわね」アザが言う。「それと時間についても、宇宙についても。**水**のことを理解するのはそれからよ。予言の精霊がなぞなぞみたいな話し方をするのは、彼女の一族には物事が実際にそういうふうに見えているから。宇宙はまっすぐな線ではないし、細い道のようなものでもない。宇宙というのは、実際に謎なのよ。さまざまな場所や声や出来事が、傾いた状態で集まっている。それでも予言する者には道が見えるの。おまえがいちばん自由になれそうな道がね。そしてその道というのが、おまえが明日来る女に買われることなのよ。相手の望みに合わせて自分を売りこみ、この街から連れ出すように仕向けるの。立ち上がるにしても、まずはここを出ていかなければというわけ」

「どういうこと？」思わず声が出る。フィリスが目を覚まし、あたしの背中にさらにすり寄る。彼女が動かなくなるのを待って、あたしはささやく。「その精霊がなぞなぞみたいな話し方をするって言うけど、あんただってそうじゃない」

アザが腕を伸ばす、と言っても本当の腕というわけではなく、伸ばすあいだに形ができて茶色くなる。指であたしの肩をなでる。

「**水**というのはすべての魂。わたしやおまえが生まれる前、あらゆるものが生まれる前から存在していた。わたしたちは**水**から生まれ、**水**に帰る。**水**だけがすべてを知っている。でも残念なことに、**水**は言葉を話さない」

フィリスが身を震わせる。

「**予言する者たち**、遠くを見る者たちは、**水**の道筋の読める部分だけを読むのよ。おそらく、おまえのアザ母さんが仲間といっしょに船倉に積みこまれて海を渡るところも見たんじゃないかしら。わたしと同様、おまえのおばあさんやいっしょにつながれた仲間たちが呼びかけ、請いすがるのも聞いたでしょうね。でもそれ以上に……」アザの動きが止まる。彼女のこんなにしおらしい姿は初めて見た。

いつもはこの部屋の継ぎ目という継ぎ目を破壊して、ちゃちな造りの漆喰壁《しっくいかべ》とつぎはぎだらけの低い屋根を吹き飛ばしかねない勢いなのに、いまはぜんぜんそんなふうには見えない。彼女もこの世の一部で、この世の法則に縛られ、身動きを封じられているようにしか見えなくて、アザもまた彼女なりの形で縛られ、その力には限界があることをあたしは悟る。

「船から捨てられたおまえの仲間たち、あるいは自ら飛びこんだ仲間たちが、海の底に沈んで、やがて深海の一部になる。そうやって沈んだのちに歌いだす。それを知ることができたのは**予言する者たち**だけ。おまえの仲間たちの声がやがて深海から立ち昇り、日差しで暖められた水があぶくになって気体と化すように彼らの魂が立ち昇っていく。それを知ることができたのは**予言する者たち**だけ。おまえの仲間がわたしのドレスの蒸気のようなものだと知ることができたのは、**予言する者たち**だけなのよ。彼らが嵐に変わることも。力を得て自由になることも」

　いまこの瞬間まで、あたしには自分の縄しか見えていなかった。

「だからおまえも飛びこまなくてはいけないの。仲間たちがそうしたように。昇るために、沈まなくては。**予言する者たち**にはそれが見えるのよ。**水**を読むことで」アザが言う。

　あのイタリア人もそういうことを書いていた。家庭教師と妹たちが読んでいた地獄の底をめぐる男の話でも、旅が終わったあとで、案内人は男を〈水の音にのせて〉上昇させ、地の底をあとにした。二人は音の小川を上へ上へとたどって地上の世界に、〈輝く世界に〉戻っていった。昇り続けるうちにやがて「〝はるか頭上の天がまとう美しきもの〟」が見えてきて、「〝地の底をあとにし、再び星を見た〟」と家庭教師は言っていた。あたしは母さんの錐をいじるみたいに、その言葉を何度もいじくり回す。約束に満ちた美しい言葉を。〈はるか頭上の天がまとう美しきもの。我らは地の底をあとにし、再び星を見た〉

　あたしも昇りたい。星を見たい。でもだからと言って、その予言者の言うことをきくのはやっぱり無理だ。自由を求めるこの気持ち、この思いは、捧げ物として差し出すには大きすぎる。アザは信用ならない。いくら彼女が自分の力の及ばないところを認め、自分の望みを打ち明けたとはいっても。彼女もまた、さまざまな法則に縛られているのだとしても。自分を売るなんて絶対に無理。自分を消して銀の盃やクリスタルのゴブレット、レースのテーブル掛けみたいになってしまうなんて。納得できない思いが、肥え太ったミツバチの幼虫みたいに胸に居座る。濡れて輝く白い幼虫が蜜を求め、いまの生以上のものを求めて、もぞもぞと体の向きを変える。あたしの心臓といっしょにどすんどすんと胸を叩く。あたしの血といっしょに脈を刻む。

「いやよ」あたしは答える。床の土埃が舞い上がり、粉になって唇に降りかかる――骨の残骸。「母さんにもそう言ったの？　自分を売れと？　昇るために、脚を引きずってまた新たな地獄へ行けと？」あたしの言葉も、あたしの寝転がっているこの地面も、なんと容赦のないことか。唇からも、口のなかからも、どんどん水気が吸い取られていく。あたしはじゃりじゃりに乾いていく。すり潰されて、黙らせられる。「水をちょうだい」それぐらいならアザにもできるだろう。それぐらいなら信用できる。

「そうしないといけないのよ」アザが言う。

「水」

アザが嵐を呼び寄せ、ドレスのなかで転がして、さらに雲をたくしこむ。

「わたしを信じて」アザが言う。

いやだ。

「信じるのよ」アザが言う。

いやだ。

「母さんは」あたしは尋ねる。「母さんには、いったいどこへ行けと言ったの？」

二人のあいだに問いが居座り、あたしは悟る。アザは母さんを見捨てた。彼女はあたしのことも見捨てるんだろうか。嵐は嵐にふさわしく去っていき、残されたあたしは波間を漂い、灼熱の太陽に、容赦なく照りつける真昼の日差しに焼かれるんだろうか。アザ母さんの声を聞いて命を助けたと本人は言うけれど、けっきょくこの惨めな第二の人生に置き去りにしたにすぎない。母さんを追ってここまで来たと言うけれど、母さんが助けを請わなければ、けっきょく見捨てたわけだ。どうしてアザは母さんを助けなかったの？

「おまえの母親は」アザがざわめき立つ。「自らも嵐だったのよ」

「水」あたしは訴える。「水をちょうだい」

「おまえのアザ母さんにそうしたように」アザがごろごろと鳴り響く。「求められればわたしは与える」

雲が部屋を覆う。フィリスがうーんと唸《うな》って、ひんやりと湿った空気にため息を漏らす。あたしはひんやりしたアザの露を口に溜めて、喉の奥に滑らせる。喉が花のようにふくらむ。

「わたしを信じて。それが無理なら、予言する者を信じればいい」

アザの水気が心地いい。土埃が小川になって流れていく、と思ったら水かさがどんどん増えてくる。息ができない。アザは穏やかな雲のように平然としている。

「母さんはどうなったの？」あたしは尋ねる。

稲妻が電光のヴェールになってアザの全身を駆けめぐる。フィリスがびくっとしてあたしをつかみ、ねぼけまなこですり寄ってくる。アザの嵐のなかで、眠りながらもあたしを支えてくれる。

「立ち昇る」アザが言う。「おまえたちはみんな、立ち昇る」

「母さんのことは」あたしは言う。「あんたに目を向けなくなったから見捨てたの？　あんたに請いすがろうとしなかったから？」あたしは歯をむく。

「おまえの母親はわが道を行くことを選んだ。わたしが告げたところへは行こうとしなかった。ついていけと言った人物にはついていかなかった。わたしを見ようともしなかった！　ずっと地面ばかり見つめて！」アザはあたしの真上にいて、いまやどしゃ降り、真夏の熱気のなかで太陽を覆い隠す夕立の勢いで降ってくる。「おまえの一族にはこの世の果てまでついていこうと思っているのに。地の底を導いて、早瀬を渡り、穴をくぐって、下へ、下へ、やがて昇っていけるように」

「母さんは死んだの？」あたしは尋ねる。

アザが手を差しのべ、あたしの頬で稲妻が砕ける。あたしはそれを払いのける。

「わたしの言うとおりにしなかったからよ」

全身の痛みに抗《あらが》って、あたしはアザの水を吐き出す。

「見殺しにしたのね？」

アザのドレスが大きく波打つ。けれども顔は過去への思いに凍りつく。

「そうよ」アザが答える。

「帰って」あたしは両手で顔を覆う。突然のように風が吹き荒れて全身を引き裂き、口をきくのもままならない。「いなくなって」

「アニス？」

「自由の約束と引き換えに沈んで溺れろなんて無理だから」

「約束は果たされるかもしれないわ」アザが言う。その声は遠くで響く雷鳴のようにやわらかい。いまや彼女のほうがすがる側だ。あたしはまっすぐに彼女を見据える。

「〝我は嘆きの街に至る道〟」あたしは吐き捨てる。イタリア人の言葉が嘔吐となってこみ上げる。「〝永劫の苦しみに至る道、迷える者たちに至る道〟」ぼろぼろの姿をアザには見せたくないのだけれど、母さんがもうこの世にいないかと思うと、痛みのあまり身も心もずたずただ。「あんたは不幸しかもたらさない」そう言ってあたしは横向きに寝転がり、少しでも孤独がやわらげばと、眠っているフィリスのひたいに自分のひたいを押し当てて、だらりとした手を握ってみるものの、なんの慰めも得られない。体じゅうがナイフで刺されたみたいに痛いし熱い。アザの稲妻がオレンジ色に熱く光って、ドレスが広がり、あたしをどんどん押しつけて、耳を絞りあげる。フィリスが甲高い声をあげる。アザはあたしたちをブルーベリーのように押し潰す。母さんがご主人の食卓に出すために潰してゼリーにしたブルーベリー。〈こうすると甘くなるのよ〉母さんはあたしに言った。〈こうすると固まりやすくなって、思いどおりの形にできるの〉でもここには砂糖がない。あるのは身を焦がすような毒気をおびた悲しみだけ。

アザが消える。

通りの端、この世の底で、ニューオーリンズの空気は熱く湿気をおびてむっとする。何週間も歩いたあとで小屋で待つうち、春はすでに夏に変わった。フィリスの体がぐらりと揺れる。手をつかんで支えても、振り返った彼女の目には何も見えていなくて、頭に巻いた布が傾いている。

「アニス」フィリスが言い、次の瞬間がくりと膝が折れて、濡れた洗濯物みたいにぐにゃりと舗道に横たわる。気を失っている。

小柄な白人の女がフィリスをまたぐ。あたしやフィリスと同じぐらいやせていて、つばのない帽子をかぶった頭の先から長手袋をはめた両手と長靴下を履いた両足の先まで、隙間なく布で覆われている。金時計をぶら下げた売人がパイプをくわえたまま口をすぼめ、体を前に倒して塀沿いにあたしたちのほうを見る。煙がここまで流れてくる。鼻につんとくるいやなにおい。

「洗濯はできる?」女が尋ねる。

あたしは口をききたくない。ひと言も話したくない。あたしとフィリスは川を渡って水に呑まれる寸前みたいにぐっしょり濡れている。それなのにこの小柄な女は汗ひとつかいていない。ピンク色の顔は乾いてさらさら、しわの寄ったこめかみは真っ白で、瞳の色は真っ青、アザの嵐とはいっさい無縁の空の青だ。あたしは歯を食いしばる。と、アザの巻き毛がヘビのように女の首に絡みつき、スカーフのお化けみたいに勝手に結ばれてぎゅっと締まる。女が顔をしかめ、手袋をはめた手に向かって咳をする。アザの渦巻く髪、深い海の色をした目が見えないかと探しても、巻き毛以外に彼女の嵐を示すものは見当たらない。なるほど、これがアザの予告していた女というわけだ。

　あたしはむっつりと押し黙っている。女が顔を近づける。

「洗濯はできる？」女がゆっくりと、大きな声で、あたしの耳が聞こえないかのように言う。

　あたしは女から上体をそらす。

　女が売人に目を向け、売人が近づいてくる。

「この娘は口がきけないの？」女が売人に尋ねる。「話せないのはすでにひとりいるから、屋敷にはこれ以上必要ないのよ」

　売人が煙を完璧な輪っかにして吐き出し、女がそれを払いのける。喉の乾燥を招く火のにおいがする。胸をひからびさせる炎のにおい。

「男が来るのを待ってるんじゃないですか」売人が言う。「たぶんそっちのほうが好きなんでしょう」

〈身を委ねる〉とイタリア人は言った。

「違います」あたしはとっさに口走る。「料理ができます。縫い物も。洗濯も」

　それらの言葉を口にしながら、自分が沈んでいくのを感じる。冬のあいだはミツバチを邪魔してはいけない。夏のあいだ蜜をこしらえ卵を産んで大忙しだったミツバチたちが、忍び寄る寒さに備えられるよう、そっとしておいてやらないといけない。毎年秋に彼らの巣から巣板《コーム》の最後のひとかけを分けてもらうたびに、どれほどの喪失感を味わったことか。こうして目の前の女、乾いた砂色の顔と乾いた空色の目をした女に答えながら、おそらく雪を知らないこの土地で、あたしはいま同じ思いを噛み締める。彼女の望みどおりに答えながら、絶望にとらわれる。それでもあたしは、この男の言うがままに売られて別の男の下に横たわるつもりはない。あたしを買いに来た男たちを全員撃退したあとで、この男のものになるつもりもない。

「ハーブの心得はある？」女が尋ねる。「薬草とか？」

あたしはうなずく。

「きのこは？」女が目を細める。

あたしは首を横に振る。

「〝いいえ、奥さま〟と答えるのよ」女が口を閉じたまま、薄い唇でほほ笑む。

彼女は体の向きを変え、あたしたちをにらんでいる売人のほうへ歩いていく。二人で騒がしく交渉する。売人の部下がやってきてフィリスを地面から拾い上げる。あたしもずっと気を失っていたかった。そうすれば女の質問に答える必要もなかったし、売人を責めることもなかったし、二人が寄ってたかってあたしをアザの計画に陥《おとしい》れることもなかっただろうに。あたしもフィリスのように、まばゆい鉄床《かなとこ》と化した日差しの下で、空で燃えて溶けていく太陽の下で、気を失って眠っていたかった。アザの送ってよこす風が頬をよぎり、あごの下を流れても、あたしは彼女から顔をそむけ、男たちがフィリスを運んで小屋へ戻るほうを眺めている。眠っているいまはフィリスの顔も穏やかで、口がなかば開いている。夢を見ているならいいのだけれど。あたしは自分を破滅に陥れたんだろうか。

〈身を委ねる〉と、あのイタリア人は言った。

あたしは身を委ねた。

第7章　真っ暗闇の驚異

あたしはやせた女を乗せた荷馬車のあとについていく。あたしだけではない。あたしを含む四人が、女主人と雑役夫、小枝みたいな首をしたエミールという名の色の黒い片腕の男のうしろを、足を引きずりながら歩いていく。いんちき売人とあの小屋をあとにしたのち、女主人は硫黄《いおう》のにおいの漂う穴ぼこだらけの通りを進んで別の小屋を訪ね、さらに別の小屋を訪ねて、首のうしろに瘤《こぶ》のある黄色い目をした男を馬飼いとして、両手を握り締めて歩く女を一等級の働き手として、そして最後に唇の腫れた子どもを手に入れた。その子は、女主人によれば、製糖所で働くことになる。

そうして全員が揃ったところで、女主人はエミールに命じて荷馬車で街をあとにし、夏の緑に燃える野生の森に分け入った。あたしたちはかれこれ何キロも沼地の森に呑みこまれたままだ。歩き始めて数時間が過ぎたころ、ようやく木立がとぎれて開けた場所に出る。女主人の屋敷はその中央に建っている。大きな柱のある建物が空に向かってそびえる姿は、どことなく装飾用の剣に似て、優美だけれど残忍だ。あたしの父親の屋敷の二倍はある。壮麗な正面ポーチで女主人が降りたのち、エミールのあとについて曲がりくねった道を歩き、屋敷の裏へまわると、そこには納屋《なや》と屠畜小屋と薫製小屋と鉄工所がひと塊《かたまり》になって建っている。なかの人たちが作業の手を止めて振り返り、ふたたび仕事に戻る。母さんが着ていたよりも、ナンやサフィやあたしが着ていたよりも粗末な服。菜園のむこうに畑があって、巨大な卵の白身みたいに遠くのほうまで広がっている。

「サトウキビだ」エミールが畑のほうを向いてうなずき、地面に唾を吐く。膝丈ほどの緑の若葉が、黒い大地から太陽を求めて必死に手を伸ばしている。あたしたちの立っている場所から遠くの森まで土地は一気に広がり、これほどの規模で森が伐採されて耕作地に変えられているところは初めて見た。畑のむこうにくっつき合って並ぶいくつもの小屋は、まるでおもちゃを散らしたみたいだ。屋敷を回りこんで裏の建物へ向かう道はほぼ土のままだけれど、ところどころくぼんだ箇所に、白くてごつごつしたあたしの手のひらほどもある大きな貝殻が敷き詰められている。おかげであたしの足はさらに切れて、新たな切り傷ができるたびに、アザと奴隷商人とあの小さな白人女がますます恨めしくなる。

「これは牡蠣《かき》の殻。潮と波の味がするんだよ」そう言って一等級の女が顔を上げると、あたしたちのむこう、彼女が前にいたところ、故郷にいた人々のことを見ているのがわかる。表情がやわらいで、その目は冷めていく木炭の黒だ――内側の死にかけた炎。

「料理人だったの？」あたしは尋ねる。

彼女はうなずく。

「身内を残してきたの？」

「娘をね。あの子がいろいろできるようになればと思って、魚をさばいたり、パン生地をこねたり、肉を炙《あぶ》ったり」彼女はまたもや下を向いて、あえぐように息をつく。さっさと感情を押し出してしまおうとしているのがわかる。どこにも行き場のないそういう愛情の痛みは、あたしも知っている――がりがりに凍った冬の岩に風が絡《から》みつくような感覚。「こういう目に遭わないように、教えてやろうと思ったんだけど。そうしたら自分が売られちまったよ」

あたしは喉がこすれるような痛みを押して、ふうんと返す。

「いまはもう背の高さもあたしに追いついて――」女が声をうるませて息を吸い、そのひょうしにつまずいたので、肘《ひじ》をつかんで支える。すると腕の肉に包まれた硬い肘の感触が伝わって、あたしはふと考える。もしかして母さんも、この同じ道を歩いたんじゃないだろうか。母さんもほかの女と、見知らぬ誰かと、あたしのことを話したんじゃないだろうか。なんとささやかな、ほんのひと息ほどの、つかのまの慰め。

「名前はなんていうの？」あたしは女に尋ねる。

「カミールよ」

「娘さんは？」

「テンプル」とても小さな声で言うので、最後のほうは沈黙に食われてしまう。

「いい名前だね。寺院《テンプル》といえば、聖なるものが集まるところだし」

「ここにはどんな神もいやしないよ」その言葉は自らの傷に打ちこまれた手斧だ。

アザが暗がりで渦を巻き、スペイン苔《ごけ》に覆われた枝を大きく揺らす。でも精霊ならいるよ、とカミールに言ってやりたい。硫黄のにおいが立ちこめるこの場所にも精霊たちはいて、光と影を引っかき回している、と。〈いるよ〉と、なんなら声に出して言ってもいい。〈ただしとんでもないことを要求してくるけれど〉と。カミールを慰めたくて、あたしは彼女の肘を握り、アザへの憤《いきどお》りを、あたしをこんなところへ連れてきたことに対する熱い怒りをなんとか呑みこむ。喉が焼ける。〈そういうものは吐き出してしまわないと〉まえに母さんに言われた。〈でないと息が詰まってしまうよ〉カミールはあたしのむこうに娘を見ている。エミールにうながされて、カミールの肘をもう一度ぎゅっと握ってから厨房に入ると、あたしがどれぐらい使いものになりそうかを見定めるために、料理人のコーラが簡単な仕事を言いつける。コーラは背が高いうえに腰幅もあって、その点は母さんには似ていないけれど、母さんと同じ優しさが感じられる。そうして単純作業に没頭し、あれこれ運んで磨いて中身を空《から》にするうちに、夜も遅い時間になる。

目が覚めるとあたしは女主人の大きな屋敷の根っこの部分に寝転がっていて、暗がりのなかにアザの姿を探す。来《きた》るべき一日——藪のなかで身構える一匹のコヨーテ。その口は餌を求めてよだれをたらしている。体のなかを鈍い痛みが這《は》い進み、胃と肩甲骨のまわりでとぐろを巻いてあたしを抱き締める。起き上がりたくない。あたしはそのまま横たわり、全身を押さえつけてくるうつろの力を感じている。暗い腹のなかであたしが身を丸めているこの屋敷と同じくらい、重い。

朝の日差しが空を完全に打ち砕くまえ、コーラと二人のメイドが起き出すときに、あたしもいっしょに起き上がる。メイドはどちらもあたしと同じかそれ以上にやせていて、まるでついさっきまで南への長い道のりを歩いていたかのようだ。食料貯蔵室のひとつに広げていたマットを女たちが丸めるのを見て、あたしもそれに倣う。暗がりのなかで互いの名前をささやきながら、いくつもの貯蔵室を迷路のように通り抜けて厨房へ向かう。

「あたしはエスター」肩のほっそりしたメイドが言う。「こっちはメアリー」エスターが指差した三番目、首が長く、編んだ髪をねじって冠のように留めている女がうなずく。見たところどちらもあたしと同じ年ごろ、おそらく二十歳にはなっていない。「彼女は無口なの」

「あたしはアニス」あたしは呼び名のほうを伝える。アリーズは母さんだけのもの。エスターは竿と二個のバケツをあたしによこし、自分の分をつかんで屋敷を出ると、先に立って道を歩いていく。メアリーは歩きながら火かき棒を揺らしている。二人並んで揃いの足跡を残しながら、迫り来る一日の青い風景のなかへどんどん歩いていく。

「その火かき棒はなんのため?」あたしは尋ねる。

「ヘビを探すため」エスターが答える。メアリーがエスターの脇腹をつねってにやりとする、と言っても唇の端が下を向いているので、どちらかと言えば顔をしかめたようにしか見えない。あたしたちはしつこくつきまとうブヨの雲を突っ切る。井戸でバケツに水を入れ、肩にかついだ竿にバケツをぶら下げて、エスターのあとに続く。彼女は足元も見ずにすたすた歩いていくけれど、あたしには真似《まね》できない。まわりでさらさらとこすれる草むらで、虫たちが鳴いている。目覚めだした一日が、新たに炎を得た熾《おき》のようにぱちぱちとはぜる。

「もうひとり増えてよかったよ」エスターが言う。あたしは息があがっている。バケツが重い。「水くみの回数が減るからね。メアリーはおしゃべりの相手にならないし」

「まったく話さないの？」あたしは尋ねる。

「うん」と答えて、エスターが立ち止まる。

メアリーが前方に駆け出したのでそちらを見ると、この世にじわじわと広がる日差しを感じ取った一匹のヘビが、光と温もりを求めてくねくねと道を渡っていく。波打つヘビは太く黒々として、死にゆく夜よりさらに黒い。メアリーは火かき棒を高く持ち上げると、ヘビの頭のすぐ下を目がけて振り下ろし、金属棒で頭部を押さえたまま小さく笑って、次の瞬間、そいつの頭をはだしでじかに踏みつける。

「あれが彼女の仕事」エスターがにっこり笑う。「朝食を捕まえる」

メアリーは鶏の頭でもひねるみたいにヘビの頭をひねって、紐状になったそれを肩にぶら下げる。メアリーが歩くたびに白っぽい上着の背中でヘビがのたうち、さながら死骸のネックレスだ。あたしたちが水を運び終えると、コーラがヘビの皮をはいで内臓を取り除き、身の部分に少量の脂をすりこんで塩を振ってから、かまどに並んだ鍋で調理する。コーラがヘビを炒めて切り分けるのを眺めるあいだに、あたしのなかで何かが死んでしまったのだろう。白っぽい肉を噛んで呑み下し、そのたびにむせそうになりながらも、あたしの体は何も、本当に何も感じない。やせた女主人について、彼女がいかに横暴かをコーラが話すあいだも、女主人は炉棚の裏やテーブルの縁の裏まで白い手袋でさわって埃がないかどうか確認するんだ、とエスターが話すあいだも、あたしは何も感じない。女主人はジャガイモの数も、米の重さも、トウモロコシの量も、肉の塊も、自分の土地に生えているものは何から何まで把握しているので、食料をちょろまかすとすぐにばれるんだ、とコーラが言うあいだも、ほとんど何も感じない。

「いちばんおいしいのはアリゲータ」とコーラが言う。「手に入ればの話だけれど」それもメアリーが捕まえるのか、とは訊かずにおく。ヘビを呑み下し、喉がうっと詰まる。

食べたあとも胃はまだ軽く、羽布団から抜け出た羽毛のようだ。水をさらに飲んで、エスターの尖った鎖骨に目を留める。くだものナイフのように薄い。それからメアリーの長い首に目を向け、みんな飢えているのだと悟る。それでもあたしたちは仕事をする。たたんで持ち上げてたぐり寄せて繕《つくろ》って火を熾して薪《まき》を割って並べる。井戸や川まで行ったり来たりを繰り返し、畑に水を届けると、そこではみんながサトウキビに覆いかぶさるようにして腰を屈めている。夏の午後のあふれんばかりの日差しの下、空に向かって勢いよく伸びるサトウキビは、昨日よりもすでに背が高くなっているようだ。これほど遠くまで広がっている畑は見たことがないし、これほど大勢の人間が腰を曲げて働くところも見たことがない。彼らの背中は――黒々と盛り上がったカブトムシの甲羅。あたりの空気は――熟《う》れた香りに満ちている。年配者と子どもたちは、足首まで泥に浸かって雑草をむしる。頭上に広がる青い空を見上げる者はひとりもいない。そこではアザが腕を浮かせてふわふわと漂いながら彼らを眺め、木の葉をぱたぱたと弾《はじ》いている。アザが風を送り、彼らの肌に鋲《びょう》のように貼りついた汗をぬぐう。そうやって触れてくるアザを、畑で働く者たちは素肌でじかに受け止める。男たちはほとんどが半裸だし、女たちのなかにさえ、胸だけ布で覆って首のうしろで結んでいる者もいる。水を運んでくる子どもたちの何人かは素っ裸だ。

「北から来たの？」口をぽかんと開いて子どもたちを見つめるあたしに気づいて、エスターが尋ねる。

肥やしのにおいがさっき食べたヘビの塊と同じくらい強烈で、喉がうっと詰まる。

あたしはうなずく。「むこうはほとんどが米かタバコだったから」

「いまはいい季節よ」そう言って笑うエスターの声に明るさはない。「黄熱病はまだ来ていないし。収穫の時期ももっと先」エスターが、かついだバケツを肩の内側にひょいと寄せる。「よかったね。屋敷で働くほうが長生きできる」あたしの顔を見ないようにしながら、彼女は力なく笑う。「でもまあ、誰も畑からは逃れられないけど――とくに九月と十月は」

エスターがそう言ったとき、ひとりの男が背中を起こし、足を引きずって屋敷へ向かう彼女をちらりと見て、風のなかで軽く手を上げる。エスターも手を振り返す。エミール、片腕の雑役夫も、草むしりに駆り出されているようだ。

「叔父なの」エスターが言う。

エミールがふたたび泥に向かうと、アザがあたしのうなじの髪をかき乱す。あたしは振り返らない。エミールを見るエスターやエスターを見るエミールみたいに、愛情のこもった目でなんか見てやらない。

ふんぞり返った生き物みたいな屋敷のためにとぎれなく働くうちに、一日の時間は過ぎていく。何時間にもわたって自分たちの難儀を白い屋敷に丸呑みされたのち、あたしたちは食事中の女主人の背後に控えている。エスターもメアリーもあたしも食堂でがちがちに身を硬くして、汗をたらしながらむっつりと立っている。女主人はそれぞれの皿からひと口ずつ食べては、あたしかエスターかメアリーに合図して片づけさせる。窓辺にアザが漂っている。ぴくりとも動かない霧のドレスは巨大なノスリのようだ。あたしは彼女を無視する。女主人に子どもはいない。いっしょにテーブルに着いているのは、髪も目も雪のように真っ白な母親だけ。母親のほうは目が見えない。ずいぶん慎重に食べる。見えないせいで用心深くなったのだろう。少しずつちびちびとかじる。皿を下げ、狭い廊下を駆け足で通り抜けて厨房へ向かいながら、女主人が手をつけなかった食べ物をエスターがぺろりと平らげる。あたしは老婦人の皿を運んでいるのだけれど、それから食べる気にはなれない。

　コース料理の最後のひと皿が終わって女たちが立ち上がると、あたしは嵐のように黒々としたアザの目をにらみつけ、彼女への恨みを竜巻のごとく荒れ狂わせる。よくも母さんを見捨てて、アザ母さんの期待を裏切って、あたしをこんなところへ連れてきて。おかげであたしは次から次へと急《せ》き立てられ、屈んで、運んで、給仕して、持ち上げて、泡立てて、乾かして、片づけて、たたんで、火をつけて、火を消して、それ以外のことはほとんど考える暇もない。ここで過ごす二回目の晩、あたしたちが豆と小麦粉の袋に挟まれて眠る貯蔵室でささやくアザを、低い天井を駆けめぐる雨と風の音を、あたしは無視する。

「アニス」アザが呼ぶ。「あたしのかわいい娘」


　翌朝、厨房でコーラを手伝って朝食の給仕を終えたあとで、エミールに言われて納屋までついていくと、彼は手斧をつかみ取るなり、あたしたちの先に立って畑へ向かう。年配の女が二人、薄れゆく闇のなかであたしたちの隣に立つ。手にはそれぞれ太いオークの枝を握っている。ほかのみんなも手に手に木の枝を握り、畑をぐるりと取り囲む。互いにひそひそしゃべりながら、風に軋《きし》むサトウキビの果てしない列を眺めている。エミールがエスターのために枝を一本切ってやり、メアリーにも一本、最後にあたしにも一本、渡してくれる。メアリーは自分の分を握って葉っぱを落とすと、枝を宙で振り回す。母さんにも引けを取らない優雅な動き。つま先立ちで、片足から片足へぴょんぴょん跳ねる。サトウキビの列のあいだを、何かの生き物が黒い筋になって流れていく。

「あれは？」あたしはエスターに尋ね、くねくねと流れる黒いものに目を凝らす。

「ネズミ」エスターが答える。

「あんなにうようよ？」

「そう、あたしたちが退治するのよ。第一グループがサトウキビを育てて収穫する。第二グループは植えつけで、第三グループは除草。というわけでこれはあたしたちの担当、害獣駆除も除草のうち」

　エスターが口を三日月にしてむっつり笑う。あたしもメアリーに倣って枝についている葉を落とす。握った感触といい、重さのバランスといい、体になじんだ感覚が心地いい。葉を落とした上のほうは軽く、下のほうは太くて重い。男も女も子どもも、全員が木の枝や即席のこん棒を握って畑を取り囲む。現場監督らが馬上で目を光らせ、大声でどなる。最初に駆けだすのは子どもたち。サトウキビの列のあいだを全速力で駆けていき、緑の葉陰を黒い縄と化してちょろちょろと流れるネズミたちに殴りかかる。前の晩にたらふく食べたあとで、ネズミたちの動きは鈍い。男と女はもう少し遅く、馬の速歩《はやあし》ぐらいの速さで畑に入り、逃げまどうネズミたちを追いかける。メアリーが宙を切る矢のようにしゅっと駆けだすと、その姿はたちまちサフィになる。子どものころ、収穫を手伝う子どもたちのなかでサフィはいちばん足が速くて、ぬかるんだ水田を走って水を届け、袋を運んだ。メアリーが振り下ろした枝の下で、ネズミがぱたりと倒れて動かなくなる。あたしもエスターと並んで彼女のあとを追うものの、鮮やかなサマーグリーンの葉は長いうえにぎっしりと生い茂って、思うように標的が見えない。けっきょくまごついているネズミを仕留めるにすぎないけれど、それでもこのでこぼこの棒を振り回すのは気分がいいし、横にいるのがエスターではなく母さんで、あの槍を振り回して、あたしたちを苦しめるやつらに何度も命中させる場面を想像するのは痛快だ。いまは歌う者もいなければひそひそしゃべる者もなく、聞こえてくるのはばしっ、という殺戮の響きだけ。ハンターのあとにはやせた子どもたちが続き、ネズミのしっぽをつまんでは拾い上げ、褐色の濡れた果物か何かのように抱きかかえていく。日が昇って木立のあいだを移動するうちに、やがてハンターたちは畑のまんなかで出会い、山のような収穫をかき集める。

「ここに放っておくわけにはいかないからね」エスターが言い、腕でひたいの汗をぬぐう。「ノスリだのオポッサムだのアルマジロだのが寄ってくるから。集めて燃やさないと」

現場監督のひとりが近くをうろつき、屈んでネズミを集めるあたしたちに馬の背から目を光らせている。馬がつやつやのしっぽを体にぴしゃりと打ちつけても、現場監督はぴくりとも動かない。死んだネズミを拾い上げると、しっぽは乾いてふんわりしている。

「おい、そこのおまえ」現場監督が声をあげ、全員が、離れたところにいる者まで、ネズミを拾う手をぴたりと止める。エスターが素早く息を吐き出し、足元に視線を落とす。畑の反対側で、エミールが針金のように細長くぴんと立っている。

「おまえ、壊しやがったな」現場監督がエミールに言う。口髭とあご髭が顔面に広がって口を覆い、一見どこから声が聞こえてくるのかわからない。アザがあたしの肩にぷっと息を吹きかけ、耳元ではあっと吐き出す。

「むこうを向いてなさい」アザが言う。

あたしは首を振る。エミールは街灯のように突っ立って、手にした斧は頭の金属部分が傾いている。

「来い」現場監督が言う。「さっさとしろ」そう言ってエミールのほうへ近づいていくと、大きな黒い馬を横に歩かせて彼のそばにぴたりとつける。

エミールは開いたシャツの隙間から胸をのぞかせ、馬の影のなかでぴくりともせずに立っている。現場監督がエミールを蹴り飛ばし、勢いでシャツが肩まではだける。首も、胸も、あばらも、溝だらけ。骨に皮がかぶさっているだけで、肉がない。ほかのみんなと違って、エミールはまっすぐに現場監督を見つめている。手斧を握る手に力がこもり、指の関節が真昼の容赦ない日差しのように白くなる。

「おれは行かねえからな」食い縛った歯のあいだからエミールが言う。だめになったほうの腕をお腹に当てて、壊れた手斧といっしょにぎゅっと体に押し当てる。「お断りだ」

「そいつを穴に連れていけ」現場監督が言う。別の二人が馬から降りて走ってくる。ご主人の娘たちと同じくらい髪の色が薄くて、肌も白い。エミールはその場に根を張り、腰を落として黒い地面に足をふんばる。現場監督が二人がかりで彼を畑から連れ出し、納屋と屋敷のあるほうへ引きずっていく。エミールのかかとがヘビのように長くくねった跡を地面に残していく。馬に乗ったほうがかちっと拍車をかけ、速歩であとを追う。

「いやだ」エミールがどなる。「断る」すると現場監督の一方がエミールの顔面に肘鉄を食らわせ、もみ合ったすえに壊れた手斧を奪い取る。頭の上で鳥が死を嘆いてかあかあ鳴き、ふっと降りてきたかと思うとふたたび飛んでいく。害獣を手にみんなも畑をあとにし、死骸を積み上げて小さな山にしていく。メアリーが地面を蹴りつけ、しっぽを束ね持ったネズミをちらりと見て顔をしかめる。

「穴というのは？」あたしは尋ねる。

「来てごらん」エスターが言い、水の入ったバケツを持ち上げる。あたしは彼女とメアリーのあとについていく。土の小道を走るあたしたちの頭の上では二本のオークが枝を伸ばし、腕を絡めて抱擁している。枝にぶら下がったスペイン苔を風が引っ張る。砂混じりのじゃりじゃりした風。アザが狭い木の下を動き回っているんだ、と思ったら、姿が見える。立ち止まって三人で藪にしゃがみ、エミールのほうに目を向けると、彼はまたしても現場監督に抵抗し、釣り針にかかった魚みたいに脚を蹴り上げたり体をぐいと動かしたりしている。それからふたたび顔面に肘鉄を食らい、相手の腕のなかでぐったりする。もう一方の現場監督がその場を離れ、二、三メートルほど歩いていって膝をつく。そうして地面をつかんだかと思うと、そこに扉が開く。もうひとりの現場監督がエミールを扉のほうへ引きずっていって突き飛ばし、エミールは横向きに倒れて、わめきながら、地面に開いた黒い口のなかへ落ちていく。現場監督が二人で扉の掛け金を留め、エミールはいなくなる。林の空き地をアザがぐるぐると駆けめぐり、木々の枝から葉という葉を引きちぎる。まるで緑の雹嵐《ひょうあらし》――生ける怒り。現場監督らが背中を丸めて目を覆う姿は、さながら道に迷った二人の幽霊だ。

「嵐が来るわよ」アザが言う。「わたしが呼ぶから」

雲が空を埋めつくし、つむじ風が土を巻き上げて、ぬるい湖の底に溜まった泥のように空気を茶色く染める。

「楽しみにしてなさい、アニス」アザが言う。

「何を？」ささやくあたしを、エスターが見上げる。

「なあに？」エスターが尋ねる。

「なんでもない」

もしかしてエミールが叫んでいるのではないかと思い、あたしは足元に目を凝らす。アザが吹き荒れているせいで聞こえないだけではないだろうか。アザがまたもや空き地をくぐり抜け、馬が手綱に抗って、張り出した枝の下で脚を蹴り上げてぐるぐる踊り、現場監督がわめきだす。あたしたちは風の下でしゃがんでいる。現場監督はいまもわめいているけれど、アザの風にかき消されて聞こえない。メアリーにうながされて、エスターとあたしは彼女を追い、激しく鞭打つ藪にもぐりこむ。

「待ってなさい」しゅーっと息巻くアザの声は喜びにあふれている。棒を振り上げて突いてやりたい。命中するかどうか、彼女の風をたぐり寄せて、力に酔いしれて吹き荒れるのを邪魔してやれるかどうか、試してみたい。

エミールも穴のなかでアザの風を感じているんだろうか。風のせいで土が震えたりするんだろうか。エスターが頭にクリーム色の布を巻いたので、ぼんやりと揺れるそれを頼りについていく。メアリーがネズミのブーケを頭上にかざして空を見上げ、渦巻くアザを見上げて大きくほほ笑む。

その後、畑のまわりに積まれたネズミの死骸から、毛の焼けるにおいが風にのって運ばれてくる。

不快なにおいが厨房にも二階の部屋にも漂ってくる。女主人の母親がハンカチに向かって何度も咳《せ》きこみ、あたしは明日ハーブを集めてお茶を作るように、何か喉の痛みを和《やわ》らげるようなものを、と女主人に言いつけられ、それからみんなで屋敷じゅうのドアとカーテンを閉めるように命じられる。それでも屋敷のなかは焦げた肉のにおいがする。部屋は静まり返ってほぼ闇に包まれ、おそらくあの地面の穴と同じぐらい暗いんじゃないだろうか。

エミールが穴に閉じこめられているあいだ、あたしたちは女主人に命じられて屋敷じゅうの窓を開け、寝具を片端から洗濯し、床という床を掃いてモップがけし、板という板を磨き、ろうそく立ての埃を払って、ありとあらゆる金属面が光沢を放つまで磨きたてる。〈ぴかぴかにしてちょうだい〉と女主人は言う。

「亭主が来るのよ」ひったくって叩いてごしごし洗いながら、エスターが言う。「奥様の夫。ふだんは街で仕事してるの」

もしかしてジョージアマンに追い立てられて街に入ったときに、その男もいたんだろうか。その男は奴隷小屋の外に立つあたしたちには目もくれずに通り過ぎたんだろうか。それとも立ち止まって質問したり、売人と問答したりしたんだろうか。

「見た目はどんな感じ？」あたしは尋ねる。

「何があっても食事だけは欠かさない感じ」エスターがふんと鼻を鳴らす。

エミールが地中に閉じこめられた翌日、朝の水くみの帰りにあたしはわざとゆっくり歩く。それからメアリーとエスターが先に行くのを待って、林へ向かう道、地面に開いた穴へ向かう道をたどる。エミールの声に耳を澄ませる。うめいている。恐怖のせいで脇も顔もすさまじくほてっているけれど、あたしは黒い格子のそばに膝をついて、なかに水を流し入れる。一杯、二杯、格子の隙間から、小川のように。

「エミール」あたしはささやく。「水よ」

両手で、あるいは口で、いくらかなりとも受け止められるといいのだけれど。

次の朝も、あたしは穴を訪れる。現場監督に見つからないように用心はするものの、実際に彼らがここへ来ることはない。扉は見るからに重そうだし、びくとも動きそうにない。エミールからは一度も返事のないまま、あたしはかまわずささやきかけて水を流し、そうしながら母さんに思いを馳せて、母さんもこういう穴に閉じこめられたりしたんだろうか、そうだとしたら、誰かがこっそり情けをかけてくれただろうか、と考える。屋敷にいるあいだ、痛む筋肉に力をこめて別の痛む筋肉を引っ張り休みなく働き続けるあいだは、なるべくエミールのことは考えない。というより何も考えないようにしているけれど、どうしても母さんが穴のなかにいて格子を見上げ、格子のむこうの空を見上げてアザを呼ぶところを想像してしまう。

四日目の朝、女主人が現場監督に命じてエミールを穴から引き上げさせる。彼らは自分も穴に降りて、エミールをロープで引き上げる。彼らに命じられて、エミールは厨房裏の菜園で体を洗う。彼らが去るのを待って、使えるほうの手でゆっくりと体をこすり、背中を鎌のように曲げて、顔に、腕に、脚にこびりついた土をぬぐい落としていく。それからぴたりと止まって背中を起こし、じっと何かを見つめ、やがて雌鶏《めんどり》がこっこと鳴いたり雄鶏《おんどり》がくえーっと鳴いたりすると、はっとわれに返ってふたたび体を洗いだす。あたしたちは屋敷の陰からようすを見守り、エスターは背中を洗おうと申し出たのだけれど、エミールは片手を振って辞退し、洗い終えたあとで水をかけてくれればいいと言って聞かない。地上に上がって光のなかで自分を取り戻すにつれ、彼の背筋がゆっくりと伸びてくる。納屋で着替えてひとたび外に出てくると、使えないほうの腕の先で袖を結んだ姿は、あたしが初めて見たとき、女主人の荷馬車を運転していたときと同じようにしゃきっとしている。

エミールはニューオーリンズまで使いに出され、女主人の夫を連れて夕方に戻ってくる。エスターの言ったとおり、夫は巨漢だ。玄関ホールに騒々しく入ってくるなり、背伸びをして顔を近づけてくる妻を見てからからと笑い、妻のほうは頬を赤らめ、小川で水浴びしたあとで体じゅうにダイヤモンドをまとった小鳥のようにきらきらと輝いている。夫の頬はトウモロコシパンみたいにまん丸で、脂肪のせいで赤らんでいる。体を丸めて妻に覆いかぶさると、妻の体はすっぽりと呑みこまれ、金糸織りのベストと頭の上で大きく跳ねるブロンドの巻き毛のせいで、煌々《こうこう》と輝く部屋に残っていたわずかばかりの影も食いつくされてしまう。豚肉みたいな丸い肩に埋めつくされて、その場はぎゅうぎゅう。夫はさながら派手でこれ見よがしなコマツグミ。対する妻は、そのまわりをせわしなく飛ぶ小鳥だ。

夫が来るまで女主人は屋敷を藪のように暗く閉めきってカーテンを閉じさせ、ろうそくも部屋に二本ずつしか灯させようとしなかった。鏡の前で揺れる二本のろうそくは弱々しい明かりを投げかけるのみで、あたしたちは手つかずの白パンやトウモロコシパンを皿から簡単にちょうだいできた。それがいまは玄関ホールに太陽を呼んできたかと思うほどで、しみひとつない鏡の前にろうそくというろうそくが灯され、シャンデリアのクリスタルガラスを透かして輝いている。ひとたび夫が戻ると、女主人は家じゅうのろうそくに火を灯すように命じ、おかげで屋敷はまばゆいばかりに輝いて、ろうそくの煙がたちこめている。

「あなたは頑張りすぎなのよ」女主人が言う。「もっと早く帰ってくればよかったのに」

あたしはエスターやメアリーと並んで玄関ホールの壁に背を向けて立ち、二人の会話を聞くとはなしに聞いている。あたしたちはそれぞれ夫の帽子と荷物を受け取る。彼が妻に話すところによると、ビジネスパートナーが黄熱病にかかったという。ニューオーリンズでは数か月に及んで夏がぎらついたのち、どこの家も病いにやられている、と。

「そんなところでぐずぐずしていて」妻がぴいちくさえずる。「あなたまで病気になったらどうするの？」

　女主人はとにかく夫に食べさせようと躍起になり、むこうにいるあいだは自分が世話を焼けないのでぐあいが悪そうだと主張する。あたしとエスターは二人を追って二階の寝室までついていき、夫のほうが着てきた服を脱ぐのを待って、階下へ運ぶ。服は湿って、すえたミルクのにおいがする。彼もあたしの父親みたいに汗をかく。

「あいつ、プラサージュを囲ってるのよ」翌日の午後、夫が街から持ち帰った山ほどの服を三人で肘まで水に浸かって洗っているときに、エスターが言う。

「プラサージュって？」

「あんたみたいな女。明るい褐色の肌にシルクみたいな細い髪」エスターがひたいを下げて、肩でぬぐう。「ニューオーリンズに行けばそこらじゅうにいるよ」

　あたしは頭に布を巻いた女たちを思い出す。あの奴隷市の街で通りを歩いていた女たち、縄につながれて血を流し、市場へ向かって歩くあたしたちをできるかぎり見ないようにしていた女たち。

「その女とのあいだに子どもまでいるんだから」エスターが言う。

　あたしの口から思わず荒い息が漏れる。

「奥様は子どもが産めないからね」

　熱いお湯とせっけんのせいで手が焼けるようにひりひりするけれど、それでも腕と肩と背中を使ってごしごしこする。目の見えない母親の昼食から豆を失敬して口いっぱいにほおばったので、いまはお腹も黙っている。あたしはサフィのことを考える。優しいサフィがそばにいてくれるなら、あたしならなんだって差し出すのに。どんなに心満たされることだろう。喉から飛び出しそうになるすすり泣きを、あたしはぐっと呑み下す。目をしばたたく。洗濯物に向かってさらに腰を屈める。

「どうしてその女のことを知ってるの？」あたしは尋ねる。

「ポケットにあれこれ入れっぱなしだから。そっちの家族の写真をベストから抜き忘れたりとか」

メアリーが夫のシャツを絞る。

「美人だよ。大きな黒い目をしてて、あごにほくろがあって。息子がひとりに娘がひとり。どっちも父親にそっくり」

あたしは夫の下着を絞る。まだすえたにおいの残っている気がする。あたしの体のなかはからから、しおれた草の根に絡まった土みたいにぱさぱさだ。飢えて、渇いて。

「そういう写真はどうするの？」あたしは尋ねる。

メアリーが喉を鳴らし、エスターが笑う。

「そうとう悩んだよ。もとに戻して奥様に見つかったら、みんなが困ったことになる。あの人は現場監督とおんなじで、罰するのが好きだからね。で、もとに戻して本人に見つかったら、あたしたちが知ってることがばれちゃう。だからそのまま洗ったのよ。ぐちゃぐちゃにして、そのままポケットに入れておいた。ゴムみたいになったよ」エスターがメアリーの顔を見てにやりとする。「メアリーが考えたんだ」

メアリーがかすかな笑みを浮かべて、ぐるりと目を回す。二人が愛し合っていることがよくわかる。メアリーとエスター。あたしのサフィに対する気持ちとは違うのかもしれないけれど、間違いない。〈よかった〉とあたしは思う。〈ここにいる全員が飢えているわけではなくて、よかった〉

「メアリーは頭がいいんだね」あたしは言う。

「そう」エスターがささやく。「そうなのよ」彼女が背中を起こし、絞っていた洗濯物の水がエプロンを流れ落ちる。「これからは仕事も三人でいっしょにしたほうがいい。あいつが戻ったからにはね。ひとりでいるときにあいつに出くわしたら……」スカートの濡れた部分が黒くなる。「綿の根っこを嚙むといいよ」エスターが言い、濡れたスカートを見下ろす。息をそっと吐くぐらいの声。「赤ん坊が生まれるのを防いでくれるから」

力をこめて夫の服を引っ張ると、布が裂けたような音がする。

「たとえ自分では手を出さなくても、あいつはよけいな世話を焼いてくるしね。男と女を適当に組み合わせて、小屋のなかでいっしょに寝かせるの。あたしたちが妊娠して赤ん坊を産めばいいと思ってるのよ。で、奥様のほうは妊娠した女を産む瞬間まで働かせて、すぐにまた畑に戻す。綿の根を噛んで、呑みこむのよ」エスターが言う。「そういうふうになりたくないでしょう」

どうしてそういうことを知っているのか訊いてみたいけれど、けっきょく訊かない。

「それもメアリーが教えてくれたのよ」エスターがささやき、会話の扉が閉じる。


夕食の席で、女主人の夫は自分の分をすっかりたいらげる。食べくずはいっさいなし。なにしろ残さないのだから。パンを使って、あるいはナイフとフォークとスプーンで、皿をきれいにぬぐう。酒を飲むにつれてどんどん燃えて炎の芯みたいに赤くなる一方で、両手と髪の生え際はいまも薄い黄色のままでてかてかしている。女主人は何度となくテーブルの角に手を伸ばし、夫の腕に、肘に、触れている。そして一度は顔にまで。なんと屈託なく愛情を示すんだろう。愛情を差し出せば必ず届くと、いつまでも変わらないと、必ず報いられると、信じきっている。なぜなら夫も触れてくるから。夫の手が自分の手に触れると、彼女は目を細め、声をたてて笑う。黄ばんだ頬が、小鳥の羽の内側みたいに桃色に輝く。サフィも、キスをするときにはそんなふうにあたしに触れた。指を鳥かごにして、あたしの顔をそっと囲った。羽を切られ、飛ぶのをやめて、彼女の囚われの小鳥でいるのがとても好きだった。サフィのために羽をつくろい、顔を近づけて、心を震わせた。この女の手にしているものが、どんなに欲しかったことか。日の光の下で、外の木陰で、ミツバチの羽音を聞きながら、どんなにサフィに触れたかったことか。危険に怯《おび》えることなく、どんなに愛に浸りたかったことか――けれどもあたしにはかなわなかった。

　アザ母さんもそう。城の外を守る兵士と恋人同士になったのに、人前で堂々と愛することはかなわなかった。仕事を終えたあとの暗がりのなかで、前に母さんが話してくれた。

「自分でも止めようとしたんだ、と言ってたよ。アザ母さんと仲間の一団が彼とその仲間と遭遇したときには、アザ母さんは視線を伏せて別のほうを向いていた、とね。そうして自分は見るのをやめたんだけど、それでも相手の視線は伝わってきた、ブヨの群れみたいにアザ母さんにぶんぶんまとわりついてきた、と言っていた。自分のためには一生何も望むまいと思っていたのに、けっきょく望んでしまったと。その人の腕に抱かれて立っていたい、涼しい木陰に膝をついていっしょにレイヨウを狩ってみたい。こうやって、じっと息をしていたいと」――ナンの子どもたちがむにゃむにゃと寝言をつぶやく小屋で並んで横になっていた母さんが、あたしの頭を自分の胸に抱き寄せた――「頭をその人の胸にもたせかけて。でもかなわなかった。だからいっしょに逃げたのよ。自分のお腹にあたしがいることに気づいたのは、捕まって、船まで延々と歩かされたあとのことだった。アザ母さんとその人の愛のすべてが、小さな種に生まれ変わったことを知ったのはね」

　あたしは母さんの皮膚の下で心臓が脈打つ部分に手を触れた。

「逃げた二人のあとを、王様はそれぞれの身内に追わせたそうよ。仲間の戦士たちと、仲間の警備兵たちに。でもそうやって追われながらも、二人はひと晩だけ、外の世界の空の下で、自分たちでしつらえた寝床で、自由な時間を過ごすことができたの。ひと晩だけ、互いを抱いていられたの。翌日には起きてまた逃げたものの、戦士たちは、大きな獣も小さな獣も逃さない。いっしょに逃げた二日目の晩に、二人は見つかってしまったのよ。四方をぐるりと囲まれて、完全に包囲されてしまったの。アザ母さんと恋人は、それぞれ槍と剣をかまえて背中合わせに並んで立った。攻撃を仕掛けるたび、かわすたびに、恋人の筋肉の動きが自分の筋肉に伝わってきたと言ってたよ。数で太刀打ちできないことを悟ると、筋肉と筋肉の滑り合うその感触が恋人との最後の触れ合いになるんだとわかって、あふれる涙を止められなかったと」

母さんの心臓の鼓動は、あたしの頰に触れるミツバチたちの羽音だった。

「それ以来ずっと自分の一部はそこにあるし、この先もずっとそこに、恋人と過ごしたその瞬間、武器を手に戦い、自分が望んだものをわずかなりとも手にした最後の瞬間とともにあり続けるだろう、とアザ母さんは言ってたよ」

それから母さんは黙りこんで、涙が顔の横をつたうにまかせ、やがて手を伸ばしてそれをぬぐった。

「母さん」あたしは母さんのお腹に片手をまわし、母さんの無防備な部分は自分がしっかり守るんだと思って、母さんの肋骨が軋みそうなほど強く抱き締めた。「母さん」

母さんがため息を漏らし、闇がそれを食べた。

「これはあたしたちの瞬間だからね、母さん」あたしは言った。

母さんはわなわなと息を吐いた。

「母さんとあたしの、ね」

今度は母さんがあたしのことを骨が軋みそうなほど強く抱き締めて、その晩はもうどちらもそれ以上口をきかなかった。


デザートのあとで、女主人の夫はもっと薪をくべろと言う。暖炉の火と夏の名残、それに部屋じゅうで燃えるろうそくのせいで部屋には熱気が立ちこめ、窓は曇っているというのに、寒気がするという。女主人もいまは黙って、甘いクリームをもうひと口スプーンですくって食べているので、あたしは湿気のこもった部屋を逃れてかなたへ、かなたへ、はるか母さんのもとへ帰っていく。母さんがあたしの首に手を当てて、くるくるとさすりながら肩甲骨へ滑らせていくところ。あたしは包まれ、愛されている。ナイフが皿にがちゃんとぶつかる音ではっとして食堂に戻ってくると、女主人の姿はすでに小鳥からハヤブサに変わっている。夫はぐっしょり汗をかき、夜に餌を食べるモグラみたいにふくれあがっている。

「いったいどうしたの？」女主人が尋ねる。夫は汗にまみれて光っている。自分の体がほてる理由、顔が真っ赤なスポンジのようになっている理由をあたしが知っているとでも言うように、こっちを見る。あたしは下を向いて、横を向いて、とにかくその男以外のどこかを見る。

「ダーリン」夫が言う。

　エスターとメアリーも、一週間かけて掃いて磨いた床板をじっと見ている。夫は二人を見てまばたきし、妻を見てまばたきし、もう一度あたしを見てまばたきする。あたしは手に持った布を握り締め、窓の外に目を向ける。アザはいない。

「下がりなさい」女主人が言う。「おまえたちみんな」

　エスターとメアリーとあたしは急いで食堂をあとにし、ほとんど走るようにして厨房へ降りていく。女主人の声が大きくなる。夫に向かってわめいているけれど、壁と床に遮《さえぎ》られて何を言っているかはわからない。そのまま厨房でコーラを手伝っていると、やがて女主人の声が階下にまで響いてきて、メアリーにテーブルを片づけろと言い、あたしとエスターには寝室に火を熾すように言う。あたしたちは大急ぎで薪を持って二階へ上がり、エスターが火をつけようとするものの、なかなかつかない。夏の終わりの湿気のせいで、薪が乾ききっていないようだ。

「もっと薪を」エスターに言われ、階下に降りてなるべく乾いた薪を探し、居間の前をなるべくそっと通り過ぎる。漏れてくるまばゆい明かりと女主人と母親の会話からして、食後に移動したらしい。ところが廊下を歩いて寝室の前まで来てみると、夫が壁に片腕を突っ張り、あごを胸に押し当てて立っている。深くうつむいた頭に、濡れた帽子のように髪がのっている。あたしが薪を手に立ち止まると、夫が顔を上げてあたしを見る。

「水をたのむ」夫が言い、あたしのほうに足を踏み出して、手を伸ばしたひょうしに薪を床にはたき落とす。どさりと音が響きわたる。そいつの指は長くて、その指があたしの肩をつかむと、熱くて力がこもっている。「薪などどうでもいい」

「そんな」寝室から出てきたエスターが声をあげるので、あたしも体をひねって振り返ると、うしろに女主人が立っている。

「なんてことを」女主人がそう言ったあとは、雨で増水した川が堤を越える勢いで頭にパニックが押し寄せて、あたしの耳には何も聞こえない。女主人の口は動き続け、言葉のはしばしが耳に留まる。その声がどんどん大きくなって、神を語り、道徳を語り、肉欲の罪を語る。その言葉、〈肉欲〉という言葉のあとは何も聞き取れない、と思ったら〈地面〉と言うのが聞こえて、あたしは思わずあとずさり、よろめいて壁にぶつかる。夫が〈いや、いや〉と言いながらひたいの汗を何度もぬぐい、あたしはへたりこんで壁を頼りにかろうじて立っているものの、本当はいますぐ駆けだし、階段を一気に駆け降りて、厨房を走って通り抜け、ドアの外に、騒がしい夜のなかに飛び出していきたい。

女主人がエスターを階下へ使いにやり、あたしはこの場に囚われたまま、ほどなくやってきた二人の現場監督に腕をつかまれる。エスターが眉間にしわを寄せてひっと息を呑み、下へ引きずられていくあたしの顔を見ながら声を出さずに口を動かす。〈ごめん、ごめんね。本当にごめんね〉女主人が夫に殴りかかり、その手首を夫がつかむ。二人は子犬のように喉をくんくん鳴らしながら、一方が一方の胸に顔を押し当てて廊下でもみ合っている。あまりにめちゃくちゃで、あまりにひどい。あたしはエミールがやっていたように腰を落として、現場監督に抵抗する。青白い男たちに厨房を引きずられるあたしの耳に、嫉妬に満ちた金切り声が聞こえてくる。喉が焼け、頭のなかで火が燃え盛る。あたしは母さんに、あたしたちのあの瞬間に手を伸ばす。けれどもあの瞬間はつかめないし、母さんのともつかめないし、あの晩小屋にいた母さんのじっとりした生温かい肌も、熱い吐息も、両手にできた豆も、まったく感じられない。いまこの瞬間しかあたしには感じられない。

穴――楔《くさび》を打ちこまれた棺《ひつぎ》。長い落下。先に訪れた者たちによって踏み固められた硬い底。むっとするような濃い空気。完全な闇夜。まわりの壁に剛毛のように打ちこまれた木の杭。つるつると滑る粘土の墓に休息はない。

あたしはわめき、上に向かって手を伸ばす。

扉がどすんと閉じる。

叫び声が止まらない。顔を裂いて声が勝手に飛び出してくる。お腹の底からどんどんこみ上げてきて狭い墓穴にぶつかり、はね返ってあたしをぶつ。それでもあたしは叫び続ける。壁をよじ登ろうとしたら、現場監督らの手で上から下まで何列にも打ちこまれた杭が、腕とふくらはぎと顔の横を切り刻む。掛け金のかかった扉のそばで二人が笑っている。あたしは叫び声を呑みこみ、ショックに凍りついて、裂けた腕をぎゅっと握る。体の内側でパニックがひきつけを起こしたように飛び回り、鳥になったかと思えばコウモリになって、ふたたび胸に舞い戻る。あたしは自分をきつく抱き締め、静かにすすり泣く。現場監督の笑い声がしだいに細り、やがて消える。穴の深さは天井の高い屋敷の窓の縦の長さくらい。脚立でもなければ掛け金のかかった格子扉には届かない。杭が押し迫ってくる。頭のなかで血がどくどくと鳴り響く。

「アザ」あたしはささやく。

目を閉じてまぶたの内側の闇を見る。闇は闇でも見慣れた闇を。

「アザ、お願い」

心臓の鼓動が虫の音みたいに小さくなる。

「母さん」あたしは泣く。あたしをどこまでも愛してくれた母さん。両手で顔を覆い、しょっぱい血を口じゅうになすりつけて、顔面の骨を力いっぱい押しつける。この悲しみをぐちゃぐちゃに潰してなくしてしまいたい。

何かが静かに崩れ落ちる。息ができない。土が覆いかぶさってくるんじゃないか、地面に埋もれて息を奪われ、死ぬんじゃないか、と怖くてたまらない。〈この穴で死んだらどうなるんだろう〉と考えたそのとき、何かの崩れる音がぶつぶつ言いだし、不明瞭な言葉になる。

〈あの女は――ここには――いない〉声が言う。

あたしはひたいに爪を立てる。〈落ち着いて〉あたしは繰り返す。〈落ち着いて〉アザは風をひゅうひゅう鳴らして会話する。川は水をさらさらごぼごぼ言わせてしゃべっていた。いまの言葉は墓の土がぱらぱらと降ってくる音。

〈あれは――空気に属する者――だがおまえは――われらのなかにいる〉

〈誰?〉あたしはあえぐ。〈誰なの?〉

畑の土が鋤《す》かれ、集められて畝《うね》になり、種を受け取る音がする。

〈われらだ〉

鼻をすすると泥の味がして、舌で探ると頰の内側がじゃりじゃりする。

〈こうして話をするのは〉

濡れてすりむけた歯茎にも血がにじんでいる。

〈おまえが聞くからだ〉

「あんたたちは何者なの?」あたしは唾を呑み下し、むせて咳きこむ。

〈われらは――すべてを受け取る者。大きな骨も、小さな骨も。硬い甲羅の羽も、紙のように薄い背中も。木の内側から取れる繊維も。水を求めて降りてくる植物の根も。小さな流れも。燃えた葉もすり切れた蛾も。干からびたものも。われらはすべてを受け取る〉

〈どうしてあたしを？〉

石と石がぶつかって、角が砕ける音。

〈おまえは来た〉石が鋭く割れる音。〈だから受け取る〉

立ちづめで脚が焼けるように熱い。女主人の夫の到着に備えてずっと働き通しだったので、なおさら痛くてたまらない。二本の杭のあいだに頭のうしろをねじこんで、ひんやりとした土に寄りかかる。

「息ができないよ」あたしはあえぐ。

狭い闇のなかで、肥えた土があたしを押し返す。

〈おまえは捧げる。足から流れ出る血を川床に与えた〉

強烈なにおいが胸の奥まで入りこんで体を押してくるせいで、無理やり息を吸って吐かされる。

〈おまえのつま先は長い行進を通じてわれらに滋養を与えた〉

両手で杭をつかんで引っ張ろうとするのだけれど、まともに引っ張れるだけの隙間がない。そこで体をひねってさらに強く引っ張ると、背中を木のナイフに刺されながらもわずかに手応えがあり、あたしはさらに引っ張り続ける。

〈いまこの瞬間にも、おまえは与えている〉

あたしはぐいと体をひねる。

〈血。汗。涙〉

泥がため息をつく。

〈おまえたちのじつに多くが、長い大地のいたるところでわれらに捧げる。われらの歯である古い山脈から、腹である平原まで。われらのまつげである湾や入り江から、指である砂漠、つま先である湿

地まで〉

「嘘よ、あたしは何も捧げてなんかいない」

あたしは闇のなかで身を屈める。

〈われらが受け取るのは〉土のかけらがあたしの腕をぱらぱらと叩く。〈生むためだ。おまえはてっきり野ウサギかと思ったが、どうやら穴ウサギのようだな。まだ目の見えない〉あたしはもう一度杭を引っ張る。〈この巣穴で生まれたばかりの〉

背中を土が滑り落ちる。

「あんたたちは巣穴じゃなくて墓穴よ」あたしは息まく。「アザ母さんも母さんもサフィもあたしも、気安く差し出したりなんかしないから。それなのにあんたたちは」ぐいと引いたひょうしに、杭のひとつが腿《もも》の裏に突き刺さる。「奪っていくのよ」

木の杭が一本抜ける。あたしはそれを下に捨て、次の一本に取りかかる。壁の杭を引き抜いて、せめて座れる分だけ、膝を抱えて休める分だけ隙間を確保できたなら。ごろごろと地鳴りがして、沈泥《ちんでい》と黒土と岩の層が互い違いに滑り合う。あたしの棺ががたがた揺れる。

〈われらは変質をもたらす。死骸や小便や血を受け取り砕いて砕いて砕いて押し固めてそれぞれ最も小さな形に変える〉

「あんたたちはみんな欲張りよ。アザも川も**記憶する者**も。あんたたちは奪うだけ。なんにもくれやしない」あたしは体を震わせ、歯を軋らせてささやく。

〈騒がずじっとしていろ〉大地がとどろく。〈われらは捧げ物が種を生むまで体内に抱き、そうすることで捧げ物は自らを生むのだ。われらが食べるのは変身をもたらすため。おまえたちは石や幹になり、樹液や地虫になる。きのこや花粉になる。埃が立ち昇り、何度もめぐりめぐったのちに、われらはおまえたちを闇に送り出す。そうしてさらにめぐりめぐったその先に、おまえたちの髪と肌と血は

燃えて星になる〉

一本の杭になかばぶら下がるようにして体をひねると、生ぬるいバターからナイフが抜けるみたいにあっさり土から滑り落ちる。

〈おまえがアザと呼ぶあの女、あれはむやみに吹きつけるだけだ〉

あたしはどさりと倒れる。

〈あの女こそけっして与えない〉大地が言う。

あたしは次の木杭をねじる。

〈あの女は奪って貪って捧げ物に浴し、おまえたちには嵐があたかも水を意味するかのように、命を意味するかのように思いこませているが、実際にはそうではない。われらは貪り食うが、授けもする〉

格闘していた杭がするりと抜けて、別の一本が引いてもいないのに落ちてくる。次から次へと勝手に壁から落ちてきて、大雨のように叩きつける。

〈おまえは風を崇めているが〉大地が言う。〈与えるのはわれらだ〉

最後に引き抜いた杭を握り締め、だらりと腕をたらして立つあたしの足元に、落ちてきた木切れが小山になって積もっている。大地が、**受け取り与える者たち**が、あたしのために杭を引き抜いてくれたんだ。

〈じっとしていろ〉まわりに残っていた最後の一本が抜け落ちて、あたしは壁に倒れこみ、そのままずるずるとしゃがみながら、体から力が抜けて背中が焼けつくのを感じる。〈おまえは目も見えず、濡れて真っ赤だろう、小さき者よ〉

棺の床が波を打ってうねりだし、あたしはひいっと声をあげる。大地が床に落ちた杭をひとつまたひとつと呑みこんで、枕のようにやわらかい砂を押し上げ、それからまた硬くなる。

〈おまえはまだ世の中に不馴れだ〉**受け取り与える者たち**が言う。ミミズが腐葉土をかさかさとこする音。〈ウサギのなかには悪い地盤に巣穴を築く者がいる。やわらかい砂地を掘り進む。穴が崩れ、自分の掘った砂に埋もれてしまう〉

足首から頭の先まで、全身が痣の塊だ。

〈だがおまえは、鼻をふんふん言わせる者。においを嗅ぐ者。全身で暴れる者。びくっと跳ねて這い進む小さき者。土をはね飛ばして呼吸する小さき者。おまえの同胞《はらから》のうち、じっとして動かず息を止めた者たち、その体は綿毛になり、球根になり、煙になる〉

あたしは砂混じりの土にどさりと倒れて丸くなる。

〈だがおまえ、おまえなら、戦い続けて地上に出ることができるだろう〉

この墓場。これがあたしの寝床。

〈そうして脱出したあかつきには、前足についた土をなめてきれいにするだろう〉

そしてこの巣穴に母はいない。

〈その土を呑み下せ、小さき者よ、そしてふたたび生むのだ〉

あたしは顔にこびりついた血をぬぐい、それから諦めて頭を壁に横たえる。大地がよこしてくれるムスクの香り、きのことしおれた花のにおい、ミミズの糞のにおいに身を浸す。扉の近くにいまも剛毛のように生える木の杭のあいだから見えるのは、星だ。

〈おまえはわれらのもの〉彼らが言う。

彼らがその手で、腕で、膝で、あたしを包みこむ。

〈おまえはわれらのもの〉

第8章　塩と煙の捧げ物

現場監督に引き上げられたあたしは粘土と血の赤で縞《しま》もようになって、深い冬眠から叩き起こされたヌマガラガラヘビのようにぼんやりしている。二人はあたしを引きずって荷馬車の道を通り、離れの建物をまわりこんで、虫の声が散りばめられた夕べを通り抜けて屋敷まで連れていく。あたしの脚はがくりと折れたきり、立つに立てないからだ。何日もアザを呼び続けて雨を降らせてと請いすがったのに、アザは一滴も降らせてくれず、格子の隙間から水を注いでくれる者もいなかった。あたしは食料貯蔵室の床にほうり捨てられ、横向きに転がってなんとか目を開けよう、昏睡の底に沈んだような状態からちゃんと目を覚まそうとするのだけれど、目は覚めない。コーラの杓子《しゃくし》が鍋に当たる音もなんとか秒を数えようとするのだけれど、彼女が働く物音も、かまどから漂ってくる豚の脂のにおいも、地上の目覚めた世界にあたしを引き戻すには力不足だ。大地にすっかり身動きを封じられ、あたしはふたたび穴の夢に沈んでいく。

大地の手に抱かれているあいだ、あたしは浮かび上がって扉をすり抜け、宙に昇った。煙のにおいに包まれた。プランテーションの上にいた。どんどん昇って、はるか上空から下を眺めた。女主人によって奴隷にされた者たちが身ぐるみはがされ、畑で、屋敷で、製糖所で、納屋で、離れで、小屋で、腰を屈めていた。彼らは屈んでは与え、屈んでは与えて、皮膚のかけらを、流れる汗を、大小さまざまの傷口から血を、口から吐瀉物を、大地にもたらしていた。
〈まるで焚きつけだ〉あたしは思った。〈燃えだす寸前の焚きつけ〉
〈じっとしていろ〉**受け取り与える者たち**の声がして、あたしはもう一度、ひたすら働く者たちを見下ろした。

夢のなかで畑の上空を漂い、アザのようにすべてを見渡していると、サトウキビ畑や巣箱のような屋敷のなかを這いずる者たちが、絶望のせいで少しずつ削り取られていくのが見えた。でもそれと同時に、男も女も子どもたちも、体のなかに緑の脈が伸びているのも見えた。開花に向かって突き進むひと筋の脈。あたしのミツバチたちなら、それが蜜につながる緑の希望であることを知っているだろう。あたしはふと考えた。大地がじっとしていろと言うのは、もしかしてこのためだろうか。あたしにこれを理解させるため——あたしの仲間たちはあらゆる苦しみをわが身に取りこんで、ほころびを補強し、種をまいて収穫し、滋養で身を固めて抵抗の力に変えることができるのだと。コイルのように渦巻く髪の内側にも、クロテンのような黒い肌の内側にも、希望がみなぎっているのだと。彼らの心は大いなるささやきでざわめき立ち——畑で歌っているのだと。あたしの仲間たちが立ち昇るとアザが言っていたのは、このことだったんだろうか。

貯蔵室の床であたしは膝を抱いて丸くなり、夢を見て、灰を呑み下す。

朝、メアリーに起こされる。背中のまんなかあたりにおずおずと手が触れる。あたしは寝返りを打って逃れ、両手で顔を覆う。体じゅうの壊れた部分、錆色と紫色のかさぶたになった部分が痛い。今朝は、ひとつひとつの打ち身と切り傷と筋肉痛をすべて感じる——大地の精に捧げつくしたあとの残骸。

「奥様が、全員サトウキビ畑に集合しろって」エスターがささやく。「畑の草取りよ」

あたしは肘をついてぐらりと体を起こし、よろよろと立ち上がる。全身が小刻みに震えるのを感じながら、スカートの紐をきつく締める。空腹のせいで体はうつろだ。南まで歩き終えたときには、川のように延々と続く一歩ごとに体が軋んで、そのうち自分が削れてなくなってしまうんじゃないかと思っていたのに、女主人と屋敷と畑のために、さらに失えるものが残っていようとは。線のような腿からえぐれたお腹まで、落ちくぼんだあばらから鎖骨とうなじまで、あたしに残されたわずかばかりのものをこの場所は削り取っていく。サフィはあたしの脚が好きだった。たまにいっしょに森を歩くときには、ふいにしゃがんであたしの脚をなでることもあった。腿の裏から、膝のくぼみを通ってふくらはぎまで。〈ほら見て、あんたの脚〉そう言ってサフィは笑った。〈ほら〉揺れるスカートに触れる脚のなんと細いこと、水に沈んだ小枝のように細い。あたしを見ても、サフィはもう気づかないに違いない――もしまた会えたとしても、あたしだとわからないに違いない。

喉の奥で悲しみが顔をもたげ、息が詰まる。

見えないでいるのはもういやだ。迷子の赤ん坊ウサギになって地面を引っかくのはいやだ。〈見よ〉と**受け取り与える者たち**は言った。ちゃんと見よう。あたしはふらふらと厨房へ向かい、テーブルにあった大ばさみをつかみ取ると、倒れるように外に出る。メアリーとエスターが走ってあとを追ってくる。互いの指先を握って。

「アニス？」エスターが呼ぶ。

屋敷の影はひんやりとして、冷たい水に体を浸すかのようだ。あたしの髪はずいぶん伸びて、縄のようにくるくる巻いて肩から背中にたれている。それが背中で絡まり合って、小さなダマになっている。あたしは走って転びそうになりながら、髪の束をつかんではさみでぎしぎし切っていく。大きな屋敷と離れの建物をあとにして一目散に走りながら、髪の束を次々につかんでいく。麻のような部分、シルクのような部分、頭のてっぺんの綿のようにふわふわした部分――そして切る。

「アニス？」メアリーといっしょにそばを走りながら、またしてもエスターが呼ぶ。

「捧げ物がいるのよ」あたしは言う。

あたしは切り取った髪、クモの巣みたいに細い髪の束をまとめて握り、小さな林を走り抜け、小屋の列をいくつもを通り過ぎて、森が始まるところを目指す。長い、不規則な走り。焼けつく息を吸いながら、弱った脚が何度も転びそうになるのを踏ん張る。あたしが呼びかけを無視しても、エスターとメアリーはかまわずついてくる。頭上では森が鬱蒼《うっそう》と繁り、重く枝をたれている。あたしは地面をひと蹴りして立ち止まり、あたりを物色して、背が高く実のたっぷりついた一本のヌマスギを見つけ出す。針状の葉はあたしが前にいたところの木みたいに茶色くなりかけて、秋の訪れを予告している。あたしは両手で土を掘る。ここの土は豊かでやわらかい。すくい上げた虫とミミズと黒く朽ちていく羽毛のように軽いヌマスギの針を、肩越しにうしろにほうる。どんどん掘るうち、穴はあたしの腕が肘まで隠れるぐらいの深さになる。

「いったい何を始める気？」エスターが尋ねる。彼女はメアリーといっしょにあたしのうしろにしゃがんでいる。

メアリーがため息をもらす。

「そういうことはそのうち畑でたっぷりさせられるっていうのに」エスターが言う。

あたしは穴の底に髪を置く。

「これは捧げ物なのよ」

「なんのために？」エスターが訊く。

「思い出すため」

〈受け取って〉あたしは大地に言う。〈そして与えて。これを受け取ってあたしに与えて。もっと見たいの。もっと見せて〉

指のしわに入りこんだ腐葉土から、爪の奥に入りこんだ腐敗物から、二つの記憶が立ち昇る。頭のなかでひとつ目が花開く。熟れた、強い芳香。その昔、あたしがまだずいぶん幼かったころ、背の高いある男が母さんに言い寄っていた時期があった。彼が歌うと、その声は彼の口から川のように流れ出し、畑を越え、林を越えて、屋敷まで聞こえてきた。ある晩、狩りに出かけた彼は、あたしたちの小屋の戸口に血まみれの贈り物を置いていった――麻布に包まれた心臓《ハート》。それを見つけた母さんは息を弾ませ、小さな笑みを浮かべた。母さんはあたしを連れて森の広場へ行くと、小さな火を熾し、煙でそれを炙った。味のほうは忘れてしまい、筋肉部位にありがちな硬い噛み心地しか思い出せない。それでも母さんがその心臓を二つに切ったときに、なかの空洞が二つに分かれていてとてもきれいだったことは覚えている――真っ赤なミツバチの巣。あたしにはわかった。噛みごたえのある滋養豊かなその食べ物を男が母さんに食べさせたいと思ったのは、彼自身の飢えを知ってほしかったから、ご主人の土地のすり減った小道で何度も身をかわされ拒《こば》まれたあげくに、ぽっかりとあいてしまった大きな穴のことを母さんに伝えたかったからだ。母さんがその男のそばを歩くときには少なくとも腕一本の距離をおいていたこと、言い寄る男の腕に身をまかせるほどにはこの世の手を信用していなかったことも知っていた。二人が仲違《なかたが》いしたのは、転んで脚をすりむいたあたしを母さんが慰め、それでは何もできない子に育つと男が指摘したときのことだった。母さんはあたしに甘すぎる、と彼は言った。すると母さんは彼を見上げてただひと言、声を低くとどろかせた。〈行って〉呼吸が速く、浅くなっていた。

二つ目の記憶は花開くというよりも、場面が継ぎ合わされていく、ある瞬間と別の瞬間が縫い合わされていく感じ。ことが起こったのは、母さんに言い寄るその男にはあたしたち二人を守れないとわかったあと、母さんが自分とあたしの身を守るしかないと悟ったあとのことだった。記憶のなかのあたしはまだずいぶん小さくて、母さんの腕に抱かれて肩にあごをのせ、母さんは走っていた。

〈母さん〉あたしは言った。

〈つかまってて、いい子だから〉母さんは言った。〈しっかりつかまってて〉

「アニス?」エスターの声が夢をさえぎる。

「待って」とあたしは言って、次の記憶の切れはしをつかまえようとするのだけれど、何も現れてこない。「待って」と言いながら、エスターに言っているのか大地に言っているのか自分でもわからない。「お願い」あたしはささやく。切った髪の残りが目に降りかかり、顔をつたい、あごの先をかすめて落ちていく。大地への捧げ物。「どうかお願い」

あたしが木の根にひたいを当てて請いすがると、**受け取り与える者たち**がそれを受け取る。記憶の端切れが現れる。はみ出た糸をつかんで呑みこむと、はるか昔に北で起きた出来事の記憶はしょっぱくて、涙の味がする。母さんはぐんと背が高く、あたしはまだ脚がぽっちゃりしてお腹もやわらかいような子どもだった。母さんは走っていた。ずいぶん長いあいだあたしのことを背中に、腰に、体の前に抱えて走り続け、昼と夜がいくつか過ぎたあるとき、下に降ろした。あたしの手首をつかむ母さんの手は必死で、あたしも遅れをとるまいと懸命に走るものの、その夕方、あたしはほとんど地面を引きずられていた。

〈走って、いい子だから〉母さんは言った。〈走って〉

〈アザ〉母さんは空に向かって彼女を呼んだ。〈アザ、どっち?〉

遠くのほうで、発作のように吠え続ける猟犬の声が聞こえた。母さんがあまりに強く腕を引っ張るので、肘がどうにかなりそうだった。あたしたちは力の限り走った。

〈よかろう〉**受け取り与える者たち**の声がする。〈おまえは捧げた。見るがいい〉

あたしの世界にみるみる記憶が広がり、メアリーとエスターをかき消していく。母さんとあたしは何日も走っていた。〈湿地に着いたら、大湿地に着いたら〉と、母さんは言い続けていた。あたしを抱えて何キロも走り、疲れてそれが無理になると、お願いだから走ってと頼みこんだ。雨に追われているらしく、嵐の風が猛烈に吹きつけ、びしょ濡れで寒かった。母さんは風に尋ねた。〈アザ、アザ〉と、〈道はどっち〉と何度も、何度も。アザはなかなか答えなかった。空咳のような犬の声がどんどん近くなり、母さんはあたしを振り回す勢いで胸に抱き上げ、ぎゅっと締めつけた。アザが答えた。〈あの谷を下って、越えて、さらに何日も行ったところ〉精霊の声があたしと母さんを包みこむ感覚、闇の四方から押し寄せてくる感覚が甦《よみがえ》る。母さんがあたしを抱いたまま足を取られた。〈あまりに遠い〉アザがそう言った次の瞬間、母さんとあたしは丘を転げ落ち、血だらけ傷だらけになって横たわり、上を向くと、ランタンを手にした男と犬たちが跳ぶように丘を下りてくるのが見えた。

〈思い出すがいい〉**受け取り与える者たち**が言う。

〈思い出す〉あたしは答える。

あたしたちは走った。母さんはアザを呼んだ。そして転んだ。血しぶきのむこうに、奴隷捜索隊の犬を殴って、蹴って、あたしを攻撃させまいと戦う母さんの姿が見えた。あたしの頭はずっとがんがん鳴っていた。そうして母さんがなかば叫び、なかば唸って、丘のふもとで犬と格闘するそばで、あたしは気を失った。目が覚めるとご主人のところ、ナンと同居していた小屋に戻っていた。そのころはまだナンの子どももひとりしかいなかった。起き上がってそっと明け方の外に出てみても、母さんはいなかった。母さんは姿を消し、何日も消えたままで、ようやく小屋に戻ったときには、見えるところも見えないところも傷だらけで腫れあがっていた。あまりの血とあまりの恐怖に、これまでずっと忘れていた。思い出そうとしなかった。「思い出せ」と大地が言う。あたしは思い出す。母さんはあたしと自分のために安全の地を求めて走り続け、捜索隊に捕まって、その後何年もご主人の罰を受けたあげくに売り飛ばされた。あいつは母さんが縄のもとへ向かうようにわざと仕向けてジョージアマンに売り渡し、水に引き裂かれたこの地獄の世界に追いやったんだ。〈走って、アニス〉母さんは叫んだ。〈走って〉と、犬をけしかけられ、自分の持てる唯一の武器、腕と脚を振り回して戦いながら。〈母さんはあんたを愛しているよ！〉一匹の犬に腕を咬《か》まれ、もう一匹に脚を咬まれて激しく揺さぶられながらも、母さんは叫んだ。〈アザ！〉母さんは叫んだ。

「アニス？」エスターの声がする。

あたしは大地の穴に向かってすすり泣く。**受け取り与える者たち**に捧げつくしたあたしは、もはやうつろなヒョウタン――ひからびた悲しみに、記憶の残骸が釘のように刺さっているにすぎない。この地であたしたちを出迎えてくれた虫たちの合唱は、夏の最後のあがきとともに死へと向かって押し黙り、いまのあたしをよしよしと慰めてくれるのは、アザの声なき風にあおられてかさかさと鳴る葉っぱだけ。

男と、女と、自分で歩ける子どもたちが全員畑に出ている。サトウキビと根元にはびこる雑草のつんとしたにおい、堆肥の放つ腐臭を嗅ぎながら、何百という数のあたしたちが大地に向かって腰を屈めている。あたしもエスターとメアリーにならって腰を屈め、鍬《くわ》を振るい、草を握って引っ張る。なかにはそうとう手ごわい草もあって、ぐいと引いたひょうしに噛みつかれ、手の皮が切れることもある。唯一の救いは空に雲が張り出して日をさえぎり、その後すっかり覆い隠してくれたおかげで、あたりがぬるい洗濯水ぐらいには涼しいこと。けれどもすっかり伸びたサトウキビの列が延々と続くなかで作業を続けるうちに、頭と両手は割れて疼き、腰はすっかり凝り固まっている。歌が始まっては立ち消え、小さな塊になって畑の上を漂っていく――現場監督ににらまれて勢いをそがれる湿った木炭。監督のひとりが、草をむしる手が遅いと言って老人二人と娘ひとりをどやしつける。娘は歩き方が不規則で、見ると、片方の足が内側を向いている。静かな動悸を、彼女を助けたい、彼らを助けたい、という一瞬の衝動を、あたしは無視する。まだ午前もなかばだというのに、穴で過ごしたあとの空腹と疲労のせいで足元はいよいよおぼつかない。水平線に並ぶ木立は見えるし、鬱蒼と茂った森がサトウキビを押しとどめ、大地を取り戻そうとするように畑に覆いかぶさるさまも見えるのだけれど、ここが本来森の領分である証拠をあたし自身がこうして土から引きむしっているのだけれど、それでも何列も何列も続くサトウキビに果てしがあるとは思えない。

「今朝はどうしてあんなふうに髪を切ったの？　しかも埋めたりして」地面に深く根を張った草と格闘しながら、エスターが訊いてくる。

あたしは手のひらについた土をスカートで払う。その音もまた、大地のささやきに聞こえる。

「母さんについて思い出したいことがあって」アザや大地のこと、川のことを話しても、エスターは信じないだろう。「髪が邪魔だったのよ」あたしは嘘で取り繕う。「髪を切って醜《みにく》くなったとあの亭主に思われれば、それもまた好都合だし」

エスターが地面にしゃがんで、畑に沿って並ぶ小屋のむこう、草木の絡まり合う森がはるか遠くまで続いているほうをあごで指す。

「最初はてっきり、境界へ持って行くのかと思ったのよ。境界っていうのは、むこうのことだけど」エスターが言う。

「え？」

「あんたが今朝走っていったところ。あそこが境界。でも髪の毛なんかなんの役に立つんだろうと思って」彼女は肩をすぼめて土を掘る。「まあ、縄ぐらいなら編めるかもしれないけど」

「縄って、いったい誰が編むの？」

エスターは棘《とげ》のある草を根元からぐいと引き抜く。スカートの腰の部分で血をぬぐう。

「逃げた人たち」

あたしも自分の草を引っぱる。

「何人かはそこで暮らしてるのよ。むこうのほう、境界と呼ばれているところで。森のなかと言ってもそれほど奥というわけではなく、ものを交換したり、ここにいる身内に会いに来たりもする」

草は引っ張り返してくるかと思ったらそのまま抜けて、あたしは尻もちをつき、それからまたよろよろと膝で立つ。

「あそこはその人たちのために食料や服や道具なんかを置いておく場所なの。今朝の、あの場所」

あたしは草を自分の袋に入れる。

「あんたもそのためにあんなところまで走っていったのかと思ったんだけど、考えてみたら、あんたにはここから逃げた知り合いなんていないだろうし」

「あんなところに人が住んでるの？」あたしは尋ねる。

「そうよ、あたしたちのまわりの、手つかずの自然のなかに」エスターが答える。

あたしは唾を呑み下し、口のなかで舌が水を吸ったビスケットのようにふくれているのを感じながら、あのとき与えられた二つの記憶のことを思い出す。

「北のほうに、ディズマル大湿地と呼ばれてるところがあってね。そこではいくつもの家族や仲間たちがまとまって暮らしてるんだって」あたしは言う。

エスターが筋張った草を袋のなかに押しこむ。

「湿地ならここにもいくらでもあるよ。ヘビやワニがうようよいて、クマもいる」

メアリーが鋼《はがね》のような灰色の空に向かって口笛を吹く。

「ここにいる何人か」閉じた口の片側だけで、エスターが息を殺してささやく。まわりの物音、みんなが根っこを引き抜いたり袋を引きずったり足をどすんと鳴らしたりする音にかき消されて、ほとんど聞こえない。「あたしの母さんの母さんは、テル・ガイヤルドっていうところにいたのよ。ここより南、湿地のほう。地盤もしっかりしてて、いい土地だったって。逃亡して、そこで暮らしてたの。

カメや魚なんかを食べて」

曇りとはいえ、あたしたちは汗だくで息をするのも苦しい。

「そこへたどり着くには、首まである水のなかを泳いでいかないといけなかったんだって。沼のまんなかにあったから」エスターが言う。

空が荒れだす。あたしは目を細めて、草をむしる自分たちの列を見渡す。

「でも暮らしていくのは大変で、みんな飢えてたらしい。テル・ガイヤルドにはセント・マロという人がいて、リーダーだったその人が、道具や銃を調達したり、プランテーションの仕事を請け負ったりしていたの」

アザのことは探してやらない。ドレスに空をかき集め、ぐるぐる回って稲妻と脅威を呼び起こし、風を送りつけて草木をかさかさ鳴らす姿は探してやらない。

「その人たちは自由の身だったのよ。自由のようなもの、というか。でもけっきょく法に見つかってしまった。そして町議会《カビルド》が開かれた。わかると思うけど、法は絶対にそういうことは認めない。逃亡奴隷が村を作って湿地で暮らすなんてね」エスターは弾みをつけて袋を肩にかつぐと、次の列に進んでふたたびしゃがむ。「しかもセント・マロは、交易のために仲間とミシシッピまで出かけたときに、自分たちを脅してきた白人の男を殺してしまったの」エスターが首を振る。「もちろんばかなことだとわかっていたけど、相手が切りつけてくる気なのがわかって、やられる前にやったんだ、とあたしのおばあさんが話してた」

あたりは肌寒いのに汗が出る。指のまわりについた小さな血の筋が乾きかけている。草をむしるときに切れたところ、その傷口、仕事で流れた血。

「けっきょく法に追われて、湿地にいるところを突き止められたのよ。おばあさんもほかのみんなも戦ったんだけど、全員捕まってしまった。その人たちが築きあげたものはすべて焼き払われて、セント・マロは縛り首。ある者は縛られて頬にMの焼き印を押された。逃亡奴隷《マルーン》のMよ。あたしの母さんとおばあさんも、その後一生、顔にMの文字を背負ってた。鞭で三百回打たれた人もいたらしい。そうして死をまぬがれた者たちが、ここに送られてきたというわけ」エスターは列のあいだの草を抜き終えたところで転びかけ、それからまた屈む。「ここではゆっくり死んでいく、ただそれだけの違いだけど」

　あたしたちはうめく。みんなでうめくその声が、風にのって運ばれる。これは生きながらの葬送歌。のたうつ木々の下でその歌がじわじわと大きくなっていく。這いつくばるあたしたちの痛みの下を、空に向かって伸びるサトウキビのあいだを、畑のなかを勢いよく流れ抜けて、大きく、激しくなっていく。なんという奔流。

「あんたが髪を埋めたでしょう？　あのあたりに、家畜の餌からくすねたトウモロコシを置いておくのよ。鉈《なた》やナイフとか。鶏の脚を結わえて木に縛っておくこともある。そうするとここを出ていった人たち、湿地で暮らしている人たちは、あたしたちに魚やアライグマやイノシシを置いていくの。ここにいる人たちのなかには、まだむこうでいっしょに暮らす勇気がないっていう人もいるし、赤ん坊や母親を残していけない人もいれば、畑で忍び寄ってくるものより沼で忍び寄ってくるもののほうが怖いという人もいる。あるいはあんまり一か所に集まると、カビルドに見つかって根こそぎやられると怖れている人もいるし。へたに自由に生きようとすると」

　そう言ってエスターがひときわ頑固な草を地面からもぎり取ると、根っこが長くて干し草用の熊手ほどもある。彼女の顔はひどく歪んで、まるで固く絞った濡れ雑巾《ぞうきん》だ。泣かないように戦っているのがわかる。

「あたしの兄さんもむこうにいるのよ」エスターが言う。「ときどきこっそり会いに来る」

　メアリーが指をひらりとさせて、エスターの背中を一度だけそっと叩く。ツルの翼が触れるみたいに、ごく軽く。

太陽が昼間の色をすっかり回収して空一面に夜が注がれるまで、あたしたちは草をむしり続ける。それから泥と砂利と点々と散った緑のべとべとを顔と腕と手から洗い流して、何も食べない女と人の分まで食べる男のために給仕をする。男は食事のあいだずっとがたがた震え、スプーンとフォークが陶器にぶつかりがちゃがちゃ鳴っている。食器を片づけて次のメニューを運ぶために階段を降りたり昇ったりしながら、たっぷり残った女主人の皿をエスターがまわしてくれるので、その食べ残しをあわてて呑みこんだら、しゃっくりが始まる。夕食のテーブルを丸裸にして寝具を整え、暖炉をきれいにして薪を積み、服をきちんと並べて、そうするあいだも体には疲労が漁網のように絡まりついて、あたしは貯蔵室のマットまで引きずられていくのだけれど、眠れない。そこで、みんなが眠るのを待って厨房のドアからこっそり外へ抜け出し、菜園に腰を下ろす。月は高く、満ちて青々としている。ここにも自分を盗み返した人たちがいるんだ、と思うと驚きを禁じえない。沼だらけに水だらけのこんな野生の地をさまよい歩く人たちがいるなんて。片手をかざして月を隠すと、クモの巣状の指のあいだから光がすり抜けてくる。あたしはアザを待っている——名前をささやく。今回は、ひんやりした風をスカーフのようにたなびかせてやってくる。この世にありながら、なんとやすやす来ては去っていくんだろう。アザがあたしの前で止まり、月を遮る。

「なあに」アザが言う。

月の黒い部分が絵に見える。ウサギ、魚、象。

「どうしてこのあいだは来てくれなかったの？」あたしは尋ねる。

アザが風をくるりと回す。

「何も聞こえなかったけど」彼女は答える。

「生き埋めにされたのよ」あたしは言う。「呼んだのに」

「大地の連中ね」アザがため息をつく。「おまえを閉じこめて、隠して、ひとり占めしようとしたんでしょう」

アザがしゃがんで月がふたたび冴え渡り、よく言われている話は間違いだ、とあたしは思う。あの銀色の天体には動物が住んでいるわけじゃない。あれは水。あれは海で、黒い海が細い川でつながって、はるばるここから、地球から、流れこんでいるに違いない。もしかしたらそれが、アザが話していた**水**なのかもしれない。あたしたちみんなのあいだを流れる**水**、あたしたちをつなぐ**水**。そういう**水**のなかでも、溺れたりするんだろうか。

「エスターから、むこうにいる人たちのことを聞いたんだけど」下を向いてからふたたびアザを見上げると、その目は嵐の雲のように黒々としている。「逃亡した人たち。湿地で暮らしてる人たちのこと」

「ええ」アザが答える。一方の肩の上で稲妻がさえずるように小さく光って、ドレスのなかに落ちていく。

アザの動きが止まる。彼女のすべてが穏やかだ――巨大なひとつの目。

「あんたは本当のことを話さなかった」あたしは言う。「母さんがあんたに背を向けたのは、アザ母さんを失ったからじゃなかった」あたしははさみでぞんざいに切った髪を目から払う。「そのせいであんたにかまわなくなったのは本当かもしれないけど、でも背を向けたのはそのせいじゃなかった。あんたはあたしたちを湿地まで連れていくはずだったのよ」

すべてが静まり返っている。わがもの顔に吹き荒れるアザの風から解放されて、頭上の木々も枝をたれている。

「おまえの母親の頼みごとは、そもそも無茶だった」アザが言う。「おまえはまだまともに走れるような年でもなかったし、その湿地ははるかかなた、何キロも何キロも行った先にしかなかった」

木々の枝が上へ上へと、月とアザの海に向かって手を伸ばす。**水**に向かって手を伸ばす。

「あれは運命だったのよ。頼まれた時点でわかったわ」アザが言い、左右に揺れる。

「だけどあんたには力があるじゃない」あたしは言う。「アザ母さんや母さんやあたしより。あんたならもっといろいろできたはずじゃない」

切れた両手を焼けつく膝に当てて立ち上がると、丸い頭の先からつま先まで、体じゅうがすりつぶされて抵抗する。

「母さんだってあんな目に遭わずにすんだはずよ。あたしは覚えてるから」そう言ってあたしは屋敷の黒い口のなかに入り、ドアを閉める。


もう何日も草取りに駆り出されているのに、あたしは眠れない。夜は天井の板を見つめながら、母さんのことと母さんが走っていたときのことを考えて過ごす。ワイヤーのようなうめくような荒い息づかいを思い出す。だからアザが紐のように細くなり、ひんやりした隙間風になって床板すれすれのところから滑りこんできたときにも、あたしは目を覚ましている。

「アニス」アザが呼ぶ。

あたしはエスターの背中に目を向ける。日中の仕事で彼女もメアリーもすっかり参って、貯蔵室に入ると同時にころりと眠った。スペイン苔を詰めた麻袋から、硬い床の感触が伝わってくる。腕に散ったまだらな痣が、駆け抜ける風に振り落とされた黒い木の葉のようだ。アザが薄い霧になって部屋に広がり、ひんやりした毛布と化してあたしとほかの女たちを覆う。その感触がぞくっとしてちょっぴり心地よく、あたしとしては悔しい。

「おまえには話すことが山ほどあるわ」

彼女のささやきをあたしは無視する。

「説明することが」

あたしは目をつぶる。

「この世を渡っていくのはときとして大変よ。人や精霊やさまざまな存在であふれ返っているんだもの。あまりに数が多すぎる」

あたしは麻袋に頰をすりつける。いまも、かつて袋に入っていたトウモロコシの粉のにおいがする。

「わたしたち精霊は、この世に縛られているわけではない。この世の存在なのだけれど、縛られてはいない」

「悪いけど疲れてるの」あたしは声を落とすものの、痛みに肩をつかまれて昼間の仕事を思い出し、みんなを起こす心配のないことに思い至る。「ほっといて」

アザの霧が凝固していく。

「アニス」アザの風があたしをなだめる。「お願いだから聞いて」

あごを胸に押し当てると母さんが見え、笑顔の端にえくぼが見えて、頰の上のほうを横切る痣、点々と散る星が見える。あたしのなかで母さんの死が新たにひと巡りして、喪失感がじりじりと体を焦がし、胸に居座る。母さんはよく、あごを下げ、眉を上げて、両方の親指であたしのこめかみをさっと払い、それまでくすくす笑っていたのに、あるいは疲れて小さく唸っていたのに、いきなりこう言った。〈なんとかなるよ、あたしのかわいい娘。あたしにはわかる。あんたの動きはおばあさんにそっくり。走るときの腕の振り方といい、体を前に倒す姿勢といい。なにしろ歩けるようになったと思ったら、すでに戦えそうな勢いだったからね〉そうして母さんは、両手であたしのあごを包みこんだ。〈あんたのなかには、あたしの母さんが丸ごと入ってる。あんたならきっと道を見つけるよ、アリーズ〉けれども続いてあたしの頭には、アザが最後に目にしたに違いない母さんの姿まで思い浮かんでしまう。足の先から腿に向かってじわじわと病に蝕《むしば》まれ、ひとつなぎに縛られて悲しみに背中を曲げる男女のなかで脚を引きずる姿。どれだけ歩いたところで母さんは倒れたんだろう。おそらくは土の上で最後の息を引き取ったそのとき、そばに膝をついて手を握ってくれる人はいただろうか。自分を見捨てた母さんを見捨てることができて、アザは内心ほくそ笑んだだろうか。

「聞いてるよ」いぶした乾燥肉のように喉に引っかかった悲しみをなんとか押しのけ、あたしは言う。

「わたしが生まれたところははるか遠く。そこは見渡すかぎりの水平線。下はすべて、**水**。銀色の膜に覆われて、黒々と広がっている。生まれたばかりのわたしは小さな吐息だった。何もないところにただふっと浮かぶ吐息」アザの輝きのなかであたしの息が凍りつく。「**水**はわたしのことを知っていた」

「どういうこと？　**水**があんたを知っていたって」あたしは尋ねる。

「感じたのよ」アザが答える。「それは一種の抱擁だった。**水**から霧のように立ち昇ってきて、わたしはその一部でそれはわたしの一部、と告げていたの」アザがきらきらと輝く。「たとえばおまえが赤ん坊だったころ、寝ているわが子を見守るおまえの母親の愛情はとても強烈で、部屋を吹き抜ける風のようだった」あたしは鼻をすする。「体に感じるぐらいの強い愛情」アザが言う。「それと同じものを、わたしは**水**から感じたの」

　アザが蔓《つる》をたぐり寄せ、真綿のような霧のなかで腕を組む。

「そういうまなざしを、**水**はわたしに向けてくれたのよ。ところが」アザが言う。「せっかく自分が何者でどこにいるかを理解した、と思ったとたんに、その感覚は消えてなくなった。何事もなかったように**水**に返って、四方に広がり、黙りこんでしまったの」アザの霧があたしの痣から熱を奪う。

「わたしは風になって**水**の上を飛んでみた。そうすれば話ができるんじゃないかと思ったの。**水**が目を覚ますんじゃないかと。わたしに答えてくれるんじゃないか、さっきみたいにわたしを見てくれるんじゃないかと。でもあたりには**水**と闇が広がって、遠くに明かりが見えるだけ。よその星。よその世界。わたしがどんなに飛び回って風を吹きつけても、**水**は答えてくれなかった」アザの唇が黒ずんで、夜空に映る真っ黒な木の影よりも黒くなる。「わたしは小さくなった。ため息ほどのそよ風に。急いた気持ちを静めようと思ったの。**水**のようにじっとしていようと」

「死にゆくように」尋ねるつもりが、生まれたときから知っているような言い方になる。そしてある意味、あたしは知っている。絶望のなかで横たわり、絶望とともに沈んでいくのがどういうものか。

「そういうこと」アザが言う。「でもそうしたら、自分と似たような存在に出会ったの。別の風に。彼女に連れられて、あちこちの集まりに出かけたわ。彼女は踊り、わたしも回転の仕方を教わった。どんどん速く、どんどん激しく。言われるままにぐるぐる回って嵐になり、すると何かのささやき、というよりささやきの一部が聞こえて、それが**水**の声だとわかったの。ついに聞こえたのよ。けれど、前の声とは違っていた」

アザが縮んで濃くなる。

「わたしがぐるぐる回って嵐になるときに聞こえるその小さな**水**の声のこだま、それがここへの道、こっちの世界に通じる道を開いて、わたしは回転しながらおまえたちの海、おまえたちの大地に吐き出される」アザがどんどん凝縮されていく。「ここでは本当に多くの人間が注目してくれるわ。わたしを見上げて慈悲を請う」

アザの感触が温もりをおびてくる。

「いままでも生まれた場所に帰って**水**の上で風を起こしてみるけれど、**水**は相変わらずうんともすんとも言ってくれない。そこでわたしたち風の精霊は、自分たちの透明な街で、崖の上から、霧の通りから、**水**を眺めて物語を岩に刻むのよ。みんなでそれは大騒ぎ。生まれた場所に集まって稲妻を起こし、世界を青白く照らし出す。稲妻はわたしたちの音楽。踊りに踊って、ぐるぐる回る。ところがそうやってしばらく経つと、ふたたびそれを感じるの。おまえたちの海に、大地に、この場所に戻らなくてはと思って、居ても立ってもいられなくなるのよ」

アザはさらに小さくなって、こんなアザは見たことがないというほど小さくなる。あたしが片手を差し出せば、姉妹に見えてもおかしくないだろう。ときどき屋敷で、ろうそくに囲まれた大きな鏡を磨いているときに、そこに映った自分をじっと見ることがある。そこに映った母さんの目、母さんの髪の生えぎわ、母さんのあごの先。いまのアザは、あたしだと言ってもおかしくないぐらいだ。ほっそりした腕、長い首。

「わたしたちは人間に振り向かれたい」

アザはますます小さくなっていく。部屋はどんどん暑くなっていく。

「そういう欲求はみんな同じ。わたしたち**水**から生まれた精霊は、風も水も火も土も緑も、それぞれの街があり、世界があって、道もあるのだけれど、それでもおまえたちに振り向いてほしいのよ」

アザは子どものように小さくなってしまった。

「いろんな頼みごとをされたいし、おまえたちの歌が聞きたい。それもまた、**水**の声のこだまだから」

アザがゆっくりと体の向きを変え、湿り気をおびたゆるい風が部屋を吹き抜ける。

「おまえの母親には、道が遠いことを告げたわ。おまえを連れてそのディズマル大湿地にたどり着くのはおよそ不可能だと」涙のように静かな声。「けれどわたしはその前に、世界を駆けめぐるのがどういうものかを彼女に語り聞かせていた。だから彼女は、おまえを新しい世界へ連れていきたいと思いつめるようになったのよ」

アザの体が傾いて、回転がだんだん速くなる。

「彼女はわたしの言葉を信じるべきだった」

最初にアザの髪が蔓になって上に伸び、激しくのたうって体から離れたのちに消えていく。それまで感じていた肩の疼きが、焼けるような痛みに変わる。

「おまえの母親の期待に応えられなくて、わたしも胸が痛んだわ。ときにはわたしの顔に触れようと手を伸ばし、産みの母を見るような目で見てくれたというのに」

アザの指、腕、ドレスが上を向いた、と思った次の瞬間には消えてなくなり、やがて風に囲まれた胸と風にあおられる顔だけが残って猛スピードで回転し始め、輪郭がぼやけだす。

「一度だけ彼女の姿を真似たのは」アザが言う。

足の裏が急に締めつけられる。

「かつて彼女がわたしに向けてくれたまなざしを偲《しの》ぶため……」アザの言葉がとぎれて、雨がしとしと降るぐらいの声になる。

「その後、彼女はわたしを見捨てた」アザが言う。「おまえもそうなの?」

アザの最後の一滴が蒸発する。あたしは薄い毛布に鼻を突っこみ、古びた粉のにおいを吸いこむ。アザは言わないけれど、彼女の物語を聞けばわかる。彼女が求める信頼とは、ようするに崇拝しろということ。あたしたちがアザを頼れば、それが彼女にとっての捧げ物。あたしたちがまなざしを向ければ、それが彼女にとっての愛。アザの望みはあたしたちが彼女の子どもになること。自分があたしたちの母になること。そして、必要な力を与えてくれなかったアザに母さんが背を向けたように、アザもまた、母さんに背を向けた。

声が、細く力強い糸のような声が、暗がりを縫って夜明けに呼びかけ、夜明けが地平線のむこうから歩いてくる。けれども目を開けると、まだ夜だ。誰かが歌っている。コーラはいちばんドアに近い場所で仰向けに寝ている。エスターはあたしのほうを向いて横向きに寝転がり、メアリーがそのうしろで肘をついて起き上がっている。エスターは目を閉じ、眠ったまま小さな声で苦しそうに唸っている。つまり歌っているのはメアリーだ。彼女の口から流れてくるハミングはさながら蜜のようで、内側は液体のようになめらかで温かく、まわりは砂糖の結晶みたいにかりかりしている。声は高くなったかと思えば低くなり、濡れた喉を通り抜け、ふだんはもの言わぬ口からあふれ出て、なんと空気を甘く潤《うるお》し、刻々と迫る耐えがたき目覚めの瞬間を軽やかにしてくれることか。

「来たれ、ともに嘆かん。哀れセント・マロのために」メアリーが歌う。小さな窓からのぞく月は、うっとりと閉じかけた白い目。その目が、息を吸う一瞬のあいだだけ、彼女の歌に合わせて揺れたように、空でぶるるっと震えたように見える。

「彼らは犬を引き連れて、セント・マロを狩り、追いつめた。狙いを定めて銃を撃ち、ヌマスギの湿地から追い立てた。腕を背中で縛りあげ、さらに両手を腹で縛った。それから馬の尾につなぎ、彼を町まで引きずった。偉大なるカビルドが開かれて、セント・マロは有罪に。白人の喉をかき切って、皆殺しを企てたというかどで」メアリーの歌に慰められて、エスターは静かになっている。

「仲間の名を問われても、セント・マロはひと言たりとも話さない。判事が判決を読みあげて、首吊り台が組み立てられた。荷馬車が動いて、足場を奪われ、セント・マロはぶら下がる」メアリーがエスターの頭に沿って髪をなでてやり、エスターが仰向けに転がってメアリーの胸に収まる。メアリーの喉を震わすその歌が、どれほどエスターの慰めになっていることか。そんなふうにこの世の誰かに優しく触れられるその感触が、あたしも恋しくてたまらない――サフィの肩、母さんの手のひら。

「セント・マロが土手で縛り首になったのは、日の出から一時間あとのこと」

ごくそっと羽で触れてくるミツバチたちのキス。

「揺れる体をその場に残し、彼らは去った」メアリーがつぶやくように歌う。

あたしの手をつかむ母さんの手、走りにともなう激しい揺れ。〈走って、いい子だから、走って〉

麻袋に頭を戻すと、痣だらけの骨を硬い床が押してくるものの、メアリーの歌が、アザのひんやりした霧のように痛みを和らげてくれる。

「死肉を食らうカラスどもが、腹を満たせるように」節をつけて歌いながらメアリーがエスターに顔を近づけ、歌の最初の言葉をリボンのように撚《よ》っていく。「来たれ」と歌って、エスターの胸に手を当てる。「来たれ」あたしはなんだか、メアリーが立ち上がってエスターを起こし、そのままドアを抜けて屋敷の腹のなかから姿を消し、彼女と二人で捧げ物の茂みへ、揺れる沼地へ、行ってしまうんじゃないかという気がしてくる。メアリーがさらに身を屈め、さらに顔を近づけて、ついにはエスターの頰に唇を当ててささやく――吐息のような哀願、命令。「来たれ」

メアリーがセント・マロの歌、あたしたちのような人々を別の世界へ導いた男の歌の、最後の部分を歌う。彼女の歌声が宙に残る。それは鍋の周囲にこびりついた硬いパイ皮。熱気に包まれた厨房の片隅で必死にそれをこそぎ落として、バターの染みたぼろぼろのくずを口につめこみ、けれどもシナモンとナツメグの香りをわずかに感じるだけのあの感覚。あるいはあたしたちが種をまいて水をやって棒で叩いて緑に育て、空を突き刺す勢いで伸びていく砂糖、あたしたちにも嗅ぐことのできるその香り、鮮やかな緑色をした繊維質の茎に顔を近づけたときに香るあのにおい。それらの香りをさっとひと息吸いこむだけで、一瞬、なんとお腹がいっぱいになることか。残りもので満たされて、恍惚とした気分に浸れることか。そこであたしはいまもそうする。深く息を吸いこんで、宙に漂う甘い残り香を自分の体の奥に取りこみ、闇のなかからメアリーの蜜のような歌声だけを選《え》り分ける。この腐った屋敷の腹のなかで、目をしばたたく一瞬のあいだだけ、その優しさをあたしも骨身に感じられるように。

第9章　燃える男たち

夏がこそこそと去って朝が涼しくなるにつれ、メアリーとエスターはもう行ってしまったんじゃないかとなかば予感しながら夜明け近くに目を開けると、二人は決まってまだ毛布のなかにいて、二つのスプーンのように重なり合っている。コーラがかまどをなだめすかして火を熾し、かまどの腹のなかに風を送って温度を上げる。あたしは寝返りを打って起き上がり、掛けていた毛布を隠し場所に押しこんで、それからトウモロコシの粉をひと握りだけつかんで焼いてもらいに行く。秋が降りてくるこういうぬるい朝に、あたしたちに許される食べ物はそれだけだ。ほんのひと握りの粉と、なめるぐらいの水、なすりつけるていどの脂。四枚の薄いトウモロコシのパンケーキを焼くために最小限必要なもの。女主人の監視の目を逃れるための、ささやくような食事。それでもかまどのそばにしゃがんでエスターとメアリーが起きてくるのを待ちながら、コーラがあれこれ計って混ぜ合わせ、二階へ出す食事を用意するのを眺めるあいだ、口のなかにはよだれが湧いてくる。コーラの動きは、厨房を寸分違わず知りつくしている者の動きだ――粉、砂糖、油、塩。腕を一本伸ばすにしても、部屋の中央で熱くなっていくかまどの口のまわりで足を一歩踏み出すにしても、けっして必要以上は動かない。

「そろそろ収穫の時期だね」コーラが、あたしにともひとり言とも受け取れる調子で言う。「そうなるともう、奥様は狂ったみたいに菜園の豆をひと粒ずつ数えだすからね。余分なものはひとつもないって感じで」

コーラが脂をごく少し、てかりでそれとわかるぐらいの量をくれたので、膝にすりこんでからその指を口に差し入れ、名残をしゃぶる。塩と煙の味がする。メアリーの声と同じくらい贅沢な味わい。

「メアリーは、歌うんだね」あたしは言う。

コーラが鍋を取り落とす。エプロンを口に当てて咳をしてから、ぱたぱた振ってもとに戻す。あたしは膝のしつこいかゆみからいっときだけ解放される。鉄板の上で脂がじゅうじゅうと鳴っている。

「そうよ」コーラが言う。

あたしは脂を塗った膝を指で円くなぞる。

「あんな声は初めて聞いた」

「ここへは子どものころに来たんだよ。エスターと同じ季節にね。二人ともほんとに小さくて、お腹はぺちゃんこだし、膝はがりがり。こっそり食べさせて、少しは肉をつけてやろうとしたんだけど、奥様の目はタカの目だから」パンケーキの塩とバターの香りがして、胃がすうっと下に落ち、猛烈に食べたくなる。「実際のところ、ここは豊かというわけではないし」

体のまんなかであんぐりと開いた口が黙ってくれることを願いつつ、あたしはお腹を抱えてぐっと締めつける。肋骨のまわりがぴくぴくして、その感覚が背骨を駆け上がる。

「二人をここに連れてきたとき、奥様はメアリーのことを頭が弱いと言ってなさったけど、本人を見れば中身がたっぷり詰まっていることはわかったよ」コーラがパンケーキを一枚すくって渡してくれたので、あたしはそれを両手のあいだで交互にほうり、息を吹きかけて冷ます。日中はこれだけでもたせないといけない。

「たいていの人間は、ひとりの人間に備わったすべての面は見抜けない。ひとつの鍋に入った材料を全部は言い当てられないのと同じでね。噛めばひとつや二つの味はわかるだろうけど。その点、料理人はすべてお見通し」

貯蔵室でかさこそと音がする。暗がりのなかからエスターとメアリーが漂うように出てきてあたしの隣にしゃがみ、かまどの温もりのなかで、腕と脚を硬いブラシでこする。コーラが残りのパンケーキを取り出して、あたしたちは全員、自分の両手を皿にしてふうふうと息を吹きかける。端のほうが冷めてきても、最初のひと口まであたしがさらに待つのに対し、メアリーは熱いまま大口でほおばる。エスターにそっと肩を触られて一瞬止まり、心持ちゆっくり嚙み始めるものの、がっついた表情は変わらない。

「こんなふうに朝の空気がひんやりしてくると、母親の作ったカボチャが食べたくなるね」沈泥みたいなパンケーキをほおばりながら、コーラが言う。「灰に埋めて、薫製にするんだよ。バージニアじゃ、あたしの頭ほども大きくなってね、それが口のなかでバターみたいにとろけるの」コーラがパンケーキを呑み下す。「ゆうべはその母親が訪ねてきてね。カボチャの薫製を作って、息で冷ましてくれたよ。あたしが食べるのを見守ってた」コーラが言う。小さなパンケーキを半分ほど食べたところで、指が食いこむほど強くあごに手を当て、まばたきにしてはずいぶん長く目を閉じて、思い出に浸っている。

「それって、何かのお告げかも」エスターがパンケーキを小さくちぎり、二階の女主人みたいに上品な感じで、口のなかにぽとりと落とす。コーラが肩をすぼめる。パンケーキからは湯気が上がっているのに、息を吹きかけるでもなく、それが浮かんでは消えるさまをじっと眺めている。あたしは脂を塗った膝がだんだんかゆくなってくるのにはかまわず、いまもその場にしゃがんで、贅沢な静けさを味わう。息を吸って、吐いて、時間を数える。コーラが自分の世界に引きこもったまま残りの食事を三口でほおばり、メアリーとエスターが立ち上がってバケツを手に取る。

「眠りのなかでも味がしたんだよ」コーラが言う。「このパンケーキみたいにはっきりと」

あたしも立ち上がって、自分のバケツを肩にかける。

「母さんが、何かしゃべってくれればよかったんだけどね」コーラがため息をつく。あたしたちがかまわず厨房をあとにするあいだもコーラはかまどの前に立ち、粉や脂や野菜をひとつひとつきちんと並べながらかまどと二人で会話して、その目はいまも遠くを眺め、夢の残りかすを追っている。


水くみから戻ってくると、大量のビスケットを並べて冷ましていたコーラがあたしたちに気づいて、手に持った鍋をいじり始める。かまどの上でやかんのお湯が沸いている。

「亭主のほうが発熱して」コーラが言う。「そこらじゅうで吐いてるらしいんだよ。奥様が、シーツとお湯とお酢と褐色紙を用意しろだって」あたしは穴のことがあって以来、ずっとあの男を避けている。彼のことも、女主人のことも。自分の手足だけを見て、絶対に顔を上げて相手を見たりしないようにしている。〈吸って、吐いて〉片方の腕に布を掛け、もう一方の手に酢の入った瓶を持って階段を上りながら、あたしは自分に言い聞かせる。〈吸って、吐いて〉体が震え、酢がぴちゃぴちゃとはねる。アザ母さんも狩りのときに、仲間の戦士に初めて武器を、本物の武器を渡されたときには、こんなふうに手が震えただろうか。あたしは母さんに教えられたとおりに息を吸っては吐き、自分が握っているすべてのものから力を抜く。これもまた戦いだ。

目の見えない母親が、部屋の前で待っている。

「においでわかるのよ」母親が、誰にともなくつぶやく。

夫婦の部屋では息もできない。暖炉で燃え盛る火のせいで熱気がこもってむっとする。夫はベッドのなかで体を大きく揺すっている。あんまり激しく震えるので、体のまわりで毛布やシーツが瘤になっている。まるでイモムシ、頭で土を押しのけながらトンネルを掘り進むイモムシだ。何やらつぶやいている。暖が欲しいと言っている。〈もっと熱く〉

「ええ、あなた」女主人が言う。「汗をかいて体から追い出してしまいましょうね」それからエスターに、暖炉にもっと薪を足せと命じる。

「はい、奥様」エスターが答えて身を屈める。女主人はあたしから酢を受け取ると、青白くか細い手で瓶をつかんで褐色紙に中身をふりかけ、慎重な手つきでそれを夫の頭にのせる。夫のそばをうろうろする。夫がうっと喉を鳴らし、女主人が尿瓶をよこせと言い、容器のなかですえた液体がはねる。夫が体の中身を空にするあいだ、あたしは本人の口元で瓶を支えているのだけれど、においがあまりに強烈で、そいつと女主人の処方がもたらす悪臭を避けようと息を止めるうちに、肺がぴくぴくし始める。

「おまえ」と女主人が言って、あたしの手からいきなり瓶を取り上げる。「薬草の知識があると言っていたわね。何か旦那様に効くものを探してきて。ほら、急いで」鉤爪《かぎづめ》のようにかまえた指には夫の吐瀉物がはね、顔は血の気を失って、見開かれた目も、底の見えない黒い瞳も、ぽかんと開いた口も、食器の洗い水に投げこまれたナイフのようにばらばらの歯も、すべてが彼女の恐怖とショックを物語っている。「お願い」吐息のようにかすかな声だけれど、あたしを見て、エスターを見て、この場にいる全員を見る女主人の目は、いま息を吐く一瞬のあいだだけ、確かにあたしたちを、ここに立つごく普通の人間を見ている。恐怖と動揺のただなかで、彼女にはあたしたちが見えている。

「そしておまえは、使いをやってお医者様をお呼びして」女主人はエスターに向かってうなずき、べとべとになった服とせっけんで手いっぱいのメアリーにバケツを渡す。

「エスター」女主人がうながす。

エスターのなかで何かがためらっている。彼女をその場に、硬い木の床に釘づけにしている。エスターの拒絶に気づいて、頭のなかにふとある場面が思い浮かび、それがあまりに鮮明なので、一瞬、あたしの目には実際にそれが見える。ブロンドの髪の大食漢の夫、もうずいぶん前、まどろみから目を覚まして起き上がったところ、大きな胸板、赤い頰。アザが見えるのと同じくらい、**受け取り与える者たち**が聞こえるのと同じくらい、はっきりと見える。その光景のなかで夫がエスターを隅に追いつめ、彼女の体をへし曲げて、口を覆い、床に押し倒して、彼女の繊細な部分に自分の体を押しこむ。

本人から聞いたわけではないけれど、あたしにはわかる。エスターが身動きを封じられて女主人を見つめているのは、そのときのことを思い出しているからだ。エスターがいまにも階段を降りて屋敷の腹のなかを通り抜け、厨房にいるコーラのそばを通り過ぎて、現場監督のひとりに医者を呼ぶよう伝えるかわりに、歩いて、歩いて、沼地に広がる広大な緑の境界地のどこかにいる兄さんを見つけ出すまで歩いていきそうに見えるのも、そのせいだ。

「行きなさい」女主人が命じる。彼女はエスターの身に起きたことをどのていど知っているんだろう。エスターのこわばった肩を見て、引き結ばれた口を見て、状況を察知しただろうか。それとも、このことに関してもまた、見えないままでいる気だろうか。エスターが体の向きを変え、巣穴にもぐって汗をたらす夫とおろおろする女主人のそばを離れたので、あたしもあとを追って厨房に降りる。菜園に出る戸口で彼女は一瞬だけ立ち止まり、下を向いて、目を閉じる。あたしは彼女を残して森へ向かい、夫の熱に効く薬草を探しに行く。影に覆われた藪に腰を屈めるあいだもエスターのことが頭を離れず、どうしてあんなものが見えたのか不思議に思いつつも、心の半分では答えがわかっている。

あたしの血筋の女たちが歌う、とアザが言ったのは、おそらくそういうことなのだろう。あたしたちが特別だというのは。あたしたちが口笛のような音を出すとか、精霊たちに注意を向けるというのは、そういうことなのだろう。〈見よ〉と大地は言った。あたしたちはこれまでずっと捧げてきた。こういうことが見えるのは、きっとその見返りなのだろう。

木に生えるきのこがあるように、虫に生えるきのこもある。アザ母さんが教えてくれたなかでいちばん驚いたことのひとつだ、と母さんは言っていた。そういうきのこは埃みたいに小さな軽い粒になって宙を漂い、やがて虫やその幼虫に着地するという。それが生きた虫なら、きのこはその虫の命を奪って、花のついた軸を宙に送り出す。ときには蛾の死骸から生えてきて、長くて白っぽい軸を伸ばし、小さな黄色いつぼみをつけることもある。また、きのこはカブトムシの体からも生えてきて、象牙色のふわふわの綿毛がびっしりついていることもある。あるいは蛾の幼虫から小さなお化けの木みたいなきのこが生えてきて、黄色い枝と糸のように細くて白い小枝を伸ばすこともある。

あたしは枯れた落ち葉のもとにしゃがむ。膝の真下で**受け取り与える者たち**がささやく。鼻を突く腐臭、植物の根とつぶれた蛾の混ざり合った土のにおいを吸いこみながら、あたしはオレンジ色を探し求める。オレンジ色のホウキタケ。それは蛾の幼虫に寄生する棒みたいな形のきのこで、血が錆びたような赤いオレンジ色をしている。血を癒し、咳を静めて体力をつけさせ、長く患った患者を健康な状態に戻す働きがある。それを蛾の幼虫の死骸ごと持ち帰って患者に与える。そうすればぜいぜいと音のする咳が収まって、ふたたび歩けるようになる。

ただしオレンジ色のきのこには別の種類もあって、そっちは木に生える。円く平らな形をしていて、雄牛の鼻面みたいに湿ってしわが寄っている。これは病人を健康にするわけではない。健康な者を病気にする。人間の体のなかを泳ぎ回り、指をなめて湿しては、体じゅうで燃えている命のろうそくの芯をつまんで片端から炎を消していく――見るための器官、聴くための器官、呼吸をするための器官。どちらのきのこも、森のなかの腐ったものに根を下ろす。こういう小さな捧げ物のことも、アザは知っているんだろうか。繊維のようになった死骸、紙のように薄い羽、かつて地を這い空を飛んだ虫たちのささやき、かつてはみずみずしく枝先で揺れていたのに、やがて柄からねじ切れてしまった木の葉。あたしは膝をつき、両手をついて、土に顔を近づけ、きのこを探す。空は厚い雲に覆われているけれど、十月の収穫に向けて肥え太っていくサトウキビのまわりでしだいに高くなってくる光と気温から察するに、日はずいぶん移動しているはずだ。女主人は待ちかねているに違いない。

「何を持って帰るべき？」あたしは砕けた茶色い葉っぱに問いかける。真昼の一様な光のもとで、あたしは探し続ける。死者の指、と呼ばれるマメザヤタケが見つかる。これは眠りに効く。土のなかから何本かまとまって生えてきて、黒ずんだ紫色の手の形をしている――自らを捧げるまいと抵抗し、生き返ろうとして這い上がってきた男の手。オークの木の根元でペカントリュフが見つかったので、掘り起こして土を払ってからブラウスのなかにぽとりと入れると、お腹のやわらかくへこんだ部分にほどよく収まる。くすぐったくて、なんだかなでられているような気分。二人でこれを見つけたときには、母さんは顔を近づけ、においを嗅いで言ったものだった。〈これは贈り物だよ、アリーズ〉それからきのこを掘り出し、さらに地面を突き刺して、両手がいっぱいになってどちらの上着もぱんぱんにふくれるまで探し続けた。それだけあれば、自分たちに加えてナンと子どもたちの分まで充分に足りた。小枝をつかむと、手のなかで崩れて粉になる。蛾に食われていたのだろう。そこで別のを見つけてふたたび地面を掘り、ついにはぱんぱんに詰めこまれたきのこの帯があたしの腰を一周して胸骨に届くまで掘り続ける。

オレンジ色のきのこは、病人を元気にするほうが先に見つかる。根元の蛾の幼虫は半分黒、半分紫で、白い毛に覆われた部分は肉が石のように硬くなっている。それをスカートの腰の部分、布と地肌の隙間に差しこむと、いいあんばいに収まる。鬱蒼と茂る木立の陰を蚊の群れが漂い、肩や首のまわりにとまって、赤い血の玉ができる。空に日差しが広がるころ、もう一方のきのこ、死をもたらすオレンジ色の傘が見つかる。全部で五本、同じく地面から生えてきた手のようだけれど、こちらは丸みをおびた太い指。生きている者をつかんで地中に引きずりこもうとするところ。それを集めながら、この場所にたどり着くまでの長い道のりと飢えによって、自分の手がますます母さんの手に似てきたことにびっくりする。悲しみが霧雨になって降り注ぐ。スカートに指をこすりつけ、しだいに長くなってくる影のなかで地面に膝をつきながら、わが身の境遇につくづく驚かずにはいられない。この天涯孤独ぶりはどうだろう。こんなところで腰の片方には命を、もう片方には死を持ち歩いているなんて。

「どっち？」あたしは宙に向かって問いかける。「どっちを与えるべき？」夕暮れのなかを漂っていく自分の声を聞いて、少しだけ孤独がやわらぐ。

この同じ空のどこかで、あたしのミツバチたちも飛び回っているに違いない。

「どっち？」あたしは問う。あのイタリア人が地獄へ旅したときに、呪われた誰かが言っていた。〈どうかもう、その手をこっちに伸ばしてくれ。私の目を開いてくれ〉

「どうかあたしの目を開いて」あたしは声に出して言う。

この同じ空のどこかで、サフィも息を吸って吐いているに違いない。

「サフィ」あたしは尋ねる。「どっち？」

いまにもサフィが見えそうな気がする。どこかで、雲のようなもじゃもじゃの髪と長い首をして、ここによく似た森の広場で、オークと松の閉じゆく手のひらの下に立っているサフィ。ほとんど見えるような気がする。その森の広場でサフィがあたしを振り返り、口の片端だけでほほ笑むところ。

「母さん」あたしは問う。「どっち？」

母さん。ニューオーリンズまでの長い道のりを延々と歩いた母さん。脚を引きずり、やがて息絶えた母さん。でももしかしたら見えないだけで、母さんはここにいるのかもしれない。たとえ魂はいなくても、この軸には母さんのまつげが混じっているかもしれないし、この鳥の翼には母さんの柔らかな茶色の目が混じっているかもしれないし、この光の柱には母さんの腕の内側のベルベットのような肌が混じっているかもしれない。

「どっち？」あたしは言う。

木々の上で巨大な扇が風を切る音、一定の速度で空を切り裂いて進む音がしたかと思うと、かすかな鳥の鳴き声が一回、二回と聞こえて、やがてV字の隊列を組んで空を渡る鳥の姿が見えてくる。頭は淡いクリーム色、くちばしは松やにの色、翼の裏側はクロテンの黒——食の月。翼の羽とお腹の羽毛の境目は、きっと暖かいに違いない。南が呼ぶのを、鳥たちは骨で感じるんだろうか。一羽が遅れる。心持ちスピードが落ちて、翼の動きが乱れ、不規則になる。最後にひと声響かせて、その一羽は木々のむこうに消えていく。

「よし」とあたしは言って、ふたたびしゃがみ、別の蛾の幼虫を探し始める。ずっとしゃがんでいるせいで膝がじんじんする。

落ち葉と松葉に埋もれた地面には、いろんなものが隠れている。あたしは両手でふるい分けながら、きのこを探す。ふと顔を上げると、太陽が西のほうにこぼれ落ちて、フォークのように立ち並ぶ木々のあいだから卵の黄身色の光を散らしている。ずいぶんさまよい歩いてきた。あたりには木立が密に茂り、蔓が絡まって下生えも多く、動物たちがそれぞれに食料を求めてあたしと同様にきのこを探したり、ドングリを探したり、あるいは漂ってくる冬の気配を察して隠れ家を探したりしている。上着のなかのきのこは暖かく、シルクのようになめらかだ。それをぎゅっと詰め直してさらに歩いていくと、つやのある大きな緑の葉に包まれた何かが目に留まる。思いのほか遠くまで、広大なプランテーションをはるかに越えて手つかずの自然の奥、エスターが境界と呼んでいたあたりまで入りこんでいたようだ。葉っぱの端をめくってみると、ピンク色の肉と白っぽい関節が見える。ウサギが五羽、花束《ブーケ》のように広がっている。きれいに洗ってあり、おそらく誰かが川でゆすいだのだろう。内臓とムスクのにおいがする。それと、かすかな甘い香り。

「洗ってある」

影のなかに、男の半身が立っている。背丈はプランテーションにいる男たち、畑で背中を曲げて働く男たちと変わらない。

「内臓も取っておいた。もったいないけど」

あたしは後ずさり、肉と木の葉のブーケのそばを離れる。男が片手を上げる。

「頼むよ」男が言う。「妹が屋敷で働いてるんだ」

あたしはふたたび後ずさる。背筋を恐怖がざっと駆け下り、体がかっと熱くなる。次の息を吸うと同時に走りだせば、この男よりも先に森を抜け出て、女主人と高熱の男のもとに戻れるはずだ。未知の危険から、知っているもののところへ。

「妹の名前はエスター」男が言い、あたしは体の向きを変えかけたところでぴたりと止まってそちらを見る。一日の最後の光のなかで、男はいま全身を現している。

「おまえに危害は加えない」男が言う。

「それは信用できない。あんたのことも」あたしは言う。

「それをエスターに届けてやってくれないか」男が言う。「腹を空かせているはずだから」

「どうしてわかるの？」

男が笑う。静かに転がるような声。体の底から湧いてくるのに、楽し気なところはまったくない。確かにエスターの面影がうかがえる。まっすぐな鼻の線、それに横に長い唇も、エスターに通じる何かを感じさせる。この男もやせてはいるけれど、首の筋までは見えないし、頬もそこまで落ちくぼんでいるわけではない。飢えてはいないようだ。境界でちゃんと食料を見つけているのだろう。もっと食べていれば、もっと大きく育って、首も胸板ももっと厚くなっていたに違いない。

「おれもあそこにいたからな。去るまでは」

「エスターから聞いた。沼地で暮らしてるって」

男は肩をすぼめる。死にゆくオレンジ色の光が反射して、彼の首のくぼみが、ひたいが、ペカン色に光り輝く。

「だけど自分は怖いんだ、って」あたしは言う。

あたしは彼に近づいて、スカートの腰にはさんだきのこに腕をまわす。彼はうなずくものの、動こうとはしない。あたしは手のひらを見せて、武器を持っていないことを示す。けれどあたしもそれ以上は近づかない。

「エスターはそう言うが、小さいころのあいつは怖いものなしだった。ワニを相手に足を踏み鳴らして、しーっと言って通じる気でいたからな。一度いっしょに追いかけられたときにも、あいつはずっと笑ってた」

「エスターが？」

「そうさ。あいつが怖れているのは沼じゃない」

彼がツルのようなしぐさで首を横に傾け、軽く笑みを浮かべる。それがあまりにエスターにそっくりなので、あたしはうっかり前に踏み出し、あわてて自分を引き止めて、木の根のあいだに、松葉と朽ちた落ち葉のなかに足をうずめる。

「そのお腹、子どもがいるのか？」

「そうじゃなくて」あたしは答える。「これはきのこ」

「気をつけろよ。毒をもってるやつもあるからな」

あたしはつま先に重心を移す。彼はもう笑っていない。顔をしかめてあたしのお腹を見ている。

「きのこを食べて病気になったやつは多い。あらぬものを見た女もいるし」

一羽の小鳥が甲高く鳴く。空気がハチミツ色に輝く。

「どうしてあらぬものだと言い切れるの？」あたしは上着をさらにきっちりとスカートのなかに入れ直す。「食べていいものと悪いものぐらいわかってる。ちゃんと母さんに教わって、母さんはそのまた母さんに教わったんだから」

　男のまつげはずいぶん長く、ぴんと立って金色に輝いている。その顔にまたもやエスターと同じ笑みが浮かんで、頰にえくぼができる。あごは鋭くとがって、まるで鉄床だ。

「悪気はなかった」

　あたしの胸の内側で、アザの風を思わせるねっとりした熱風が渦を巻く。男のまつげと首から視線をそらしても、風はまだやまない。

「もうじき収穫の時期がやってくる。エスターに、監督のやつらに気をつけろと伝えてくれ。用心しろ、と」あたしはうなずく「おまえもな」彼が言い、それから笑う。「名前は？」

「もう行かなきゃ。屋敷を出てずいぶんになるから」あたしはウサギをつかんで、つやのある大きな葉で包まれたそれをしっかりと締め直す。包みは軽い。片方の足でうしろの地面を探り、もう片方でも同じようにして、そのままうしろ向きに歩きだす。エスターの兄さんの目は黒くやわらかで、髪も同じぐらい黒く、上向きにカールして頭からうしろに流れている――重い空に広がる紫色の雲。胸のなかで吹き荒れる渦がぎゅっと引き絞られて、あたしは足を取られる。男が首を反対側に傾ける。

「アニス」あたしは告げる。「名前はアニス」

「気をつけて」彼は言い、大きな手があたしをつかもうとするように伸びてくる。

　あたしはうしろを向いて走りだす。


　屋敷の二階は闇に包まれている。こっそり一階に忍び入ると、廊下の空気が冷たくて、頭と首と腕の毛が逆立つ。けれども厨房の穴ぐらは湿気があって暖かい。

「奥様が降りてきて、あんたはどこだって訊いてらしたよ」コーラが言う。

「探してこいって言われたから」あたしは答える。

「何を？」

「薬草」あたしはウサギをカウンターに置いて、スカートから上着を引っ張り出し、自分たちで食べるつもりのきのこを出してみせる。調理すると、バターと肉汁の味がする。

「ウサギはエスターの兄さんから。こっちはあたしが見つけたやつ」

コーラが喉の奥を小さく鳴らし、下ろした両手をエプロンでこする。

「どうやって見つけたの？」

「母さんに教わったのよ」あたしは答える。

コーラは傘のひとつを指でそっとなでて土を払い、指先をなめる。

「ここにはちょっとだけ残して、あとは隠しておいて」コーラが言う。「貯蔵室の棚のうしろに」

「エスターとメアリーはまだ二階？」

「そう、まだ二階。どうだろうね。奥様はひどくうろたえてるようだけど」コーラが二つ目のきのこを手に取って、においを嗅ぐ。「もっと見つけられそう？」

あたしはうなずく。スカートの腰にはさんであったオレンジ色のホウキタケを取り出す。

「これはあいつに」あたしは言う。「あの男に。二本、刻んで煮詰めるんだけど、道具を貸してもらえないかな」

コーラが小さな鍋に水を入れる。差し出されたナイフは鋭くとがって、長さはあたしの手のひらぐらい、色は鈍い灰色。コーラはごく軽く握っているけれど、手渡すときのようす、小首をかしげ、あたしがそれを持って逃げ出すんじゃないかと言いたげな顔でじっと見るようすから、彼女が厨房にあるすべての道具に注意を払っていること、どんな鋭利な刃物がいつなんどき自分に向けられるとも知れないと心得ていることが伝わってくる。あたしが癒すほうのきのこをゆすいで鍋に入れ、ぐつぐつとゆだってくるさまを眺めるそばで、コーラがきのこをラードで炒める。においのせいで胃がぎゅっと硬くなる。甘くかぐわしい土の香り。あたしはきのこの強壮薬を冷却用の棚に置いて、しばらく寝かせる。お湯が黒っぽくなるのを待って網でこし、二つに分ける。半分は目の粗いざらついたカップに、もう半分は女主人のすべすべのカップに。食用のきのこの残りは袋でくるんで、あたしたちが寝床に使っている毛布のうしろに忍ばせる。それからまたかまどのもとに戻り、ざらざらのカップから大きくひと口飲み下す。苦い。

「はい」あたしはコーラに言う。「飲んで」

コーラはカップを受け取るものの、飲もうとしない。

「力がつくよ」とあたしは言って、彼女の落ちくぼんだ目とまわりの皮膚に目を向ける。いまの彼女はあたしがここへ来たときよりもやせている。「ほら」

コーラが中身を混ぜて少しだけすすり、顔にきゅっとしわが寄る。

「ハチミツを少しとっとけばよかったね」

「だめよ」あたしは言う。「体にいいものはちゃんと味を覚えなきゃ」

エスターが汚物にまみれた服を山ほど抱えて、胸で支えながら厨房に戻ってくる。あたしが手を伸ばすと、彼女はその手を振り払う。

「黄熱病にかかったことは？」エスターが訊く。

「ないと思う」

「それじゃあ体が慣れていないでしょう。あの人たちは、あたしらはかからないと思ってるようだけど、かかる可能性はあるんだから。あたしもメアリーもかかったし」

「あたしはかかってないよ」コーラが言う。

「あたしの母さんはかかった」エスターが言う。「それで死んだ。あの男は体じゅう痛がって寒がって吐きまくって――母さんも同じだった。何か見つかった？」エスターがあたしに尋ねる。

「うん。長患いのあとの回復を助けるきのこ。でもあの人には、きのこだと言わないで。あたしは薬草しか知らないことになってるから」

「あんたのこと、どうなってるんだってずっと訊いてたよ。あたしたちの手が必要なかったら、たぶん呼びにやってたはず」

あたしとコーラが飲んだあとのカップを差し出すと、エスターも少しだけすする。

「あとはあんたとコーラにあげる」エスターが言う。そうしていなくなったと思ったら、折り目のとがったクリーム色の寝具カバー、あたしたちが洗濯室で何時間も汗をたらして仕上げたものを山ほど抱えて戻ってくる。「鼻と口を覆ってね」そう言って、あたしにも腕いっぱい分を手渡す。「行くよ」

あたしはきのこの強壮薬を大きくひと口飲み下して、コーラの分をカウンターに置き、目の真下から鼻を覆うようにして布を結ぶ。それからカバー類とあの男用に分けておいたカップをつかみ取り、エスターのあとを追う。階段を上る足取りはどちらも遅い。あたしは薬をこぼさないように、エスターは疲れのせい。下がった肩といい、飛び出した背骨といい、腱のゆるんだ脚といい、全身に疲労が見てとれる。

「あんたの兄さんに会ったよ」あたしはささやく。

「どこで？」

「森のなか。あんたに、ってウサギを預かった」

「バスティアンが？」エスターが肩越しに振り返る。

「元気かって訊いてたよ。あんたを連れていきたいって話してた」

エスターがため息を漏らし、階段が応えるように軋む。

「きのこ、ほかにも見つけてきたからね。おいしいやつ」あたしは言う。

エスターが夫の部屋の前で立ち止まり、そのとき初めて、いっしょに歩いているあいだ彼女が泣いていたことにあたしは気がつく。彼女が声をたてずに泣いていた理由、黙ってただ目から涙を流していた理由のいくつかは、あたしにも思い当たる。延々と続く仕事と空腹と安らぎのない眠りの沼にどっぷり浸って、へとへとに疲れているから、それがこの先何日も続いて、この耐えがたい日々をさらに耐えなければならないから。しかも彼女が頼れるのはメアリーだけで、そのメアリーは歌うだけで、言葉を話さないから。あたしが腰をぶつけると、エスターは鼻をすする。

「今夜、いっしょに食べようね」

彼女はうなずいて、背筋を伸ばす——布のベルトに針を通してきれいな点線を描き、ぎゅっと引っ張って補強する。

「うん」エスターが答える。

部屋に入ったところであたしははたと、もうひとつのオレンジ色、中心部の蠟のような小部屋に毒を含むほうが、いまもスカートにはさまっていることを思い出す。あたしは火の勢いを避けて、寝具カバーを部屋の隅の長椅子に置く。いまならできる。オレンジ色をひとつまみちぎって夫のカップに落とし入れ、苦味のなかに染みこませることができる。黄熱病がやり残した仕事を仕上げることができる。夫がうめく。あたしはその場に立ちつくす。部屋にぱちぱちと音が響きわたる。あたしが動かないのは、その選択が別の報復につながることを知っているからだ。あたしは頬に焼き印を押され、足首に鎖をつながれ、首に縄をかけられて、脚がばらばらになるまで蹴られるだろう。

女主人が汗まみれのげっそりした顔でカップをつかみ取る。強壮薬が彼女の手にはね、指をつたって床に滴る。彼女がそれを踏んであたしの頰を思いきり強くはたいたので、マスクがあごまでずれ落ちる。彼女は夫のもとへ急ぎ、あたしは焼けつく頰とずきずきする鼻に布をしっかり結び直す。ブロンドの男は床で四つん這いになり、自分の腕に向かってうめいている。女主人は夫のそばにしゃがんで何やらささやき、彼の唇にカップを当てる。夫は飲もうとしない。ひたいを床にすりつける。女主人は格闘のすえに夫を仰向けに転がし、あたしたちが押さえつけているあいだに強壮薬を流しこむもののの、けっきょく本人が飲めたのはしずくていどにすぎない。部屋には煙とすすと吐瀉物のにおいがたちこめ、夫の肌はひどく熱い。

あたしたちは夫のうめき声が収まるまで押さえている。静かになって動きが止まり、顔が白くなってくるまで押さえ続けて、それからあちこち持ち上げてなんとかベッドに寝かしつけ、首まで毛布をかけてやる。女主人は新しい清潔な布を濡らしてたたみ、夫に顔を近づけて、またもやあれこれささやきながらおずおずとぬぐう。その手がいかに瞬時に猛禽の爪と化し、あれよという間に平手をみまってあたしの感覚を奪うことか。女主人の暴力のおかげで、あたしの感覚はいまも麻痺したまんまだ。あたしたちはモップをかける。吐瀉物にまみれた布、血でぐっしょり濡れた布、酸のにおいが染みついた布を回収する。そうしてささやきうめく彼らを残して部屋を出たとたんに、あたしのなかにどっと感覚が戻ってくる——棘にまみれた憎しみの波。彼女にあれを渡せばよかった、もう一方のオレンジ色のきのこを、その手で夫に飲ませてやれるように。そうしたら本人はつゆ知らず、愛する者の息の根を止めることになったかもしれないのに。

夫がぜいぜいと痰《たん》の絡んだ息をするそばで、疲れはてた小鳥が眠りに落ち、あたしたちはようやく厨房へ降りて食事をする。日は何時間も前に沈んで、みんなくたくただ。薪をくべようと一本つかむと、湿って冷たく、コーラがすったもんだしたすえにやっと燃えだす。コーラが調理をするあいだ、あたしたちは壁にもたれて並んで座る。コーラはウサギをあぶって蒸し焼きにし、肉が茶色くなってつやをおび、汁がしたたるのを待ってから、きのこを入れていっしょに炒める。じゅうじゅうと響く音を聞きながら、あたしは期待に何度も唾を呑む。コーラが食事を皿によそうと、ひとり分の肉は拳の半分ほどしかないけれど、きのこと合わせれば拳全体の量になる。コーラが焼いたウサギは一羽だけ。残りは塩をまぶして薫製用にとっておき、冬のあいだ、十月の収穫がすんだあとの短くひもじい日々に小分けにして食べる。食事は炒めるときに使ったラードの香りがして、指をなめると塩の味がする。胸の内側で涙が火花を散らし、どっと喉にこみ上げてくるのを、目をしばたたいて押し戻す。ここまでの空腹は生まれて初めて、それに胃を棘ですりつぶすような飢えがもうじき終わる、もうじきやわらぐとわかって、これほどほっとするのも初めてだ。あたしは骨にへばりついた肉を次々にむしり取っていく。

「あいつ、治ると思う？」エスターが尋ねる。

口のなかの肉は、夕暮れ時にウサギが食べた野生のタマネギと水気をたっぷり含んだ草の味がする。あたしは肩をすぼめる。

「治りそうに見えても、そこからまた悪化することもあるしね」エスターが言う。

「あたしがあげたのは回復を助ける薬。体力をつける薬」

きのこはバターの味がする。朝の日差しと暖かい風の味がする。

「うちの家族がかかったときには、あれよりひどかった」エスターが言う。

「あれより？」あたしは訊き返す。

エスターが鼻を鳴らし、あごを動かす。外の冷たい闇のなかで、一匹の犬が吠える。

「出血してた」エスターが皿に向かって言う。ほかにも何か言いたそうに見えるけれど、けっきょく首を振って次のきのこを食べる。「ありがとう。こんなの初めて食べた」

最初の犬に別の犬が応え、さらに別の犬が応えて、闇のなかのどこかで輪になって吠えている。誰かを木の上に追いつめているんだろうか。

「こんど見つけ方を教えてあげるよ」あたしは言う。「じっくり探すのがこつなんだ」

メアリーの皿はすでに空っぽだ。二、三のきのこと肉、ささやかな食事を指でさっとかすめた次の瞬間には、指先をなめている。いまはエスターを見て顔を曇らせている。

「あたしより兄さんのほうが得意だな」エスターが言う。「隠れているものを探すのは」

「白いのもあって、そっちのほうが見つけやすいかも」あたしは言う。

「味もいいね」コーラが言う。肉を花びらのようにむしって、上品に食べている。

「あたしの兄さん、バスティアンは……」エスターが口の中身を呑み下す。「罠を使って狩りをするのよ。待つのが肝心。父さん似なんだ。あたしがバスティアンみたいにじっと座って見ていられたのは、親が黄熱病にかかったときが初めて、というよりそのとき限りかな。細かいことにも全部気がついたのは」エスターがきのこをつまみ上げて指にはさみ、あたしに種を与えた男がペンを持つときのようだ、と思ったら、そのまま下に置く。メアリーが肘でつついて食べろとうながしても、エスターは首を振るだけ。「母さんと父さんがどれだけ汗をかいてるとか。目のまわりがどんなふうに黄色くなっていくとか」

「辛かっただろうね」あたしはそう言いながら、エスターが記憶に身動きを封じられ、女主人に急げと命じられたときのことを思い出す。

「あたしは――」エスターが言いよどむ。「二人はそのうち歯茎から出血して。おしっこまで血になって。二人が泣くと、それも血だった」

エスターが自分の皿をメアリーに渡し、メアリーが顔をしかめてそれを返そうとする。それでもエスターが手のひらを向けて押し戻すので、メアリーは彼女を見つめながらそれを食べ、ひと口かじるたびに顔を近づけて、ついにはエスターの肩に鼻が触れそうになる。メアリーがどんどん寄ってくるので、そのうちエスターは彼女の耳を覆うようにして腕をまわし、そんなふうにしてメアリーはエスターの分を食べ終える。

「父さんと母さんのこと、もっと夢に見られたらいいのにと思うけど」エスターが言う。「たまに夢に出てくると、あたしは泣いちゃって、血の涙を流すのはあたしのほうなんだ」

口のなかの食べ物が泥に変わっている。日向《ひなた》でひび割れた泥。いずれにしても呑み下し、残りも食べて、あたしも皿を空にする。メアリーがやったように指についた名残をなめながら、トウモロコシのパンケーキがあればよかったのにと思えてならない。ナンが妊娠するたび、彼女のお腹が大きくなるたびに、あたしと母さんはクリークにひとりでいる彼女に出くわし、不意を突いて驚かせたものだった。ナンは砂地に膝をついて粘土質の土をちびちびと、あたしが給仕をしたことのあるどんな奴隷所有者にも負けないぐらい上品に、口のなかに運んでいた。いま、こうして厨房の床に座り、野生の肉とラードときのこの香りが上物のシーツのように頭の上に覆いかぶさっているのを感じると、あたしにもわかる。密かに過ごすこのひととき、密かに口にする食べ物、秘密の時間、空腹からのつかの間の解放。だからナンは土を食べていたんだろう。

いまこの舌にもっと塩気を感じることができるなら、あたしはどんなことでもするだろう。川岸に膝をついて皮膚をすりつぶし、砂をつまんでひと口またひと口と食べるだろう。口のなかでじゃりじゃり砕いて、土に染みた塩分を呑み下すだろう。あたしはその欲求に納得してうなずく。それから唾を呑みこんで、春タマネギの味を思い出す。苦みと刺すような刺激、霜降る朝の身を切る寒さ――あたしのうしろ足は露に濡れ、頬ひげを宙に向けると、頭の上で猛禽が延々と空を回っている。

みんなで厨房を片づけ、貯蔵室で各自の寝床に落ち着いたところで、ようやくなにかしら満ち足りたような気分になる。ほんのまばたきていどの一瞬だけれど。あたしは横向きに寝転がり、目の粗い麻布が頬をこするのを感じながら、エスターの兄さんのことを考える。力強い鼻の輪郭、大胆に突き出したあごの骨、日差しを浴びて顔のうぶ毛が輝くさまを思い浮かべる。アザが来ないことにほっとする。これ以上バスティアンの眉のこと、肩のことを考えていたくない。いまはただ眠りに落ちて、そういう飢えについては忘れてしまいたい。バスティアンの肌も、隠れた部分はサフィのようにやわらかいんだろうか。あたしはちらりと考えて、その疑問を夢のなかへ連れていく。

目覚めると誰かが泣き叫んでいる。

「あれは何？」エスターが暗がりのなかで起き上がる。コーラがよろよろとかまどに向かい、ろうそくに火を灯す。メアリーが天井を見上げる。

「亭主がどうかしたのかも」あたしは言う。

あたしたちは顔に布を巻き、スカートをきつく締め直して階段を駆け上がる。上るにつれて泣き声が大きくなる。泣き声に呼ばれてどんどん上っていくと、夫の部屋にたどり着く。暖炉は灰色、鏡の前のろうそくはすっかり流れ落ちているにもかかわらず、あたしたちには見える。夫の頭を膝に抱いた女主人が体を前後に揺らし、口を開いて開き続けるそのまわりで、音が渦を巻いている——森の広場に泥を運んでくる悪い風。

そして夫は泥まみれ、と思って近づくと、全身真っ赤だ。目も、鼻も、耳も、手の指も、足の指も、体の末端という末端に血がこびりつき、しかも病状はそれだけにとどまらない。口からは吐瀉物があふれ出し、そこらじゅうに栗色の液体が飛び散って水たまりになっている。部屋には吐瀉物のすさまじいにおいが立ちこめて鼻を焼き、喉を焼いて、こらえきれずにあたし自身も胃と喉と口にこみ上げてくるものを感じ、ある意味、彼に応えそうになるのを呑み下す。言いそうになるのを呑み下す——あんたのなかの海がそれなら、あたしのなかの海はこれ、しょっぱい唾液と粘液と血。

思わずメアリーと手を取り合うと、どちらの指も冷たく乾いている。女主人からは音が大波となって押し寄せ、見上げたその目はあたしたちを通り越して遠くを見ている。

喪失は、つくづく人の目を見えなくする。しみにまみれた男の体は、捧げ物。女主人の悲しみもまた、捧げ物。屋敷が軋む。メアリーの爪があたしの手のひらをつねる。エスターが一瞬笑みを浮かべて、すぐさまそれをかき消す。喉にこみ上げたものを呑み下すと恐怖の味がするのは、女主人の叫びをあたしも知っているからだ。あたしたちが盗まれるたび、引き裂かれるたび、売られるたびに聞いてきた。響き渡るその声が嘆きに至る扉だということを、あたしは知っている。そして嘆きが必ず何かを引き連れてくることを。

第10章　甘い収穫

　女主人は午後の空気がひんやりしてくるまで夫を抱いて座っている。暖炉で最後の灰が煙を上げ、燃えさしの最後のひとかけが消えてもなお、夫の頭を膝に抱えている。夫の顔を何度もなでながら、顔を近づけ、ひたいに口を当ててささやいている。なんと言っているのかあたしたちには聞こえない。いったん部屋をあとにして、新しい寝具を持って二階に戻ると、ドアには鍵がかかっている。あたしたちは母親の食事を置いてその場を去る。鍵のかかった娘の部屋と自分の部屋のあいだを母親が行きつ戻りつぐるぐる回る姿は、さながら灰色のノスリだ。

「収穫だというのに」女主人の母親がつぶやく。たれ落ちた髪はだらりと下ろした翼。「収穫！」ドアのむこうで死んだ夫にささやく娘に呼びかける。目の見えない母親は廊下で食べ、ぷんぷんしながら何口かかじってはふらふらと歩きだし、悲しみに静まり返ったドアの前で呼びかける。

「奥様」エスターが呼びかけ、悲嘆に暮れる女の母親を膝の腫れたヤギでも追うように自室へ連れていこうとしても、灰色のご婦人は振り払って背を向ける。

「わかるのよ」そう言ってドア板を引っかく。「収穫」ヒステリックに訴える。「この冷えこみ！」

　老いた母親が自室に退散すると、今度は親方たちがやってくる。たばこと汗のにおい、燃える松のにおいと朽ちていく干し草のにおいがする。シャツが首からだらりと下がっている。彼らがドアをノックしても、女主人はうんともすんとも言わない。彼らは両手でズボンをなでつける。

「いったい何を嘆いているんだ？」親方たちが尋ねる。

「旦那様が。黄熱病で」エスターが血のついたエプロンをそっと叩くのを見て彼らはようやく理解し、嘆きの部屋に閉じこもる女主人に呼びかけるかのように言う。

「奥さんがいないと始まらない。奥さんの指示がないことには」そうして体の向きを変え、大またで歩き去っていく。

　あたしたちはごしごしこすって洗って絞って干す。床を掃いてモップをかける。磨いてこそぐ。女主人がドアの鍵を開けると、床に転がったまま冷えて固まりふくれあがっていく夫に覆いかぶさる彼女のまわりで、あたしたちは引き続きそれらの仕事をこなす。女主人はぴくりとも動かない石の胸に寄りかかって眠り、目覚めては夫の身をあれこれ案じ、ふたたび眠りに落ちる。昼間の光が空に吸われて、地平線に夜が広がる。あたしたちは女主人に食事を届け、手つかずの皿を下げて、厨房で分け合う。肉を同じ大きさに分け、卵の酢漬けをほおばり、根菜や葉野菜にさらに塩を振って呑み下す。ウサギの塩漬けやしなびていくきのこに手をつけるまでもない。

　あたしたちは起きて同じことを繰り返す。掃除して、水をくんで、屋敷の世話をして、菜園に水と肥料をやって、老いた母親を部屋に囲いこんで、待たされてぴりぴりしている親方連中をはぐらかす。「収穫」と目の見えない母親が言う。「収穫」と親方たちが言う。あたしたちが食事用にトウモロコシをすりつぶすのを眺めながら、エミールはなくした腕の先っぽを不安そうに指でいじる。トウモロコシのにおいがぷうんと立ち昇り、土気をおびた甘い香りをあたしは頭から浴びて、疼《うず》く肩から疲れた腰へとそれが流れ、ひりつく足のなかで静かになるのを待つ。

「収穫は奥様が取り仕切ってるからな」エミールが言う。「奥様がいないと、親方連中だけじゃあ何もできん」

「親方だけでやったらどうなるの？」あたしは尋ねる。

「くびだろう」

メアリーがすりこぎを回しながらうーんと唸《うな》る。

「あの亡骸《なきがら》」あたしは言う。あのにおいをいったいどう表現すればいいのかわからない。二日目になって男の体は青黒く熟《う》れ、ますます捧げ物にふさわしくなっていく――地中でやわらかくなっていくべき肉。

「うん」エスターが言う。

狭い廊下にも、密閉された階段にも、天井の高い狭い部屋にも、男の腐臭が満ちている。老いた母親は握りしめたハンカチで鼻と口を覆い、不安そうにぐるぐる回っている。ドアをかりかりこすっては、喉をうっと詰まらせる。


三日のあいだ、女主人は朽ちていく夫とともに部屋に閉じこもる。四日目の朝、こっそり食べたトウモロコシのパンケーキときのこ、それに女主人が退《しりぞ》けたごちそうを詰めこんだおかげでいつもの飢えが鈍い疼きていどに収まった状態であたしたちが階段を上っていくと、寝室のドアが大きく開いている。夫は醜《みにく》くふくれている。彼女なりに精いっぱいきれいに洗って服を着せてあるものの、膨張し始めた肉に圧迫されて、上着も、ズボンも、靴下だけで靴を履いていない足も、まるで中身を詰めすぎたソーセージだ。口のまわりはすっかり灰色に変わりはて、体のなかで咲き誇っていた赤い色はどこかへ消えてしまった。エミールとあたしたちが全員がかりでようやく階下の客間に運ぶと、女主人は夫をソファーに寝かせろと言い、けれども男の体は大きすぎて無理があり、硬くて曲げることもできないとわかるや、諦めて床の絨毯《じゅうたん》に寝かせろと命じる。それから夫の血の気がのり移ったかと思うほど真っ赤な顔をしてあたしたちを罵《ののし》り、悪態をついて、夫の頬を愛おしそうになで、急いで二階に戻る。男の鼻と耳と飛び出した目のまわりにはいまも栗色の塊《かたまり》がこびりついているので、水を運んできて彼の顔をこすり、女主人には落とせなかった汚れをあたしたちでぬぐって、使用後の水を捨てに菜園に出てくると、そこでは葉が茶色くなって茎がしおれかけ、勢いにあふれていた命が土に還《かえ》りつつある。秋だ。アザが、そこにいることを知らせてくる――弱まっていく日差しをよぎる影。あたしはかまわず死の水をぽたぽたと草木にたらし、大地に捧げてささやく〈ほら、捧げ物〉すると大地のため息が返ってくる――風がかすめていく砂の音。

〈なんと熟れた〉**受け取り与える者たち**が言う。

アザがトウモロコシの茎に風を送り、茎たちがざわざわとおしゃべりする。

「アザ母さんは**水**のもとへ行ったんでしょう？」あたしは言う。

「そうよ」アザが答える。

「みんなそこへ行くの？」あたしはたらいで地面をとんとん叩く。

〈なんという美味〉大地が言う。

「体を受け取る者はわかるけど」あたしはたらいを膝にのせ、目の端でアザのようすをうかがいながら、彼女の口からどんな真実、どんな作り話が出てくるかと待ち受ける。どうやってそれを見分けよう。「魂は誰が受け取るの？」

家庭教師が読む聖書によると、光あふれる天国というところがあって、善人はそこにいるという。地下に降りていく話を書いた昔のイタリア人は、不気味なすり鉢のうつろな深みに降りていく、とそのようすを言い表していた。母さんはどこへ行ったんだろう。あたしはたらいを持つ手に力をこめて、腿《もも》にぎゅっと押しつける。アザは、注目と愛情と従順をもって崇拝されたいと望む彼女は、何と引き換えなら真実を教えてくれるだろう。

アザがゆっくりと旋回してかすかな風を送ってくる。あたしの腕に、頰に、鳥肌が立つ。風がスカートを巻き上げて、疼く脚を切りつける。彼女がまわりをぐるぐる回るせいで、熟れゆく腐肉のにおいがこっちに流れ、あたしの喉に入りこむ。あたしはげえと押し戻す。

「こっちを向いて」アザが言う。

あたしは顔を上げ、日差しがまぶしいわけではないのだけれど、目を細める。アザの存在がこれまでと違って感じられる。戸口に立ちふさがって、ある部屋から別の部屋に入るのを邪魔するような感じ。歯車の隙間に入りこむ砂みたいにどこにでも入りこんで、まわりのものを破壊する。

「ある者は、この世にとどまる。たとえ肉体を離れても、この場所に縛られ続ける。あまりにむごい死に方をすると、とどまることになる」

「むごい死に方」あたしは繰り返しただけなのに、アザにはそれが問いだとわかる。

「殴り殺されたり。焼き殺されたり。レイプのあげくに殺されたり。八つ裂きにされたり」

あたしはアザを見て目をしばたたく。自分の息遣いが耳元で響く。

「暴力は、魂を引き止めることにつながる」

「母さんは」続きを口にするまでもなく、アザは質問を理解する。

「わからない」とアザは言うけれど、あたしにはそれが嘘だとわかる。彼女は夏の夕立みたいに気まぐれでころころ変わる。

「わからないんだ？」

「ええ」

あたしは彼女の嘘をやり過ごし、地面に沈んでいくにまかせる。

〈もっと〉**受け取り与える者たち**がせがむ。

「それ以外の人たちは？　むごい死に方でなかった人たちは？」声には出さず、頭のなかで考える。むごいとまでは言わなくても、ひどい死に方をした者は？　目から血を流して死んだ者、ぜいぜいと息を震わせ死んだ者、体のどこかがひとつまたひとつと壊れて、時計の寿命が尽きるみたいに死んだ者、お腹がふくれて死んだ者、目が黄色くなって死んだ者、川で溺れ死んだ者、休む間もなく働きづめに働いて、あるいは日中の行進でへとへとになって、ある晩横になったきり朝になっても永遠に目を覚まさなかった者は？　どれもひどい死に方だ。

「陸地があるのよ。**水**のむこうに、別の陸地が。ある者はそこへ行く」

「**水**はその人たちのことを知ってるの？」

アザがゆっくりと旋回して振り返り、木の葉を弾《はじ》く。

「その人たちに声をかけたりするの？」あたしは尋ねる。

木の葉が枝を離れて漂う。風に揺れ、らせんを描いて地面に向かう。コーラのかまどの煙が空に昇っていく。

「年長者の話によると……**水**は歌うそうよ」アザが言う。

「歌う？」

「ええ。言葉は聞こえない、けれど声は聞こえるんだと話していたわ。**水**にはいろんな声があるのよ。そして人間は……」アザは言葉を探す。「**水**といっしょに歌う。**水**の歌に合わせて、歌い返す」

「あんたもその歌を聞いたことがあるの？」

「聞いたことがあるのは、もっと年を取った連中だけ。洗い清められる思いがすると話していたわ。波に打ち砕かれるような、すさまじい風にすくい上げられるような感覚だと。そのためにそっちの世界へ行く者もいるぐらい――探しに行くのよ。かつて耳にした歌のささやきを。**水**の。おまえの仲間たちの」

「それはここでは聞けないの？」

アザが手を伸ばし、あたしの指に触れる。あたしはたらいを握り締め、鉤爪《かぎづめ》と化した指の節が黄色くなる。

「似たようなものが子どもたちから聞こえてくることはあるわね」アザがささやく。

「あたしからも？」

アザがあたしの肩に触れる。その部分から寒けが上ってきて頭皮を締めつける。

「たいていの子どもからは、そういう泣き声のようなものが聞こえるわ。ときには大人から、喉を震わせて叫ぶような声が聞こえることも」

アザがあたしの口、あたしの首をじっと見つめる。タテジマフクロウみたいな鋭い視線。

「でもほとんどの人間は、それがなんなのかわかっていない。ここことは違う場所が見えても、精霊と話ができても、**水**の声が聞こえても」

「あたしの母さんも歌ってた？　アザ母さんは？」

冷たく冴えた日差し。

「ええ」アザがうなずく。「だけどおまえは――おまえの場合は、歌というより、まるで遠吠え」あたしの頭を通り越して屋敷のむこう、畑のむこう、森のむこうを見ている。「叫んでいると言ってもいいぐらい」アザの目は女主人の死んだ夫の目みたいに灰色で塞《ふさ》がっている。そこらじゅうを見ていながら、何も見ていない。「北にいたころ、おまえは悲しみのあまり歌を喉の奥に押しこめてしまった。呑みこんでしまった。それでもハミングは聞こえていたのよ。それを変えたのは、あの長い行進。歩けば歩くほどおまえの声は大きくなって、あの女に地中に閉じこめられたときに、とうとう叫びに変わった」

「だって無理だよ」口に出して言ってみると、まったくそのとおりだ。「こっちの世界を感じるだけで手いっぱいなのに、むこうの世界を感じる余裕なんかとてもない」

「わたしならなんだって差し出すのに」アザが怒ったように言う。「**水**を知るためなら、聞くためなら、わたしのなかを通り抜けるあの感覚をまた味わうためなら、なんだって」

〈もっと〉大地がささやき、死にゆく虫たちのハミングを、どこか遠くで響く規則正しい斧の音を、馬を連れて出かけるエミールの「ハイヨー、ハイヨー」と呼びかける声を、ざらざらとこする。

〈もっと差し出せ〉大地が言い、続いて砂の上を水が流れるような音がする。笑っている。

「**水**の歌はハリケーンのようにおまえを包みこんで、気がつくとおまえはその目のなかにいる。そんなふうに目をかけてもらえるのは特別な恩恵なのよ。この世のむこう側を感じることができるんだから」アザが嚙みつくように言う。自分をかき集めて小さくなる。彼女の怒りが刺すようにぷっと吹きつけて、あたしのひたいをかすめていく。「その歌は、おまえのなかで寄せては返す。おまえたちのような働く者、盗まれた者たちのなかで。おまえのサフィが夢のなかで**水**の歌を聞いていたことは知っていた？」


あたしはたらいから手を離して手首をもみ、黄色い手のひらをもむ。親指と人差し指のあいだの肉をつねって、サフィはいないのだという事実から、恐ろしい力であたしを引き戻そうとする記憶から気を散らす。サフィの大きな笑みと白い歯、唇の合わせ目にある小さなほくろ、あたしの口のなかに広がる彼女の吐息の、彼女の口のなかに広がるあたしの吐息の、なんとも優しい感触。甦る記憶を、あたしは動物が土砂降りの雨をぶるぶるっと振るうように振り払う。そうしてアザの問いをやり過ごしたところで、はたと気がつく。あたしが記憶の棘《とげ》にたじろぐだけでは、アザはおそらく気がすまない。彼女はあたしのなかで痛みがその歌のように吹き荒れることを願っている。そうやってあたしを自分に振り向かせ、慰めを、力を、求めさせようとしているに違いない。それが彼女の取り分、彼女の求める捧げ物というわけだ。アザ母さんの顔をまとっているのも、きっとあたしに母と慕われたいから。頭のなかに母さんの手が、ゆるんでいた手が木の槍をぎゅっと握るところが思い浮かぶ。あたしは答えるかわりに地面に唾を吐く。

「**水**のもとへ母さんを探しに行くことはできる？」

「それは無理」

あたしはアザから離れてうしろに下がり、屈んでたらいを拾い上げる。

「どうして？」

「言ったでしょう、わたしにはすべてが見えるわけではない」

彼女の顔からしだいに引いていく嵐、しずくが霧雨になって漂う。アザが風を巻き起こす小さな竜巻に、あたしは背を向ける。たらいを振ると、しずくが霧雨になって漂う。アザが風をなびかせ、水気が消える。

「でもおまえなら、わたしたちには見えないものが見えるかも」小さくなった顔で、アザが憎々しげに言う。「それに対して、歌に対して、自分を開けば。そうすれば、おまえの母親が見えるかも。むこう側が見えるかも」

あたしはお腹にたらいを押し当てる。

「海峡が開かれるかも」アザが言う。

「海峡？」あたしは訊き返す。

アザが風を引き寄せ、屋敷のまわりがぬるま湯のような空気に包まれる。

「世界は海」アザは木からぶら下がった縄のようにだらりと伸びて浮いている。「こちらとあちらの世界のあいだには潮流が横たわって、両者をつないでいる。海峡、あるいは水の流れと言ってもいいかしら。わたしたちが踊るときには、それにのって旅をするのよ」虫たちまで静まり返っている。

アザは、そうとは気づかず別のことを話している。〈おまえは泳いでいまの生から脱出できるかもしれない〉彼女が言っているのはそういうこと。〈水に浮かんで歩いていけば、水をかいて、蹴って、進んでいけば、息を継ぐために顔を出したそこには別の世界が広がっているだろう〉本人は気づいていないけれど、彼女が言っているのはそういうこと。〈おまえはここを出ていけるかもしれない〉

「そこへは泳いで渡れるの？」あたしは尋ねる。

〈あんたなんか必要ない〉心のなかであたしは思う。

「誤解しているようね」アザが言う。

「何が誤解なの？」あたしは声を落とす余裕もない。エミールやエスターが来たら、見えない誰かと話していると思われるだろう。

「その海峡は魂のためのもの」

「どういうこと？」あたしはアザのほうへ踏み出す。たちまちスイカの蔓《つる》に足を取られて膝をつき、下を向いて四つん這《ば》いになり、目からしょっぱい水があふれ出す。まさにアザの求める請いすがる者だ。アザが腕を上げて大きく広げ、激しく回転しながら飛び立つと、その笑みには喜びが、荒い息遣いにはさらなる欲求が見てとれる。アザの要求にはきりがない。

「おまえは肉体に縛られている」アザが言う。「成長して花を咲かせるすべてのものに縛られている。おまえはここに、この場所につなぎ留められている。おまえの魂は海峡を渡ることができても、体はつながれているのよ」

舌を噛むとしょっぱくて、血の味がする。あたしは顔の涙をぬぐい、体を起こしてしゃがむ。〈ほかには何を？〉頭のなかで考える。〈ほかには何を要求する気？〉女主人があたしたちの食事や罰や骨の折れる仕事についてことごとく指示してくるように、アザはあたしの自由についてことごとく指示してくるつもりに違いない。

「**受け取り与える者たち**は、ほかにも方法があると言ってたけど」あたしは主張する。「あたしが地中にいたときに。どんどん這っていけば、掘っていけば、大地を突き抜けることができると」

アザがふたたび旋回し、風がのたうつ。

「彼らはたいていの縛られている者より多少はものを知っているだけ。実際にはおばかさんなのよ」

アザが言う。

女主人の夫の体は重力に縛られて扱いにくい。

「持ち上げて!」女主人が言う。「彼を持ち上げて!」

女主人は、夫を箱に移す作業をあたしたち屋敷で働く女にしか任せようとしない。彼が生きているあいだは、あたしたちが彼を見ただけで地中にほうりこんだというのに。あたしたちは苦戦する。腕をかけて引っ張り起こし、腿で支えながら座らせて、背中全体で体重を受け止める。

「気をつけて」女主人が言う。「気をつけて」

腐ってふくれあがった重い体があたしの肩を容赦なく引っ張り、膝をすりつぶす。女主人は彼を棺《ひつぎ》に、使用人が運んできて壁に立てかけたばかりのそれに押しこめと指示する。夫の見えない目は女主人が閉じても開いてしまうので、彼女は血の染みたスカートからハンカチを取り出して広げ、夫の顔全体にかぶせる。薄い白布の下で夫の肌と肉はふくれあがり、いまにも大きな肉の雲になって骨から離れていきそうだ。女主人がエスターを外へ使いにやる。エスターがペカン色の少年を連れて戻ってくる。肩が丸く盛り上がり、首も丸々として、下を向いている。女主人は彼に葬儀屋を呼んでこいと言いつける。少年はエスターを見上げ、女主人ではなく彼女にうなずいてから部屋を飛び出す。老いた母親が階段をゆっくりと降りてきて、それとともに板が軋《きし》んでうめき声をあげる。あたしはそばへ行って肘《ひじ》をつかむ。顔のまわりで髪が絡《から》まり、ピンがずれ落ちて、数日前からずっと同じ髪型だ。彼女はふだんメアリーにしか世話をさせない。ほかの誰かが手を貸すと、見えない目と闇に塗りつぶされた部屋、自分のものではない手にパニックを起こして暴れることもあるけれど、今回はあたしをはたいて追い払おうとはしない。いまも寝巻き姿で、足で裾を蹴りながら段を降りるたびに、乾いて砕けやすくなった葉とローム質の土のにおいがする。

女主人は声をたてずに泣いている。目からあふれる涙をぬぐい、それが夫の顔にしたたる。老いた母親は戸口の前であたしの手を振り払う。そこであたしはエスターやメアリーといっしょに待機する。老いた母親は耳を頼りに娘のもとへ向かい、棺のそばに立って男の動かない胸を探り、腰を探り、さらに上、ハンカチに覆われたふくれた顔を探る。ハンカチを軽く引っ張るものの、はぎ取るわけではない。かわりに娘の手をつかむと、手前に引き寄せてささやく。「収穫！」

「聞こえるのよ。もう熟れている」老いた母親が言う。「ぐずぐずしていたら酸っぱくなってしまう」

老いた母親はコーラがパイ生地をなでるように娘の頰を優しくなで、それから体をうしろにひねるなり、女主人の顔を平手でぴしゃりと打つ。一回、二回。

「おまえにひとつ教えたはずよ。大地は残忍、それを手なずけるのがわたしたちの務め」目の見えない母親が言う。「教えたはずよ、大地は片時もおとなしく座ってはいない」

女主人はへたりこみ、老いた母親がふたたび手を振り上げるのを見て、手のひらを、白くやわらかな肉を上に向ける。シカやウサギが全速力でキイチゴの実がなる藪に身を隠す前にそうするように。

「大地は、あの連中は」目の見えない母親はそう言って、振り上げた手を下ろす。女主人はアザのように自分を奮い起こしてありったけの力をかき集め、スカートのなかで両手を拳に握り締め、涙と鼻水をすすり上げて、ようやく夫から視線をはがす。

「おまえたち全員」と宣言する女主人の声は、熊手で石を引っかく音、休耕地を耕す音がする。「畑へ」

畑の縁に沿って荷馬車が並び、それに混じって茶色い馬や川のように赤い馬に乗った親方と現場監督らの姿が見える。何百という数のあたしたちも列になって並んでいる。あたしたち女と子どもはサトウキビのようにひょろりとして、スカートも上着もサスペンダーもズボンもきっちり結わえてある。

耳の裏や膝と手首の内側の皮膚がまだ薄くてやわらかいような幼い子まで、風のない森の広場に立つ松の若木のようにじっと立っている。同様に辛抱強く立つ同じ列の女たちに倣《なら》い、あたしも静かに立つ。あたしたちの後方ではエミールが荷馬車の舵棒に座り、馬たちはハエを払っている。女と子どもたちの前には男たちが一列に並んでいる。シャツを着ている者もいれば、背中をさらしている者もいる。彼らが鉈《なた》を握るさまを見ていると、訓練用の槍を握る母さんの手を思い出す――手のひらの力を抜いて、握り締める寸前のかまえ。風が広く吹き渡ってサトウキビが波立ち、さわさわと鳴る。アザを探してみるものの、ここにはいない。サトウキビは緑の湖だ。遠くの森まで広がって、エメラルドの波と化して弾ける。空腹に体を丸ごと握り締められて、馬に乗った男が鞍《くら》の前に銃をぶら下げているのでなければ、このままばたりと倒れて生きた波に沈んでしまいそうだ。母さんもこんなふうに膝をつきたくなっただろうか、収穫期のこういう冴えた日差しの下で、澄んで乾いた、小川のようにひんやりした空気のなかで、沈んでいきたくなっただろうか、と考えていたら、馬に乗った男が大声でどなり、列に並んだ黒い肩の男たちがいっせいに武器を振り上げて、あたしはもう物思いにふけるどころではなくなる。あたしたちは動きだす。

青く甘いにおいがそこらじゅうで花開く。おかげで一瞬だけ体の内が満たされて、自分もお腹いっぱい食べた気分になる。小麦粉と砂糖と脂《あぶら》、皿からくすねて何度か味わった食べかけのクッキーと、斜めにかじったケーキ。それらがやすやすと思い出せる。舌に広がる甘みとバターの風味。さながら濃い霧のように口のなかで甘さがつのって、もっともっと欲しくなるように作られた食べ物たち。それが息といっしょに吸いこまれて、次の瞬間には消えてなくなる。光が槍になって畑に降り注ぐ。息を吐いたあたしはふたたび空っぽだ。

男たちはふだん何を食べているんだろう。彼らが食料をあさり回ることは知っている。エミールによると、家畜の飼料、しなびたトウモロコシの粒、硬くて歯の折れかねないものを、いくらかつかみ取って飢えをしのいでいるという。白人の現場監督が見張っているときには、それすらも食べられない。自分の菜園を育てる努力はしていても、苗は暑さでしおれるうえに本人たちがつねに畑にいるので、けっきょく世話ができずに枯れてしまう。前にエミールが屋敷の菜園で話していた。「なんだってここの家畜はあんなに肥え太ってんだか、わからねえよ。ここじゃあ、まともに食ってるのはお屋敷の連中だけだっていうのに」それから彼は声をたてて笑い、歯茎といまも残っている丈夫な白い歯の表面を笑い声が転がっていったのだけれど、そこには面白みのかけらもなかった。あたしたちはみんな飢えている。

男たちが武器を高く振りかざし、茎の根元をめがけて鉈を切る。腕の動きがかすんで見える、と思った次の瞬間には、身のつまった音をたててサトウキビが折れる。男たちははためく緑の葉をむき、穂先を切り捨ててから、刈ったサトウキビをうしろにほうる。それが地面に落ちるより先にふたたび腕を振り上げ、ひゅうと鉈を切る。ひとりの女、背の低い禿《は》げた女があたしたちの列を先導してサトウキビを一本、もう一本、さらにもう一本つかむと、そばを歩く子ども、母親と同じ背丈でそっくり同じ鼻をした娘が母親に続いてサトウキビを拾い集める。そうして集めたサトウキビを、親子は全身を使って高く持ち上げ、荷馬車にのせる。列に並んだほかの女と子どもたちも腰を曲げては持ち上げ、サトウキビを切り倒す音と刈った茎のあいだを進む足音、葉と穂先を踏みしめる音が、季節の最後の虫たちの消えゆく声に呼応する。そうしてしだいに黙りこむ虫たちもまた、飢えで動きが鈍くなり、地を這うさなか、鉈を跳ぶさなかにうとうとと夢を見てははっと目覚め、目覚めて初めて、そういえば自分は止まる夢を見ていた、サトウキビに酔った畑で動きが止まる夢を見ていた、と思い出す。

「ハイヨー！」馬上から男が声をあげる。「ハイヨー！」

あたしも一本目の茎をつかむ。ずいぶん太くて、片手でようやく握れるくらい。

「そら動け！」馬の上から男が言う。

あたしは次の一本をつかむ。エミールが手綱をぐいと引き、荷馬車がぐらぐら揺れて停止する。

「サトウキビは勝手に砂糖になってくれるわけじゃないからな！」現場監督が言う。

もう一本、さらにもう一本とつかむうちに、あたしの足は重みに押され、甘く香る緑の茎のあいだに沈んでいく。

「火はもう燃えているからな！」男が言う。

あたしは荷馬車のもとへ向かう。転びかけると、同じ列の人たちがロームの土に足を踏ん張って立たせてくれる。

「ボイラーは熱々だからな！」男が言う。

あたしはサトウキビの山に自分の分を積み上げる。

「ベルトは回っているからな！」男が言う。

刈り取った茎のささくれで腕を引っかいたところが、白っぽいピンクの痕《あと》になる。

「甘い砂糖のできあがりだ」男が言い、口笛を吹く。

あたしは列に戻って腰を屈める。

「ハイヨー」馬の上から男がどなる。

男たちが腕を振り上げる。叩き切る。葉をむしる。放り投げる。

「よしよし、いいぞ」馬の上で男が言う。

あたしはサトウキビをつかむ。

「いい子たちだ」男が言う。鼻面を血で濡らした犬のそばに膝をついて、なめらかな脇腹をなでてやるみたいな言い方。

あたしは次のをつかむ。

「もっと早く」エスターがあえぎながら言う。

あたしは次のをつかむ。汗で手が滑る。
「アニス、もっと早く」エスターが言う。
あたしは次のを抱える。
「鞭だからね」エスターが言う。
そこらじゅうに汁のにおいがたちこめている。
「穴だからね」エスターが言う。
あたしはうめく。
「いい子たちだ」
あたしは弾みをつけて持ち上げる。
一日が燃えて燃えて燃え続ける。

サトウキビを積むための荷馬車は全部で六台。畑をぐるりと囲む形で次々にやってくる。手にも腕にも脚にも切れた痕が刻まれて、まるできのこの菌糸だ。地面のなかで木の根や藪やシダの根のあいだを編むように伸びてびっしりと絡まり合っているあの部分。〈痛いよ〉こんがらがった引っかき傷が訴える。〈ちくちくまみれだ〉と。〈もうたくさん〉と。〈もうたくさん〉。それでもあたしは止まらない。動き続ける。あの穴と杭の刺さった壁が思い浮かぶ。足下で沈んでいく泥の感触が甦《よみがえ》る。絶対にあそこへは行かない。みんな汗で光っている。顔の汗を肩でぬぐい、視界を取り戻そうとするものの、どこもかしこも濡れている。スカートが地面を引きずる。同じ列の女も子どももすすり泣くように息をしている。真昼がまばゆい口をあんぐりと開いて呑み下す。時間も、馬に乗った親方と現場監督も、屋敷の女たちも――彼らの欲求は飽くことを知らない。あたしたちが刈ってむしって運ぶうちに、やがて日は風景のむこうに、しだいに黒くなってくる梢《こずえ》のむこうに沈んでいく。

「ほらこっち」エスターに上着をつかまれて、自分たちのシフトの最後の荷馬車のあとを追い、轍《わだち》のできた細いくねくね道をたどって畑を離れ、境界を離れて、川と製糖所に近づいていく。あたしは片手で荷馬車をつかみ、細い道をなかば引きずられるようにして歩く。道には土埃《つちぼこり》が雲となってたちこめ、足元に視線を落とすと、あたし自身のしょっぱいにおい、血のにおいがする。ここまでくたくたに疲れたのは初めてだ。まばたきをすると開くまでにずいぶん間があり、気がつくと、このまま倒れて膝をつきたい、顔もお腹も土埃だらけの轍のなかにうずめてしまいたいと考えている。でもそんなことはしない。あたしを屋敷まで運んでくれる人はいないのだから。そこで膝を持ち上げ、なんとか疲労を蹴散らすうちに、やがて川のにおい、苔《こけ》と沈泥《ちんでい》を思わせるにおいに続いて、カラメル状に煮詰まった砂糖と煙のにおいが大波となって押し寄せる。

木立が退き、かわりに製糖所がそびえてくる。女主人の屋敷に勝るとも劣らない大きな建物。畑でともに働いていた女と子どもたちが、サトウキビを荷馬車から降ろして二本の大きなベルトにのせ、そのベルトが歯車の上をがたがたと揺れながらゆっくり進んで、建物のなかにサトウキビを振り落とす。

そこにあたしたちの荷馬車が合流する。製糖所前の広場は人とサトウキビと荷馬車であふれ返っている。エスターが顔を近づけ、あたしの耳元に口を寄せる。その仕草は兄さんにそっくりだ。

「サトウキビを降ろすよ!」エスターがどなる。

あたしはうなずく。

サトウキビをのせたベルトが消えていくトンネルの奥で、炎があかあかと燃えている。その先でローラーが向きを変えると、巨大なホイールがあって、サトウキビをばきばきと押しつぶす。それをさらにすりつぶし、汁を絞って、緑と白のどろどろにする。そうして絞り出された汁は、流れ落ちて大桶に入る。炎がゆらめいているのはその場所だ。激しく燃えて鉄釜の底をなめ、すっぽり包んで、ふくれあがった熱気が建物の開口部からあふれてくる。ひとしずくの風がうなじをかすめ、頬をかすめ、髪をかき乱して去っていく。そうやってアザのスカートがひゅうと通り過ぎても、暮れゆく空から結晶の固まっていくにおいが散ることもなければ、炎のぱちぱちはぜる音がかき消えることもない。そしてあたしたちのまわりでは、サトウキビを積んだ荷馬車がいまも小山のようにそびえている。

同じ顔をしたさっきの母娘が闇のなかから現れる。母親のそばにはもうひとり別の子どもがいる。だらりと肩を落として見るからに疲れているようすなのに、母親や姉といっしょにサトウキビをつかんでいる。

「ヘレン」エスターが声をかけてうなずく。

「エスター」女が応える。

「おちびちゃんも来たんだ」エスターが言う。

ヘレンが片手を伸ばして子どもの首のうしろをつかむ。その子は首をすくめてヘレンの手を逃れ、サトウキビの茎を一度に三本つかむ。それをベルトのほうへ運んでいく腕はさながら結びこぶのできた縄のようで、サトウキビを落とすと同時にそれがゆるむ。下唇を歯の下に入れて力をこめ、意識を集中させてサトウキビを持ち上げるると、バランスをとりながら土埃の舞う空気のなかをすり足で歩いていき、最後にえいとほうり投げる。子どもを見守るヘレンのまなざしがあたしのなかでこだまする。ヘレンの手から、心臓から、釣り糸のような細い愛情の糸が伸びて頭のてっぺんを突き抜け、彼女とその子をつないでいる。彼女と、骨と皮のようにやせた細い肩の子どもを。ふいに子どもの足がもつれて、ヘレンが駆け寄る。

「母さん」ヘレンに寄りかかって茎を握り締めるその顔を、一瞬だけ、蛾が羽ばたくようにしかめ面がよぎる。

「気をつけて」ヘレンが言う。

母さんを見てみたい。ヘレンの娘と同じぐらいだったころの自分を見てみたい。まだ背も低く、やせっぽちで、くしゃくしゃの髪が首を転がり落ちていたころの自分を。小屋と小屋のあいだの小道を歩きながら、あたしの首に手を添えて、親指と人差し指のあいだのV字の部分で舵を取り、〈この子はあたしのもの、ここにいるのはあたしの子、あたしはこの子のものでこの子はあたしのもの〉と宣言していた母さんを見てみたい。刈り取ったサトウキビの節に小突かれてあたしは青黒くなり、引っかかれて赤くなる。炎がみんなを鞭打ち、空をなめて、風に乗る。流れ去る一日が寄せては返す――変わることのない満ち引き。ヘレンが歌っている、静かに、喉の奥で、と思ったら、娘もいっしょに歌いだし、自分の声と母の声、姉の声、さらには畑で身を粉にして働いたあたしたちみんなの声をつないで、そんなふうにみんなで歌っていると、ふいにあたしには母さんが見え、あたし自身の姿も見えて、もつれたくせっ毛、父親から受け継いだ赤い針金のような髪、でもそれ以上にくっきりと、母さんの黒い手とあたしにそっくりな小さな耳が見えて、小屋にはさまれた土の道を母さんが泳ぐようにすいすいと歩いていくところ、あたしに武器を手渡しながら〈自分で持って、バランスを感じてごらん――あんたがこれといっしょに動けば、これもあんたと動いてくれる。きっとそうなるから、あたしのかわいい娘〉とささやく母さんがまばゆいばかりに輝いているところが見えた、と思った次の瞬間、歌と潮流にのってあたしはふたたびいまこの場所へ、製糖所と煙と甘い香りのもとへ戻ってくる。アザの言ったことは本当だった――見える、見える、あたしには見える。

女主人と母親は客間の小さなテーブルで食事をしている。テーブルはエスターとメアリーが隅のほうから引っ張ってきてセッティングをしたものの、スプーンとフォークとナイフと皿だけでいっぱいになり、縁からはみ出したカップとソーサーが花びらのようだ。女たちの銀の食器がちりんと鳴るたびに、テーブルが小刻みに震える。

　二人の向かいには女主人の夫の亡骸が置かれ、面取りをほどこした頑丈な木箱のなかで両側から押されるようにして立っている。頭が箱の上部に触れている。死による膨張はいまも続いていて、もはや別人、顔の赤みがすっかり抜け、青白い目鼻が広がって平らになった姿は、さながらパンケーキだ。黒い沈泥のにおいが皮膚の下からも密に織られた服地の下からも這うように広がって、部屋に充満している。部屋の空気は濡れ雑巾《ぞうきん》。汚臭にまみれた熱い空気をあたしはちびちびと吸いこむ。

「彼、いいぐあいに収まってくれたわ」女主人が言い、茶漉《ちゃこ》しをカップの上にのせる。

「収穫は？」目の見えない母親が尋ねる。

「間に合ったわよ」女主人が答える。「ぎりぎりで」

「寒さが来るのを感じたのよ」老いた母親が言う。「指の節々に。膝にも」

「まだまだわたしの手が必要みたい」女主人が言う。

「おかげでひと晩じゅう眠れなかったよ」目の見えない母親が言う。

「まったく仕事がのろいんだから」女主人が言う。

「それと風のせい。窓ががたがた鳴って。もううんざり」母親が言う。

「本当にのろい」女主人がお茶を注ぐ。「しじゅう急《せ》かしてやらないといけないの」そう言って母親にポットと眉を上げてみせると、母親もうなずく。女主人はお茶を注ぐ。

「この屋敷ときたら動くからね。浮き上がっては、もとに戻る」母親が笑う。くすくす笑いが咳《せき》に変わって、お茶をすする。「お砂糖を」

　女主人が小さな白い陶器の器からスプーンで砂糖をすくう。器は青で縁取りされ、縁に沿って金色の粒が散っている。あたしの左目の奥で頭痛が広がる。

「ちょっと尻を叩いてやらなくちゃ」女主人が言う。

　老いた母親がお茶をすすって歌うようにふむと喉を鳴らし、あたしの頭痛がふつふつと煮えだす。

「あんたの父親は、奴隷よりも屋敷のほうが動くぐらいだと言っていたからね」母親が言う。

女主人がスプーンを自分のカップに浸してかき混ぜ、それからスプーンで宙を指して、目の高さに合わせる。スプーン越しに夫を見る。

「あの人、なんにでもお砂糖を入れたがったわ。挽《ひ》き割りトウモロコシにも。コーヒーにも。卵にも」女主人がそう言ってスプーンを口のなかに滑らせ、甘い結晶を吸う。それをゆっくりと呑み下す。その音が部屋じゅうに響き渡る。女主人がスプーンを皿に置き、スプーンが震える。「あたしはお茶にしか入れようと思わないけれど」

目の見えない母親が娘の軽口に笑い、その音が焙煎器のなかを転がるようにあたしの眼球をのり越えて頭のなかに入ってくる。

「本当にお砂糖が好きだった」女主人がささやく。

目を閉じると、頭の上から金色の雨が降り注ぐ。〈あたしのかわいい娘〉と母さんは言った。痛みがハンマーで打つように襲ってくる。死んだ男から、もつ煮と渇ききった口のにおいが漏れてくる。**受け取り与える者たち**は、砂糖好きのこの男をいったいどうするつもりだろう。オレンジ色のホウキタケにでもするんだろうか。それともモミジバフウに？　あるいはかちかちの赤い粘土に？　ほんの少しでいいから首を動かすことができたなら、とあたしは考える。そうしたら痛みのむこう側、二人の女のむこう側、この部屋と朽ちていく体のむこう側が見えるのに。

あたしと母さんをもう一度見ることができるのに。

第11章　やせ細ったしみ

一日の輪郭がぼやけてくる。収穫に追いたてられて、ひとつの朝がそのまま次の朝になる。まばたきをして、眠ったと思ったら、また目覚めている。女主人はエミールと六人の男たちに命じて、自分の寝室の窓から見える小さな空き地にれんがで霊廟を建てさせた。漆喰《しっくい》が乾くのを待って霊廟を白く塗らせ、その後、夫を客間から運び出させた。上のほうに一族の名前が刻まれた霊廟はずいぶん大きく、夫の棺が充分に収まるぐらい、そしていつの日か妻も入れるぐらいの広さがある。隣人たちがそれぞれのプランテーションからやってくる。夫の墓をぐるりと囲み、ハンカチや手首を鼻に当てて、蠟のように青ざめた陰気な面持ちで洟《はな》をすする。女主人は屋敷で働くあたしたちにも参列を命じる一方で、現場監督と他の者たちは引き続き苦役を命じられ、畑にはいくつもの背中が並んでいる。女主人は自分も霊廟に入ってしまうんじゃないかと思うほど間近に立って、カラスのようにじっと動かず、あふれる涙がゆっくりと顔をつたって首のまわりに溜まるにまかせているのだけれど、男たちがいよいよ棺をなかに入れて入り口をれんがで塞ぐ段になると、崩折れて膝をつく。隣人たちが抱え起こそうとしても、あたしやエミールが穴へ連れていかれるときに現場監督の腕にぶら下がったみたいに、体をつかまれたままだらりとしている。母親が耳元でささやいて、悲しみに打ちひしがれる娘をなんとかなだめようとするのだけれど、娘は地面にへたりこんだきり動かない。大地が彼女の願いをかなえてやればいいのに、とあたしは思う。彼女の下でぱっくり割れて、いくつもの口で呑みこんでやればいいのに。女主人はいまも地面を蹴ってしくしく泣いている。

葬儀がすんで収穫に戻ると、その後はもう際限がない。あたしたちは太陽が空にたっぷりと光を塗りたくる前に朝食の給仕をし、サトウキビを集めて、積んで、製糖所で降ろし、夜遅くにろうそくが鏡の前でちらちら揺れて煙を吐くなかで夕食の給仕をする。ミツバチの巣の中央に陣取る女王バチさながらに、女主人も眠らない。あたしたちも眠らない。畑を這い進む。甘い茎の束をかき集める。そしてつぶす。汁を燃やす。砂糖を煮つめる。それを〝豚の頭〟と呼ばれる大樽に詰めて、川下へ送り出す。

あたしは縮んでいく。仕事に絞られて縄のように細っていく。歩いて、持ち上げて、放り投げて、洗って、片づけて、足を引きずって歩くうちに、皮がむけるように顔がどんどん小さくなっていく。あたしは減っていく。あたしたちはみんなすり減っていく。メアリーの腰骨は皮から飛び出して器の形をさらしているし、エスターの頬骨はさながらスプーンの内側だ。今朝目を開けて、胃の沈んでいく感覚とともにあたしは悟る。あたしの一部は永久にここに留まるだろう。際限を知らないこの場所に、首までどっぷり浸かって——緑の葉の逆立つ畑に、黒い大地に、休みなく燃え続けるこの体に、花びらと化したこの手に、傷だらけの茎と化したこの足に、あたしを外からうつろにしていく大地とあたしを内からうつろにしていくこの飢えに、しかと捕まって。

今日は屋敷の暖炉に使う薪《まき》を集める。製糖所の炎が食いつくしてしまったので、近くの林には拾えるものは残っていない。さらに奥まで歩いてくると、森は静かだ。病が病人から血の気を奪うように、忍び寄る寒さが木の葉を淡い茶色に変えている。三羽のシラサギがヌマスギに舞い降りる。互いにうなずき、おじぎをしてから、脚を曲げてその場に落ち着く。今日は何がなんでもゆっくり動こう、とあたしは心に決める。ここ、森のなかには女主人もいない。ここでは彼女もとやかく言えない。体じゆうのあちこちが痛い。両腿の長い筋肉、背中全体、両肩の関節。きのこを探していると、ひとつ見つかる。白っぽくて、ごくやわらかな革のような感触。軸についた土が砕ける。あたしの歯は歯茎に収まった短剣だ。メアリーとエスターに目を向け、もうひとつ見つけて二人にあげる。

エスターが屈んだまま顔を上げる。

「兄さん」

髪をうしろで三つ編みにしたバスティアンが、森のなかの開けたところに忍び足で現れる。エスターを立ち上がらせて、強く抱き締める。

「こんなにやせて」バスティアンが言う。

「バスティアン」エスターが言う。

彼はあたしを見て顔をしかめ、メアリーに視線を移す。彼女は小枝と朽ちかけた丸太を三角に積み上げている。

「いまなら川沿いの道は上も下も収穫だ」バスティアンが言う。

エスターが腕を離してうしろに下がる。

「だめよ」

日が二人のあいだにまだらな光を投げて通り過ぎる——金色のうつろ。

「エスター」バスティアンはもう一度訴えるものの、肩は落ち、声は二人のあいだにしずくのようにぽたりと落ちて、さっきよりも体が小さくなったように見える。

「あいつのことだから」エスターが枯れた松葉に向かって、自分の足に向かって言う。「追ってくるよ」

「おまえを痛い目には遭わせない」バスティアンが言う。

「だめ」エスターが言い、またしてもあとずさる。バスティアンが片手を上げて指を広げても、エスターにはもう届かない。

「行こう」エスターがメアリーを振り返る。「このへんには大してなさそう」それでも去る前に立ち止まって兄の胸に寄りかかり、あたしには聞こえない静かな声で何やらささやく。

メアリーが自分の束を拾い上げて抱きかかえる。一本の枝があごを引っかいて白い痕が刻まれ、赤い線になる。彼女はあたしにうなずいてから、エスターのあとを追って切り株をまたぎ、いっしょにのろのろと歩いていく、と思ったら転びかけ、そのまま小走りになって森のなかに姿を消す。

エスターの兄さんの鼻は顔のなかの魚のひれで、目は川底のいちばん深いところ。真っ黒でひんやりとして波も届かず、流木や木の幹がまるごと泥に沈んでいるところ。首は、あたしたちと同様にやせているものの、松の若木のようにしっかりと立っている。森の空き地に立つ姿も松の若木のようだけれど、木のように揺れてもいて、その場に根を張りながら、風の向きに合わせて一方から一方へ揺れている。あたしのほうへ歩いてこようか、どうしようか、揺れている。

「いつも同じ、毎回これさ」バスティアンが言う。

彼の手にはいまも畑で働いていたころのたこが、革でできたコインのような痕が残っているだろうか。収穫が始まってからというもの、あたしは一度も体を洗っていないし、髪をほどいて編み直す暇も、水と脂で肌をいたわる時間もない。体じゅう切り傷だらけで、薄くなった枕から羽軸が飛び出すみたいに骨が皮から突き出ている。喉がからからに渇いて、口のなかで舌が綿のように重くふくれているのも感じるけれど、このまま彼に近づいて肩に手をのせ、彼がその気になるのを待つあいだには、おそらく体もほぐれて、彼に寄りかかり、彼の首に顔をうずめることができるだろう。あたしは節くれだったブラックオークの小枝をまたぎ、きのこの海をまたぎ、寒さに備えて虫たちが大あわてで食料を貪《むさぼ》り、運んで、貯めこむ上をまたぐ。松葉がざくざくと砕ける。スカートのなかで両手を握り締めてバスティアンに顔を近づけると、彼の揺れが止まる。

「エスターは恐れているのよ」あたしは言う。

「おれが守ってやるのに」そう言いながら最後のほうで声が高くなるのは、自分で自分の言葉を疑っているからだろうか。たとえ彼の背骨が松の木だとしても、曲がるところまで曲がってしまえばあとは折れるしかないとわかっているから。自分は若木で、この世はハリケーンだとわかっているから。

「恐れているのはそういうことじゃない。彼女はあんたをわかってる」

「あいつはおまえにそういうことも話すのか？」

あたしは首を振り、音をたてずに鼻をすする。バスティアンは湿地帯《バイユー》の硫黄《いおう》のにおい、塩のにおい、焚き火で焼いた野生の獣の焦げたにおいがする。彼の心のなかには思いやりの芯のようなものがあって、それがウサギのブーケという形で花を咲かせ、いままた腰に下げた袋のなかから木の葉でくるんだ肉を取り出す。

「アライグマ」彼が言う。「しみったれた肉だけど、腹の足しにはなるだろう」

バスティアンが木の葉でくるんだ肉を差し出す。あたしはゆるく巻かれた包みをつかむ。アザ母さんを愛した男も、大きくて穏やかなこの男があたしを見るような目でアザ母さんを見つめたんだろうか――狩人らしい、隙のない抑えた飢えをもって。彼の上半身が近づいて、鎖骨の線と腕のカーブが視界に迫り、あたしはサフィを思い出す。小屋の戸口に座って、脛《すね》の引っかき傷から血が滲みてひりひりするのを扇《あお》いでいたら、サフィが腰を屈めて上半身を近づけてきた。顔を寄せ、傷口から砂利を取り除いて、ささやいた。〈落ち着いて、アニス、ほら〉。心臓が早鐘を打っている。木の葉の包みをひょいと上げてあとずさると、ありもしない脚の傷がちりちり疼く。

「エスターが恐れているのは、何が待ち受けてるかわからないからよ。ここには悪魔がいるんでしょう？　彼女はそう信じてる」あたしは言う。

「おれが守る」

「あんたを疑ってるわけじゃない」

「それじゃあなんだ？」吊り上がった眉、燃えて炭になった小枝のように真っ黒な細い眉に、彼の苛《いら》立《だ》ちが見て取れる。すぼめてしわの寄った口元にも、エスターが歩いていったほうへ視線を移し、ふたたびあたしのほうに、いまも自分が立つ場所に視線を戻すさまにも。

「外の世界を知らないからよ」

木立の高いところで風が動き、ふっと降りてきて二人をかすめる。やわらかな感触。

「おまえはどうなんだ？」バスティアンが訊く。

春に降りてきて夏のあいだじゅうのしかかっていた湿った空気が、このごろは日に日に軽くなってくる。濡れた空気が手で地面に押さえつけてくるようなあの感触を何か月も味わったあとで、今朝のように空気がひんやり軽いと、なにか奇妙な感じがする。革紐みたいな細い腕と火口のように乾いた自分が、よけいに意識されてしまう。

もう一度触れられたい。もう一度抱き寄せられたい。

「あたし？」

「おまえなら来る？」バスティアンが訊く。

あたしは木の葉にくるまれた肉を地面に置く。彼のほうへ小さく一歩踏み出す。バスティアンが唾を呑み、喉元の皮膚がぴくりと波打つさまは、あたしのミツバチが花にとまるときのようにかすかでためらいがちだ。

「みんなおれが守る」バスティアンがささやく。彼の言葉があたしの顔をそっとなでる。

やわらかな吐息を受けて目をしばたたくと、サフィとの最後の瞬間、滝のそばで彼女が逃げる直前にあたしの頰に手を当てたあの瞬間が甦る。

バスティアンが指先であたしの鼻をそっとかすめる。あたしは親指で彼の唇をなぞる。

「どうしてあたしを？」あたしは尋ねる。

バスティアンが首を一方に傾ける。そのまなざしが石を結わえた釣糸になって、どんどんあたしのなかに落ちていく。

「きのこを集めるときのおまえは思慮深い。自分たちが食べるのに充分な量を採るが、あとから来る者の分も残しておく。ものごとを見る目も鋭い。おれの妹とメアリーのことをよく見抜いている。おれにはできない形で、二人を理解する助けになってくれる」バスティアンがあたしの首の横に触れる。「おまえは悲しみを知っている」彼は言う。「それにきれいだ。無駄なく引きしまったキツネのように。この世からどんな仕打ちを受けようと、そういう美しさは変わらない」

「そうなんだ」あたしは言う。

「もっと多くを手にするべきだ」バスティアンが言う。

あたしはバスティアンの上着をつかんで自分のほうに引き寄せる。あたしがつま先で立っても、唇を合わせるために彼は腰を屈めなければならない。彼は苔と獲物と灰の味がする。彼の歯を舌でなぞって腕に寄りかかると、あたしは二つの瞬間にいる。あたしはサフィと、優しく穏やかなサフィとともにいて、彼女の腕があたしの肩を抱き、彼女の指があたしの肘のあいだに収まって、ビロードのようにやわらかくなめらかな唇がそっと触れるたびにあたしは震えて、胸からも唇からも蜜があふれ出す。そしてあたしはバスティアンともいっしょにいて、彼の腕が大枝のようにあたしを包むと、ためらいがちに触れてくる指はふわふわの綿の実で、顔のうぶ毛は繊細な虫の羽。そして並んだ鼻があたしの鼻を押してくる感触、濡れた唇が触れてくる感触は、確かにいまここにある。そんなふうに互いを吸いこんでから、あたしはうしろに下がって地面に座る。両手のひらを差し出して待っていると、バスティアンが前にしゃがむ。あたしは彼の指の節にキスをする。彼があたしの首に触れ、胸に触れ、お腹に触れる。すべてがゆっくりと進む。あたしはスカートを上にめくる。この愛撫、ささやかな喜びを、自分のために受け取ろう。この優しさを存分に味わおう。けれども自分を開いて彼を迎える前に、言っておきたい。

「あたしはちゃんと、あんたを見ているから」

あたしの背中で大地がハミングで歌いだす。そこにはアザもいて、木々の梢をつま先でかすめ、茶色くなりかけた葉を死の雨と降らせて、それがバスティアンの背中に降り積もる。あたしは片手を振ってアザを追いやり、もう一方の手で、生きた橋のようにあたしにまたがるバスティアンから木の葉を払う。


森から戻る道すがら、アザが降りてきてもあたしは振り返らない。薪の束と木の葉に包まれた肉を抱えて歩くあたしを目にして、現場監督のひとりが小道で呼び止める。あたしが彼の口と嚙みたばこのせいで茶色っぽくなった黄色い髭《ひげ》をちらりと見て、それから藪に視線をそらすと、土手のほうへ行け、砂糖の大樽を運ぶはしけが通れるように運河を掃除しないといけないからと言う。アザが霧のような細かい雨になってあたしのまわりを旋回し、待っている。一羽のノスリがはるか頭上を飛んでいると思ったら、梢に向かって槍のように急降下する。ガンの群れが三角形の隊列を組んでがやがやと南へ飛んでいく。

「彼と行くつもりなの？」アザが尋ねる。髪が霧状の細かな水滴になってまわりで動いている。

「もしかしたらね」

「おまえのおばあさんは――」

「わかってる」あたしは返す。

霧状のアザの髪がスプレーのように顔に当たってちくちくする。

「あの男を信用したばっかりに、あの暗い船の胃袋にほうりこまれたのよ。あの男には彼女を守れなかった」

「あたしを守ってくれたのは母さんだけ」口に出して言ってみると、まったくそのとおりだ。

アザが前に立ちはだかるのでよけたつもりが、彼女のドレスと流れる腕はいまもまとわりついてあたしの肌をひんやりと切りつけ、ひりひりする。

「わたしが守ってあげる」アザが言う。

アザがあたしのスカートのなかに風を吹きこみ、帆のようにふくらませる。バスティアンの愛撫はあんなに優しかったのに、アザがそっと霧を吹きかけるだけで、背中と脚の引っかき傷がやけどのように疼く。川が見えてきて、あたしは小さなヌマスギの林で立ち止まる。ヌマスギの葉は縮んで赤くなり、羽のように薄くなって地面に落ちていく。あたしは抱えていた薪の束とアライグマを下に置く。

「でもこういうことからは守ってくれない」そうつぶやいて、腕にできたみみず腫れと切り傷をさっとなでる。それから膝をついて、休むことを考える。いまここで二、三分ほど藪に座り、ひと息か二息だけ息をついて川を眺め、北の嵐でふくれあがった水面が白く泡立ち、緑がかった茶色に渦巻くさまを見ていることは可能だろうか。土手のそばは折れた木や扇のように広がった枝で埋めつくされ、流れがせき止められている。

「次の嵐を生むところなの」アザが言う。

「そのようね」

逃げたらどうなるかはわかっている。盗人たちは手下を集め、よだれをたらした長い牙の犬たちを連れてあとを追い、逃げた者を盗み直す。逃亡者が見つかれば、手にも足にも首にも縄を巻く。革で鞭打ち、板で殴る。金属をオレンジ色になるまで熱して、印を押す。頬に、背中に。棘のついた金属の首輪をはめる。足首に鉄と鎖を巻きつける。身重の女は体を揺さぶって無理やり産ませる。あたしだっていろいろやりたい。髪だって伸ばしたいし、自分の食べる物はこそこそしないで自分で見つけたいし、日なたに座って心配事を頭のなかから掻《か》き出したいし、不安や恐怖に喉を締められることなく息をしたいし、あたしの一秒、あたしの一分、あたしの一日を自分で選んで決めたい。苦しみはもうたくさん。アザが隣で揺れている。針のように細くなり、濡れてきらきら輝いている。

「川の土手にほら穴でも掘ってみようかな。**受け取り与える者たち**が崩れないように支えてくれるはず」

「あの連中を信用するの？」

あたしはうなずく。

「いずれ火が見つかるわよ、追う者たちに」アザが意地悪く風を起こす。「そしておまえも見つかる」

「川を渡るとか。ずっと遠くまで行けばいい」あたしは言う。

「あの水は容赦がない」

川がどんなに飢えているかは知っている。あたしは咳払いをして、とりあえず何かを呑み下すために唾を呑み下す。

「それじゃあいったいどうしろと？」あたしは尋ねる。

季節はずれのブヨが耳元をかすめる。

「走るのよ。嵐のなかを走るの」アザが言う。

まわりでは湿地の木々が葉を逆立てて茶色くなっていく。

「どうだろう」

「わたしが足跡をかき消してあげる。おまえのにおいを吹き飛ばしてあげる」アザが言う。

「でもどこへ？」

「北よ、アニス」

この地獄の世界からあたしたちを連れ出してくれる人たちの話は聞いたことがある。子どものころ、小屋でみんなが話していた。真夜中に渡し守の女がやってきてあたしたちを外に連れ出したときに、女にコインを渡せばそれが自由を求める合図なのだという話。でもここでもそんなふうに連れ出してくれる人がいるのかどうかわからないし、バスティアンのような自由もあたしはいやだ。境界で暮らす半分だけの自由。川の道に沿って物語を運び、いまも囚われの身のあたしたちと物々交換をして、季節を追うごとに愛する者がすりつぶされていくのを目にしなければならないたぐいの自由。彼もまた、死者がさまよう灰色の土地に暮らす亡霊にすぎない。するとふいに別の考えが思い浮かんで、あたしはどきっとする。まだ小さくてぐにゃぐにゃの、うぶ毛しか生えていないような生まれたての考え。〈自分で新たに世界を作って、そのなかをのびのびと歩いてみたい〉

「いやだと言ったら？」

アザがふわふわと近づいてきて細かな雨を降らす。ぬかるんだ土手に立つあたしの足下からぴちゃぴちゃと騒ぐ音が昇ってくる。**受け取り与える者たち**だ。川の沈泥が岸辺で休もうと、濡れ朽ちた流木を引き連れてさわさわと流れてくるので、浮かれて歌っているのだろう。〈そうそう〉彼らが言う。〈こっちだ〉アザが不快そうに顔をしかめ、ぱちぱちと音をたてる。あたしの最初の女王バチが死んだあと、働きバチは幼虫たちにせっせと餌をやり始め、濁ったクリーム状の液にたっぷり浸した。そのなかのいずれか一匹が、やがて次の女王になる。育った幼虫はねばねばの子宮から顔を出し、真っ黒な体に怒りをまとって出てくるや、容赦なき戦いを繰り広げ、ついには一匹だけが残されて、せっせと世話する大勢の働きバチの真ん中で震えていた。その新たな女王は、戦いに酔いしれて皆に歌った。精霊たちの望みは崇拝されること、助けを請われること。彼らが求めているのは礼賛、服従、自らを親と慕う子どもたち。彼らが求めているのは愛。あたしたちは腹を空かせているけれど、精霊たちもまた、飢えているのに違いない。

「アザ」あたしは言う。

アザの髪が顔に這い寄り、どんどん前に伸びてきて、ついには電流をおびた目しか見えなくなる。

「わたしが道を開いてあげる」アザが言う。

ほら穴を掘って、松の枝と枯れ木で入り口を覆えばいい。たっぷり時間をかければ、そこからトンネルをつなげて煙を散らし、なかで火を焚くこともできるだろう。闇のなかで、大地の胃袋で、日々を暮らすのでもかまわない。あたしは立ち上がり、足に吸いついてくる泥を振り切って水辺のほうへ歩いていく。アザが漂いながらついてくる。浅瀬に足を踏み入れると、流れは速く、足首をぎゅっとつかんで引っ張ろうとする。あたしは流れと逆方向に身をのり出して枝をつかみ、岸にほうり投げる。メアリーとエスターはほかの女や子どもたちといっしょに川上のほうにいる。あたしに気づいて川下へ、こっちのほうへ近づいてくる。女と子どもたちは木と互いに囲まれて人間の鎖を作り、嵐のせいで詰まった流木を取り除いて、川の顔をきれいにぬぐってやっている。

〈もう充分、お腹がいっぱい、でももうあとひとつくらいなら。おまえひとりくらいならだいじょうぶ。体に巻きついて連れていってあげるよ、遠くまで、平らに広がるバイユーまで、湾まで、海まで〉川がしゃべる。

あたしはさらに深みへ進み、川の胃袋から枝を引き抜く。

〈あの風の女にはおまえを持ち上げるのは無理だろうけれど、あたしならできる〉川が言う。〈**受け取り与える者たち**はおまえを埋めてしまうだろうよ〉

次の枝をつかんで引っ張ると、流れがそれを引き戻す。

〈流れにのせてあっというまに運んであげよう。海とそのむこうの島々まで〉川がささやく。

枝が手からもぎ取られ、それといっしょに皮がはがれて、血がにじむ。さらなる捧げ物。川が笑う。

〈おまえを連れていってあげるよ〉川が言う。

あたしは別の枝をつかむ。男たちは岸からさらに離れたところにいる。岸辺の木に体をくくりつけて、倒木を岸へ引っ張っていく。それらの木は乾かして製糖所の火にくべられ、煙を吐いて、寝ても覚めてもあたしたちの喉を焦がすことになるだろう。あたしは足を取られる。流れは強く、あたしは捕まって一、二メートルほど川下に引きずられ、足の指を砂に食いこませてようやく水から逃れる。冷たい流れがごぼごぼと笑う。メアリーといっしょにすぐそこの川岸まで歩いてきたエスターが、手を差し出す。

「ほら」エスターが言う。「つかまって」

エスターに岸へ引き上げられる。濡れて服が重くなり、ふらつく足どりで木立のほうまで歩いてくると、脚が痛い。

「木につかまってて」エスターが言う。

あたしは細い松の木を選んで片腕を巻きつける。エスターが片方の手であたしのスカートをつかみ、もう片方の手でメアリーのスカートをつかんで腕を曲げると、腕じゅうの筋肉と筋が紐のように張りつめる。メアリーが浅瀬に入り、次から次へと枝をつかみ取っては岸に投げる。おそるおそる一歩踏み出し、さらにもう一歩踏み出して川のなかほどへ向かい、あたしたちの細い命綱がぴんと張りつめる。

「メアリー」エスターが呼びかける。「止まって」

メアリーは聞いていない。危うい足取りでさらに一歩踏み出す。エスターは思いきり身をのり出し、あたしのスカートもほんのひと握り、メアリーのスカートもほんのひと握りしかつかんでいない。メアリーがまたしても一歩踏み出し、彼女のスカートがエスターの手をぐいと引っ張って離れる。メアリーが首まで水に浸かる。浅瀬を越えてしまったに違いない。

「メアリー！」エスターが叫ぶ。

メアリーは振り返ってエスターをつかもうとするものの、すでに流れのなかでもがきながら、浮いたり沈んだりしている。嵐に酔った流れがけらけら笑い、しゃっくりをする。

〈あたしは、石を裂く者〉川が言う。

メアリーが沈み、ふたたび浮き上がって叫ぶ。

「エスター」メアリーが歌う。

エスターがあたしのスカートを離す。走って飛びこむ彼女は空中できらりと輝いて、餌を食《は》むさなかに驚いて逃げるシカのように伸びやかで引き締まって美しい。メアリーが沈んでふたたび浮き上がる。目を大きく見開いて、口も大きく開いている。

〈あたしは、街を呑みこむ者〉川が言う。

エスターは泳ぐ。手のひらで水をかき、脚で蹴る。脇腹にぶつかってくる残骸物をものともせず、かき分けて一直線に進んでいく。メアリーの手をつかみ、体を引っ張り上げて抱きかかえる。互いにつかまる。水のうねりに合わせて二人の頭が上下に揺れる。互いの口に向かって声をかけ合い、顔を空に向ける。

〈おまえならあたしをなんと呼ぶ?〉川が尋ねる。

最後の虫が叫んでいる。光が青いナイフになって宙を切る。〈行って〉あたしは頭のなかで思う。〈行って〉頭のなかで泣き叫ぶ。〈行って!〉必死に泳ぐメアリーとエスターのそばに丸太が転がりながら流れてきて、二人は不意を突かれるものの、もがいたのちにしっかりつかまる。男たちが二人に向かってどなり、互いに向かってどなり、誰か飛びこんで助けろとどなる。

「行って」あたしはささやく。メアリーとエスターは腕を絡めていっしょに丸太を抱いている。

〈べつにかまわないんだけど〉酔っぱらった川が言う。〈どうせあたしはこの世を食べるんだから〉

茶色い水が渦を巻き、メアリーとエスターをかき混ぜながら川下へとさらっていく。丸太がくるりと回転し、さらにもう一回転する。水はどんどん速くなり、やがて二人は川の中央をするりと横切る。

もうすぐ川の曲がり目だ。エスターがメアリーの肩から脇の下に腕をまわし、振り返って片手を上げたのは、もしかするとあたしに手を振ったのかもしれない。あたしも何にともなく片手を上げると、アザがきらきらとそばに現れる。エスターが上げた手を拳に握り、その後はもう二人とも小さくなりすぎて、目を細めないと見分けがつかない。川といっしょに曲がって二人は消える。木の葉が滝となって木から降り注ぐ。自分の体を抱き締めると、胃が焼けるように熱い。悲しみが、絞った雑巾のように喉に居座っている。〈どうか〉湧き起こる祈りの向かう先はわからないけれど、いずれにしてもここにいる精霊たちではない。情け容赦のない川でも、すべてをすりつぶす大地でも、来るべき嵐でもない。〈どうか〉と言いながら、メアリーとエスターがどこに流れ着けば無事でいられるのかもわからない。

「二人を助けられないの？」あたしは尋ねる。

アザがまたしても川面《かわも》に突風を送りつける。土手にはもうあたしたちの泣き声しか残されていない。

「わたしの力が及ぶのはおまえだけ」アザが言う。

体が震えて歯と歯ががちがちぶつかり、あごが開いては閉じる。〈どうか〉ささやくように口にした次の瞬間、あたしははたと、自分が誰に祈っているか、誰にすがっているかに思い至る——**水**、この水のむこう側にいる**水**だ。ふいにまわりの世界が見えなくなる。岸にいる男も女も子どもたちも、メアリーとエスターが行ってしまった川の曲がり目も、あたしのうしろで機嫌をそこねてじっとしているアザも、痛みと飢えでぼろぼろのあたし自身の体も、すべてが消えて、残っているのは流れる滝だけ。あたしのなかを滝が流れ抜けて視界を奪い、その中心に、とほうもなく大きな何かが存在している。すべてを目にし、すべてを知っている、とてつもなく大きな何か。その存在を前に、あたしは小さく、怯《おび》え、おののいている。あたしは抱き締められている。確かに抱き締められている。滝はさらにもう一瞬だけあたしのなかをどっと流れていったかと思うと、現れたときと同様、突然消えてなくなり、あたしはこの世に目を開いて、涙が顔をつたうのを感じながら、息を吸って吐くごとに理解する。あたしがただ手を伸ばせば**水**はそこにあり、あたしを抱き締めてくれるのだと。

「アニス？」アザが呼ぶのを無視してあたしは岸に這い戻り、木のそばにしゃがんで頬をぬぐう。あたしのなかを流れる**水**の響きをいまも感じる。ゆったりとした、変わることのない、軽やかなささやきが、いまも**そこにある**。じきに現場監督がやってきて、おそらく川岸を捜索し、みんなにあれこれ聞き回って、どこまで川を下ればメアリーとエスターが見つかりそうか目星をつけるに違いない。でもそれまでは、あたしはここに座っていよう。あいつらがやってきてさらにあれこれ要求し、さらなる喪失を、さらなる捧げ物を求めてくるまでは、こうしてここに座っていよう。川が唸る。あたしは洟をすすり、むせぶように息をしながら待つ。**水**の名残に抱かれているこの感覚は、赤ん坊のころに母さんに体ごとつかみ上げられたときのそれ、あたしは母さんの赤ん坊で、肌は白すぎるし、口と耳は赤すぎて、膜をかぶって全身びしょ濡れ、産婆の指のしわにこびりついた土があたしの肌にも筋を残している、そんな状態だったにもかかわらず、母さんがあたしを腕に抱いてくれたときのあの感覚だ。

「いるよ」あたしはアザに告げる。「あたしはここにいる」

月の引き起こす満ち潮をかき分けながら、屋敷までの道のりを歩いて戻る。屋敷の腹のなかに入るときにも、あたしは黒い湖のなかに沈んでいる。自分の足元しか見ていなかったので、厨房にいる女主人の姿、燃える前のろうそくの芯のような白くて細い姿も目に入らない。コーラは燃えあがる褐色の炎――けれども両手を組んで床を見ている。厨房でコーラがないがしろにされるなんて、前代未聞だ。女主人の口は歪《ゆが》んだ裂け目、ひたいは流れるしわの滝。あたしは戸口で立ち止まる。薪の束と木の葉で包まれたアライグマのブーケが手のなかでぬるぬると滑る。

「来なさい」女主人が言う。

コーラに喉を鳴らして合図され、包みを背中に隠しかけるものの、女主人がじっと見ているので諦める。

「こっちへ来なさい」女主人が言う。

あたしは彼女のほうへ歩いていき、腕の長さよりもやや離れたところで立ち止まる。アライグマは傷みかけてじゃこうのにおいを発し、女主人は鼻を覆う。

「獲ったのね」指の隙間から女主人が言う。あたしは首を振る。女主人は小さくひゅっと音をたてて息を吐き、細い片腕をひらひら振ってあたしを制する。

「おまえが持っているその獲物は誰のもの？」

彼女はもう片方の手も上げて、祈るように両手を組む。

「その葉っぱは誰のもの？」

祈りの手を口に当て、その状態でしゃべる。

「誰の森だと思っているの？」

女主人がコーラの火かき棒をつかむ。

「川に落ちた二人もぐるだったの？」

女主人があたしに向かって火かき棒を振り回す。けれどもあたしはうしろに下がって背中をそらし、母さんに叩きこまれた教えが体じゅうで歌いだすのを感じながら棒をかわし、受け流して、枝の束とすっかりしおれたアライグマのブーケを掲げて防御する、と、肉の塊が床に落ちてべちゃっとはねる。

「わたしのものよ」女主人が言う。体が小刻みに震えだし、どんどん力がこもってくる。まるで突風に煽《あお》られてぴんと張りつめる洗濯紐だ。いったいどんな精霊が彼女を動かしているんだろう、とあたしは考えずにいられない。彼女を血と腱と骨まで震わせているのは、いったいどんな精霊なんだろう。

きっと真っ白で何も見えない巨大な雪嵐に違いない。うじ虫みたいな、白骨みたいな、悪臭ぷんぷんのクリーム色をしているに違いない。あたしにはわかる。あたしの父親の歯もそうだった。ジョージアマンの指の節もそうだった。医者の手のひらも、売人の皮膚のしわも。この女の夫のきょろきょろと落ち着かない目も。そういう化け物のような精霊がこの女に取り憑《つ》いて、ものを見えなくしているに違いない。

「じっとしていなさい！」女が大声で命じ、またしても火かき棒を振り回す。

〈いやだ〉あたしの体が言う。〈いやだ〉

「じっとしなさい」女が突きを見舞う。このダンスを最後に母さんに教わってから、あまりに時間が経ってしまった。前に踏み出し、うしろに下がって、身を低くし、体をひねって武器をかわすその動きから、あまりに遠ざかっていた。火かき棒が腕に当たり、大釘を打ちこまれるような衝撃とともに、皮膚が熱くじゅっと焦げる。女の口から切れそうなほど鋭い金切り声が飛び出す。

「この！」あたしの顔をめがけて女が火かき棒を振り下ろす。体をそらして薪で防ごうとしたら、薪が飛び散って金属の棒がこめかみに当たり、痛みが爆発する。焦げるように熱い。コーラと女が視界から消える。あたしは倒れる。

第12章　渡し守の女たち

目が覚めると真っ暗な地面の拳のなかにいる。穴のなかだ。土の天井を見上げると、空では嵐が吹き荒れて、稲妻の根元にアザがいる。外でひゅうひゅうと吠えながらぐるぐる回ってドレスを揺すり、両手を打ち鳴らして空を照らし出している。アザの稲妻が閃光を放つたびに、あたしは頭がずきずきする。地面に溜まった雨水が、穴の壁を流れ落ちてくる。それが楽しげに足元でぴちゃぴちゃはねるさまを眺めるうちに、そういえば酔っぱらった川があたしをここから連れ出してやると言っていた、と思い出す。

〈これだ〉赤いマーブルもようの地面がざわめく。〈おまえの脱出方法はこれ。赤い粘土質の部分を探してそこを掘る、トンネルを掘る、ほら穴を掘る〉

あたしはひたいに触れてみる。指のしわのあいだに生暖かい血がついている。

〈われらが穴を支えてやろう〉大地の声が低くとどろく。

あといくつの夜が自分に残されているのか知らないけれど、その間ずっと、あたしは今夜のこの傷を背負うことになるだろう。

〈かくまってやろう〉**受け取り与える者たち**がうめくように言う。

口のなかは泥まじりの血の味がする。

「闇のなかで暮らせばいい」**受け取り与える者たち**が言う。

アザが地上へ来いとあたしを呼ぶ。

〈そこで子を産めばいい、闇のなかで〉**受け取り与える者たち**が言う。

〈誰の子を？〉あたしは思う。「誰の子を？」あたしは尋ねる。

受け取り与える者たちが黙る。足元に溜まってきた水が何やらささやき、足首をぴちゃぴちゃとなめてくる。底の泥がゆるんで溶け出す。

〈沈んでいくなかにも命はある〉足元の水が言う。〈降りていくなかにも命はある〉水をたっぷり含んだ地層が歌うようにささやく。

「嘘よ」あたしは言う。「こんなの生きてるなんて言えない」

あたしは泥の壁の裂け目に両手を突っこむ。穴の入り口付近の杭はいくつか打ち直されているけれど、それを除けば穴の地肌はむきだしだ。雨が目に流れこみ、顔をつたって息を奪い、泥が足に吸いついて身動きを封じる。あたしは壁をつかんで、体を丸ごと引きずり上げる。爪が裂けて土がずるずると滑り、下に落ちる。すすり泣きがこみ上げ、喉が詰まって息ができない。指ににじんだ泥と血を吸い、吸うことで痛みを和《やわ》らげて、ふたたび両手を壁に押しこむ。粘土を蹴って足を食いこませ、泣きながら体を引っ張り上げる。どこもかしこも燃えるように熱い。それでもあたしは上へ上へと這い登り、鉄格子を、閃光を放つ嵐を目指す。ところが扉近くにある二本の杭をつかみ、弾みをつけて体を引き上げようとしたそのとき、アザが奇声を発したひょうしにつま先の足場を失い、杭ががくりと壁から抜けて、あたしはまたもやずるずるとぬかるみへ落ちていく。

「そんな」

あたしは溶け出す粘土の肩の高さに杭を一本突き刺し、頭の上に届くかぎり手を伸ばして二本目をそこに突き立て、足の指をふたたび壁に食いこませてよじ登る。杭を一本ひねり抜き、女主人の顔を、骨の奥に収まったやわらかいゼリーみたいな目を思い浮かべてふたたび突き刺し、体を引っ張り上げる。上に向かって這っていく。土を食べながら。疼きに耐えて這っていく。これからもずっと疼きに耐え、ずっと這っていくのだろう。この暗い子宮から自由になるために、永遠に捧げ続ける生から自由になるために。自分がひとりではないのを感じる。かつてこの穴に投げこまれたすべての者、泥のなかで血を流した者、縄につながれた者、鉈で叩き切られた者、生きながらにして焼かれた者、生き埋めにされた者、彼らがみんなあたしといっしょにここにいるのを感じる。みんなで雨水をすすり、泥を呑み、風に向かって泣き叫ぶ。

「それであんたたちは、あたしたちに何をくれるの?」あたしは問う。「あたしたちにはいったい何を?」

扉の格子に鼻がぶつかるまで、自分がしゃべっていることにも気づかない。壁の一方の隅で片足を安定させ、反対側にもう片方の足を固定する。格子に指を絡めて、扉のまわりの土を突く。突き刺して土に穴をうがつ。あたしが武器だ。アザが吠え、あたしは肩と胸をひねれるだけひねって片手をうしろに引き、ありたけの力で、ありたけの動きで、人をも殺せる勢いで、杭を手に殴りかかる。雨で溶けていく土をめった突きに突き刺して、掘って、掘って、掘って、やがて扉と壁の境目に隙間ができ、それでもなお杭を打ちつける。扉の格子が腕の皮をつかんでぺろりとむく。

「さあ行って」アザが言う。

〈行くがいい〉大地が言う。

〈お行きなさい〉水が言う。

体のなかをすさまじい勢いで何かが、**水**が流れ抜けて、怒りと痛みと**水**の出現で、あたしにはもはや何も見えない。ひたすら突いて突きまくり、土から土を、泥から泥を、粘土から粘土をもぎり取る。あたしの腕は槍と化し、嵐に絞り上げられた空気を裂いて、宙を突き刺す。扉と壁のあいだから泥の塊がこぼれ落ち、隙間が大きなスイカぐらいの穴になる。なおも突いて、突いて、少しずつ穴を広げるうちに、やがて片方の肩が通った、と思ったら、顔の横に雨が当たる。あたしはさらに穴を広げてから杭を捨て、片手で格子を上からつかんで、地面と扉の隙間から一気にすり抜けようと、体をぐいと引き上げる。そうして泥のあいだをくぐり、土の上に頭が出た、と思ったのもつかの間、すぐに体がつっかえる。鎖骨と胴体が通り抜けるには、穴の大きさが足りない。泣きそうになってなかば叫ぶと、アザも叫び返す。格子をぐいと押しても、錠がかかってしっかり閉じられている。泣き叫んで格子をひねり、地面から引きはがそうと力をこめても、びくともしない。

〈あんたの武器はあんた自身〉母さんは言った。あたしの武器はあたしだ。

〈錐《きり》〉頭にふと思い浮かぶ。

あたしは髪のなかから象牙の錐を抜き取って鍵に挿し、押して、ひねって、小さな金属部品の感触に意識を集中させて反応を探る。絶望に揺れるあたしの頭上でアザが空を引き裂き、あたしはすっかりずぶ濡れだ。

「お願い、開いて」がちゃがちゃいじってつつくうちに、泥が崩れ始める。長くはもたないと知りつつも、腿に力をこめて体を押し上げる。「お願い」あたしは訴える。「お願いだから！」どなるあいだにも雨といっしょに絶望が口のなかに流れこみ、体はじりじりと下がっていく。

〈あたしの武器はあたし〉そう念じて小刻みに錐を動かし、絶望と闘い、パニックのせいで呼吸が速くなるのを感じていると、やがて小さな手応えがあり、ごくかすかにかちっと音がして、錠が開く。

あたしはそれを手探りではずし、膝を曲げて、体をいったん穴に戻す。隙間に突き立てた足が土に食われて、体が滑る。あたしは肩の角度を調整すると、戻った勢いでふたたび体を持ち上げ、泥になって溶けだす壁に足場を奪われながら扉に肩を叩きつける。

弾みで扉が大きく開く。あたしは枠をつかんで体を外気のなかに引っ張り上げ、穴のそばにどさりと着地する。アザの風がぱらぱらと降りかかる。あたしは生まれたての赤ん坊だ。よろよろとしゃがんで膝にあごを当てると、アザが騒がしく吹き荒れているにもかかわらず、激しく胸を叩く心臓の音が耳の奥から聞こえてくる。泥にまみれた顔を、無駄と知りつつぬぐう。

「さあ来て」アザが言う。

〈来るがいい〉大地が言う。

〈いらっしゃい〉川が言う。

「来たよ」あたしはささやく。遠くのほう、屋敷と離れの建物のあたりで、オレンジ色の明かりが揺れている。誰かの持つランタンだ。こっちへ向かってくる。あたしは地面を這って地中の檻のそばを離れ、両手と両膝をついて泥と草のなかをあとずさり、藪に阻《はば》まれたところで身を隠す。言葉の端々がアザの風にのって雨といっしょに飛んでくる。

「こっちだ」男たちの声。「こっち」現場監督だ。穴のほうに歩いてきて、ランタンを下げて監禁用の穴を照らした次の瞬間、ぐらりと揺れた明かりが彼らのショックを物語る。あたしがそこにいない、彼らの手からまんまと逃れたというショック。明かりががたがたと揺れながら離れのほうへ戻っていく。エミールを起こすつもりだろう、たぶん。鬱蒼《うっそう》と茂るコットンウッドとスペイン苔に覆われたオークの下では、いまも多くがメアリーとエスターの捜索に当たっている。そのため、プランテーションにわずかに残っている男たちを招集するつもりに違いない。あたしを見つけ出すために。女主人の母親の部屋の明かりがついている。女主人の部屋も。自分たちのものだと信じているものを、何がなんでも取り戻すつもりだ。嵐が叫ぶ。夜は広い。

〈あいつらは焼き印を押すのよ〉エスターが話していた。〈フランス王室のユリの紋章を顔に押すの〉と。〈だからそれを見てみんなが、それを見た全員が、ああ、あいつは逃亡を図って捕まったんだなとわかるのよ。足には鎖を巻かれ、手には鋼の枷《かせ》をはめられて、そうやって歩かされるうちに鎖や枷が皮膚の下にもぐっていくの。首にも輪っかをはめられ、金属の首輪が首に食いこんで、こすれた傷が小さなネックレスになる。でもそれも、銃で撃たれなければ、喉をかき切られなければの話。厚かましくも自分を取り戻そうとしたというので縛り首にならなければ、喉をかき切られなければの話〉エスターの声、あたしの耳にささやく声が、暗いぬかるみのなか、雨と風に包囲されたなかで、隣にしゃがんでいるみたいにはっきり聞こえる。恐ろしさに背中が曲がり、恐怖がじりじりと両脚を下りてきて、いっそ立ち上がって大声で叫び、自ら投降したくなる。そうすれば現場監督らはあたしをさんざん殴ったあとで暗い厨房に運び届け、その後はコーラがなんらかの奇跡を起こしてくれるだろう。コーラが自分も食べて、エミールにも食べさせて、厨房を訪ねてくるほかの人たち、飢えに突き動かされて小麦粉のにおいのこもった暗がりを訪れ残飯を乞う人たちにも食べさせることができるのは、もちろん彼女がなんらかの奇跡を起こしているからに違いない。

そうして彼らに手を振ろうと、地獄と知りつつ戻ろうと立ち上がりかけたそのとき、お腹のなか、あたしの体のいちばんやわらかい部分、死んだら真っ先に朽ちていくだろう部分で、波が揺れる。波が動きだして胸の内側を昇り、長い喉を昇って、頭に達する。こんなところにも**水**はいるんだ。

「あなたね」あたしは言う。

あたしは目を開け、巨大な**水**の網に引っ張られるようにして地面を這い、身を低くして夜の雨に紛れ、やがて屋敷を取り囲む林のもとにたどり着く。続く本能の走りは呼吸のように、胸を叩く心臓のように、一定のリズムを刻み続ける。雨に洗われて目をつぶり、何も見えないまま、それでも**水**の流れを信じて、風にはためくアザのスカートとともに**水**がカーブを描けばそれに従い、酔った川がざわめき叫んで手招きするほうへ向かう。**水**は製糖所から流れてくる焦げた砂糖の熱風を一掃して、闇の下、藪の下へとあたしを導き、川の土手を滑り落ちるあたしのそばで蔓がはね、低木が大きく揺れて、この世の手があたしを叩きつぶそうとしても、**水**の流れは弱まることなく、気がつくとあたしは膝の深さの浅瀬にひとりきりで立っている。

〈いらっしゃい〉川が言う。〈海まで連れていってあげる〉

〈掘れ〉**受け取り与える者たち**が言う。〈掘るのだ〉

〈走って、アニス〉アザが突風を送りつける。〈走るのよ〉

〈泳ぐのよ〉川が笑う。

〈トンネルだ〉大地が言う。

「母さん」その言葉が喉をなめるように昇ってきて、月明かりと闇のあいだで傷ついて痣《あざ》だらけになった体から泣きそうな声になって飛び出す。「母さん、あたしはどうすればいいの？」

息ができない。

「母さん」

〈あたしのかわいい娘〉母さんの声がする。あたしはびくっとして背中を起こす。最初の声はどこか外から響いてきて、夜のなかに鐘の音が散っていくような感じ。ところが次に母さんが話すと、今度はそこらじゅうに声があふれている。

「あたしのかわいい娘」母さんが言い、あたしを呼ぶときにいつも使っていたその言葉が耳のなかでこだまする。ジョージアマンが母さんを引きずっていってからすでに一年以上になるというのに、いま、母さんの声が聞こえる。「湿地ははるか先、水辺は何キロも先だった。倒れた時点で、間に合わないことはわかっていた。走るべき道のりはあまりに長く、アザはまるで当てにならない。それでも試さずにはいられなかったのよ、アリーズ。戦わずにはいられなかった。湿地にたどり着きさえすれば、あんたがモーゼのように道を開いてくれるんじゃないかと思った。あんたを葦《あし》にのせたら、イグサにのせたら、丸太にのせたら、そのまま漂っていけるんじゃないかと思ったの。漂うのよ、アリーズ。漂っていけばいい」母さんが言い、すると感じる。母さんの愛情を、**水**が押し寄せてくるときのようにはっきりと。母さんの愛をそこらじゅうに、アザの嵐よりも、足下で沈む地面よりも、あたしを呼び寄せる川よりも強烈に感じる。あたしのなかに火がともる。

昼間に片づけきれずに残った川面の丸太や流木がぶつかってくるのに抗《あらが》いながら、あたしは岸に沿ってよろよろと川を下る。葦の浮き島を探そう。探してみせる。何がなんでも。あたしはこんもりとした流木の束に行き当たる。枝が絡まり合ってひとつになっている。考えるより先に体が動く。大急ぎで上着を頭から脱ぎ、両袖を枝にぐるりと巻いて思い切り引っ張るその間にも、犬がきゃんきゃんと吠えたてる耳障《みみざわ》りな声が聞こえてくる。現場監督らが犬を放ったに違いない。あたしは袖を固く縛り、濡れそぼった幹と枝をまさぐりながら上に乗る。そうして岸から離れようと強く押すものの、こんもりとした流木の束は重くてびくともしない。

「アザ！」あたしはどなる「アザ！」

「そっちじゃない」アザが言う。

「アザ、押して！」あたしはもう一度足で岸を押し、体を前に倒して、渦巻く川に身をのり出す。

「おまえを川なんかに差し出せと？」アザが吐き捨てるように言う。

「二度とあんたの名前を呼んであげないから！」あたしは言う。「あんたのことなんか二度と探さないし、あたしの子どもたち、そのまた子どもたちにも絶対にあんたの名前なんか教えてやらないから！　押してくれなければ、アザ、あたしの子どもたちには絶対にあんたの名前なんか呼ばせないから！」

こんもりとした幹と枝の束に乗ったまま体をぐいと動かすと、わずかに、ごくわずかに動いて、ふたたび土手の土に突き刺さる。「離して」あたしは泥に向かって、砂と粘土に向かってどなる。「あたしの道を邪魔しないで」流木でできた自分の巣の上、大急ぎで結わえつけた上着の上で腹這いになって手足をばしゃばしゃさせてから、あたしは足で土手を押しやる。

「行きなさい」母さんが言う。

犬たちが吠える。興奮しきった甲高い声。

「押して、アザ、押して！」

犬たちの吠え声がのこぎりの歯のように突き刺さる。そこにいっさい容赦はない。ここにいる精霊たちに見捨てられたら、あたしはこの喉を差し出そう。犬たちの前にこの身を投げ出し、闘って、負けて、いずれにしても行くことになるだろう——**水**のもとへ、**水**のむこうにある歌の地へ、アザ母さんのいるところ、もしかしたらサフィと母さんもいるところへ。今夜あたしは自由になる。ドアを通るか、窓をくぐるか、鍵穴を抜けるか、屋根窓を越えるか。いずれにしても、あたしは自由になる。

その事実があたしのなかで爆発を引き起こす。

「さあ行って」アザが言い、ドレスをひと振りする。

〈行くがいい〉**受け取り与える者たち**が言う。

〈お行きなさい〉川が言う。

「行け」そう言ってもう一度土手を蹴ると、足の指が岸から離れて、一瞬すべてが静止し、やがてあたしはこんもりした大枝の巣、急ごしらえの小舟に乗って、川の水面を滑りだす。流れの中央を矢のように、一直線に、しゅっしゅっと水を切って下っていく。顔が風を切り裂く。肩越しに振り返ると、ランプの明かりが水際を煌々と照らし、宙を突き刺す犬の声を映し出している。油っぽい黄色い明かりのなかで犬たちの逆立った毛がちらちらと光り、闇のなかにぱっと浮かびあがる男たちの腕は、さながら泥から顔を出した芋虫だ。犬が人間を引っ張り、人間が犬を引っ張って、土手の上でもみ合いながらそろってあたしのほうを見ている。犬は鼻をくんくんさせているものの、跳びかかってくる気配はない。

「行け」あたしは言う。「行け」

誰に言っているのか自分でもわからない。誰とは言わずその場のすべてに言っているのか、それとも自分に言っているだけなのか、松の大枝に埋もれた両手に、幹のあいだに挟まれた両脚に、自分の頭に、体のなかで胸をどんどん叩きながら希望と恐怖のあいだで激しく揺れる心臓に言っているのか。「ありがとう」あたしは枝に口を当てて言う。「ありがとう、ありがとう、ありがとう」

目を閉じてアザの嵐に、ごぼごぼとつぶやく川に、ざわざわと揺れる木々に耳を傾ける。母さんは無言だ。ついさっきあたしを包んでいた愛、夜のように深く濃い愛情は消えてしまった。感じるのは雨と風の冷たさだけ、引っかき傷と切り傷だらけのお腹と腕と脚と胸の焼けるような熱さだけ。あたしはひとりだ。サフィもこんなふうに感じたんだろうか。縄で縛られたみんなの列を離れて闇に逃れたあのとき。メアリーとエスターはいまもこの川のどこか先のほうで、互いとあの丸太につかまっているんだろうか。それとも沈泥に覆われた川底に引きずりこまれて、血の気を失い、息を奪われてしまったんだろうか。あるいは川を逃れ、嵐を逃れてどこかの岸にたどり着き、遠くで吠えたてる犬たちの声を聞きながら、互いの手を握り締めて逃げているんだろうか。

「母さん」あたしは呼んでみる。

けれども母さんは来ない。ぬかるんだ岸のほうで犬と現場監督らが呼んでいる。慌てふためいてあたしとメアリーとエスターのあとを追う彼らの声が空気を引き裂き、風のリボンにのって飛んでくる。あたしは目をつぶる。

「話があるのよ」頭のあたりで声が響く。知らない声だ。「おまえの知っておかなければならない話が」気がつくと、声はそこらじゅうで響いている。母さんによく似た低い声、ただし言葉が最後のほうで高くなる。言葉の下を歌が流れているような感じ。横目でうかがうと、姿が見える。頭の上で踊り吹き荒れて船を押すアザのように、かすんで見える。隣にいるのはアザ母さん——あたしのおばあさんだ。犬がきゃんきゃんきゃんと吠えたてる。

「城塞にあふれる屍《しかばね》のあいだを連れていかれる時点で、おまえの母さんがお腹にいることはわかっていた。あの最後の墓部屋を出て、二度と戻ることのないドアを抜け、船の底に降りていく時点で」アザ母さんが言う。

　別の犬が甲高く叫ぶ。

「あの子がお腹にいることはわかっていたけれど、あの暗い船倉で、生者と死者に押しつぶされて、塩染みだらけの揺れる地下の世界で、どうやって育つのだろうと思っていた」アザ母さんが言う。

　別の犬が低く唸る。お腹に母さんがいて突き出していることを除けば、アザ母さんはずいぶんほっそりしている。

「寝ても絶望、覚めても絶望。死にたいと思った。隣にいた娘は、ある日眠ったきり目覚めなかった。死体はふくれて灰色になっていったけれど、それでもうらやましかった」

　別の犬が遠くで応える。アザ母さんの手脚は長く、とても引き締まっている。

「あたしたちは闇のなかでささやき合った。名を名乗り合い、言いつけごとばかりの母親のこと、優しい母親のこと、家にいない父親のこと、誇り高き父親のこと、妹のこと、兄のこと、忠実ないとこのことを語り合った。寝返りを打って、脚や背中や腕にできた床ずれの傷口が開かないように、緑や黒にならないように気をつけた」

　別の犬がきゃんきゃんと吠えたてる。今回は近い。アザ母さんの肩には筋肉の筋が刻まれている。首にも。

「もっとましな死に方があるだろうにと思ったよ。船の上に連れていかれたら、手すりを飛び越えて水に飛びこもうと思った。自分を縛りつけている縄をなんとかほどいて首に巻き、息の根を止めてしまおうともした。船底から釘が出ているのを見つけて、それを腕に突き刺し、脚に突き刺し、首にも突き刺そうとしてみたけれど、大した傷にはならなかった。傷口はゆっくり、ゆっくりと、かさぶたになっていった。お腹はおまえの母さんでふくれていた。大きくて優しかった男のこと、いっしょに子をなした相手のことを思って泣いた」

あたしは唇をなめる。アザ母さんの顔には、鼻から口にかけてうっすらとしわが刻まれている。狩りのときの緊張のせいか、延々と走り続けたせいか。

「嵐が来たときには、一瞬だけ考えた。〈今度こそ、今度こそ船が真っ逆さまにひっくり返って、みんな死んでしまうに違いない。みんな沈んでしまうに違いない〉とね。海がごうごうと鳴り響いて、自分の祈る声も、いっしょにいるみんなの祈る声も聞こえない。まわりが全部海だった。海が船倉まで這い上がってきて、あたしたちはみんなしょっぱい水のなかで、小便と大便と血のなかで泳いだ。そういうなかで祈っていたら、汚物にむせて声も出なくなり、あたしは咳きこんで、咳きこんで、体のなかで泳いでいるおまえの母さんを抱きかかえるようにして身を丸くした」

激しく揺れる木々のむこうで、夏に浮かれる虫たちのようにランタンがちかちかとまばたきする。興奮した川が喉を震わせ、甲高い声をあげて筏《いかだ》を運ぶ。

「嵐が答えたのはそのときだった。彼女が名を名乗ったのは」

現場監督らの呼び合う声がするりとそばを通り過ぎる——熱に浮かされたような鬨《とき》の声。

「彼女があたしの顔を真似《まね》たのは、姿を似せたのは、そのときだった」アザ母さんは母さんよりも悲しい目をしている。あの小ずるい嵐をめぐる記憶、命乞いをしたにもかかわらず、敬意をこめて呼び出し、真っすぐに見つめたにもかかわらず、アザ母さんの姿形をかすめ取った小賢《こざか》しい嵐をめぐる記憶が、そのまなざしに重くのしかかっている。「そう、嵐は船を沈めずにおいてくれた。そしてそう、あたしに話しかけてきた。でもそうやってむせて咳きこむあいだに、空気を求めて喉が拳のように固く閉じているあいだに、あたしはあることに気づいたのよ。自分は生きたいのだと。気持ちが死に傾いて、みずから命を断とうともしたけれど、自分以外の誰かにそうされるのはいやなのだと」

でもいま、アザ母さんは金色に輝いている。

「あの精霊はあたしを、あたしたちを、生かしてくれた。海もそう。そしてあたし自身も、自分を生かしてやったのよ」アザ母さんがまっすぐにあたしを見つめて、うなずく。「あたしは自分を生かしてやったのよ、アニス。毎日目覚めるたびに、自分で自分を生かしてやったの」

あたしの右側でぱっと火花が散って、見ると、母さんが光り輝いている。見たこともないほど若い姿で、編んだ髪を長い輪っかにして頭に留め、おそらく父親から受け継いだに違いない目は大きく穏やかで、アザ母さんの小さく鋭い目とは対照的だ。

「生かすというのがどういうことか、前はわかっていたんだよ」アザ母さんが言う。「象を追っていたころに、彼らの目を見ればわかった。象たちがいかに、最後の最後まで生きようとしていたか。何百という傷に覆われてもなお」

母さんがきらきら光る手をあたしの手に重ねると、それはただのひんやりした空気にすぎない。

「どれほど痛みに囚われようと、象たちは命を求めていないないた。命を求めて唸った」アザ母さんが言う。

あたしは母さんを飲みほすように見つめる。見つめる自分を止められない。

「手に入れなさい、アニス。命のすべてを」アザ母さんが言う。

母さんはあたしの月だ。母さんのほほ笑みは羽を開いた蛾の羽ばたき。

「闘ってすべてを手に入れなさい」アザ母さんが言う。

母さんがあたしの頰に触れる。雨よりもひんやりとした雨。

「あたしにはわかっていたよ」母さんが言う。「あんたが生まれる前から」

声を聞くと、たちまち母さんの声だとわかる。母さんが母さんだとわかるぐらいはっきりと。あたしたちの服を縫いながら、針を抜いてはまた刺す母さん。米を料理するときにきのこと香草で香りをつけて、こっそり持ち出した豚の肉汁をたらす母さん。あたしの顔をやわらかな腿にのせて髪を編む母さん。アザ母さんの物語を語ったあとで声をたてて笑い、あたしの笑みを待つ母さん。体のなかで巨大なヘビがとぐろを巻いて、あたしの嘆きを絞めあげる。これだけ長いあいだ母さんの声を聞いていないのだから、きっともうどんな声だったか忘れてしまったに違いない、低い部分ではざらついて、高い部分では流れる川のようになめらかだったその響きを、忘れてしまったに違いないと打ちひしがれていたのに。

「あんたが歩くときも、眠るときも、走るときも。ミツバチたちと戯《たわむ》れてハチの渦に包まれるときも。あたしの頭をかくときも」

「母さん」あたしは言う。

「あんたはどんなに輝いていたことか」母さんが言う。「どんなに輝いていたことか」

「母さん」あたしは言う。「母さん」

それ以上、言葉が続かない。

「あんたの武器はあんた自身」母さんが言う。「忘れないで」

体のなかのあちこちにぶつかりながら、涙がこみ上げる。

アザ母さんがあたしの背中に手を置く。けれどもそれは暖かい光、熱の記憶にすぎず、続いてうずいたかと思うと、きらきらと輝いて消えてしまう。そしていま葦の浮き島、ゆるく結わえられたこの筏には、あたしと母さんしかいない。あたしを見る母さんのまなざしは、いつもそうだったように、真剣で穏やかだ。母さんの鼻が横に広がる。頬骨が薄くなる。そうやって消えていきながらも、ベルベットのような黒い目だけはいまも残っている。

「永遠に続くわけじゃない、あたしのかわいい娘。永遠に続くわけじゃないからね」

母さんはこれからもずっとそばにいる。むせびながらも、あたしにはわかる。母さんをつかもうと手を伸ばしながらもわかる。あばたもようの月の輝きのなかに、琥珀色《こはくいろ》の光のなかに、あたしはいつも母さんのきらめきを見るだろう。糖蜜のように真っ黒な夜空を流れる星のかけらに、母さんを見るだろう。しわが刻まれていくあたし自身の両手にも、白くなっていく髪にも、母さんを見るだろう。そうしてあたしが最後の息を引き取ったあとで、幾多の難儀と長い時間の終わりに**水**を渡してくれるのも、きっと母さんに違いない。〈母さん〉あたしにはわかる。遠くの川岸で犬たちが藪をかき分け、鼻面を持ち上げていっせいに吠えたて、尾を引いて昇っていくそれらの声、飢えた狂暴な声が渦を巻いて宙に消えるのと同じぐらい、はっきりと。稲光が川を照らし出し、川面に張り出した森があたしと筏の上で絡まり合って、手招きする。雷鳴が天を打ち鳴らし、巨大な輪を描いてあたしのまわりを転げ回る。

あたしは泣いて松の葉に口を押し当てる。松やにのつんとした味がする。

永遠に続くかと思われた嵐がやがて収まる。雨と風が引いたあとの静けさのなかで、うつらうつらと船をこぐ酔っぱらいのように川がむにゃむにゃとつぶやく。アザが人間の姿になって降りてきて、筏のうしろを漂う。これまではなかったアザ母さんの別の特徴が見てとれる。アザ母さんの長い手脚と整った輪郭、ライオンを思わせる威厳に満ちた顔に加え、お腹に宿った母さんの小さなふくらみまで真似ている。

アザはおそらく崇拝されるだけでは足りなくて、自分も愛されたいのに違いない。アザ母さんを真似た姿に、うらやむ気持ちが見てとれる。あらゆるものに喉を締められかけたにもかかわらず、息をすることをやめなかったあたしのおばあさん。恋人と交わした抱擁の果実を子宮に宿したおばあさん。長い道のりを走ったあとで、風を浴びて汗が塩に変わっていくのを感じながら、ともに王の妻であり戦士である仲間と座って過ごすかけがえのない時間を知っていたおばあさん。自分の冗談で藪の緑が震えるように仲間の顔に笑みが広がり、笑いだすみんなの頬にオタマジャクシの形をしたえくぼが浮かぶ喜びを知っていたおばあさん。

アザ母さんが乗っていたその船に降りてきたとき、アザはきっとうらやましかったに違いない。アザ母さんをこの見知らぬ土地に残していったときも、何度もようすを見に戻り、母さんが生まれるのを見たときも、あとになってあたしが生まれるのを見たときも、アザはうらやましかったに違いない。アザ母さんの生きようとする決意に、あたしを連れてディズマル大湿地へ逃げようとした母さんに、アザはおそらく母の愛を見て、自分も誰かとそういう関係になりたいと——あたしの一族の女たちの母になりたいと望んだのだろう。あたしたちが請いすがるだけでは足りなくて、それ以上の関係が欲しかったのだろう。けれどもそれは愚かな願い。だってあたしたちのことを完全に理解するなんて、アザにできるはずがない。

この精霊は与えながらも奪うのだと気づいてしまうと、あたしは目をそむけずにはいられない。アザ母さんはこの恐ろしい土地できつい仕事に明け暮れ、やつれて体を壊したというのに、この精霊は相変わらずアザ母さんの若かりしころの姿を真似ている。葉をつけた丸太の隙間にアザがそよ風を送りこむ。川の流れもいまはゆるやかになり、あたしの粗末な筏も流れのこちら側からあちら側へ、のんびりと漂っている。まわりの湿地が密になり、あたしたちはくるりと巻いた緑の葉と真珠色の白い光に囲まれている。川面では霧がきらきら輝いているけれど、あたしは引き続き筏の上で身を低くして、茶色い肌が枝葉の茶色にまぎれることを願う。

「この川はさらに大きな川に合流して、その後、街を横切るわ。そこで降りましょう」アザが言う。

木々の梢で鳥がさえずり、枝から枝へ飛び移って、あたしたちのあとをついてくる。

「どうして街で？」

「わたしの子どもたちがいるからよ」

シラサギだ。細長い脚、朝霧のように白い。そういえば水田で働く人たちに水を届けていたころ、サギたちは踊り子のようにしゃなりしゃなりと歩いては、首を曲げてうなずいていた。

シラサギがひとつの木から別の木へ飛び移る。舞い降りる彼らは風に吹かれる紙のように軽い。あたしの筏が岸につっかえ、アザの風が止まって、鳥たちも止まる。

「姿を消せるわ。大勢のなかにまぎれて」

鳥たちが黒く縁取られた目であたしたちをじっと見つめる。羽毛が波立って、落ち着く。ふたたびあたしたちを見る。

「わたしの子どもたちを探すといい」そう言ってアザは別のほうを向くものの、あたしを見ていることはわかっている。「わたしに呼びかけてくる子どもたちを」彼女が本当に言いたいのはこうだ。〈おまえもわたしの子になればいい〉

岸につっかえた筏のように、あたしの胸もつっかえる。街で隠れて暮らすなんてあたしはいやだ。ネズミみたいに昼のあいだは壁際や部屋の隅で横を向いてこそこそし、夜になると姿を見せてものを乞い、盗みを働く暮らしなんて。女主人の夫みたいな男たちに、体の繊細な部分を差し出すのもいや。それにあの境界の地で暮らすのも。たとえバスティアンといっしょでも、メアリーやエスターといっしょでも、もしも二人が生きていて、もしかしたらアザの手を借りて、二人を見つけ出すことができたとしても。それでは犬の唸り声が気になって、現場監督のどなり声が気になって、かたときも眠れないし笑えない。犬たちはどんなふうに吠え立てるのだろう、自分たちが暮らす湿地の広場に男たちはどうやって踏みこんでくるのだろう、かまえた銃を肩に食いこませ、歯をむき出し、あごを大きく開いてやってくるのだろうか、と。大量の炎があれば、緑も燃えてしまうだろう。

「いやだ」あたしは答える。

人間だって燃える。燃え盛る炎が巻き起こす黒煙とそのにおい、焼き豚みたいなごちそうのにおいが空まで昇って、あたしたちの頭を押さえつける灰色の綿雲と変幻自在の声をもつ足下の大地に、さらなる捧げ物を届けることになるだろう。

「なんですって？」アザが言う。

まったく、神々にはどれだけ貢《みつ》がされることか。

「いやだ」あたしは繰り返す。「街よりもっと遠くへ行きたい」

鳥たちが片脚ずつぴょんぴょんと跳ねて枝を下り、翼をはためかせて静かになる。川面に森が張り出して、オレンジ色の松葉や茶色い葉を落とし、流れの渦にあばたのように散っている。

「湿地のどこか、ジョージアマンでもたどり着けないぐらい鬱蒼としたところを見つけたい」

シラサギたちがそろって肩を上げ、首をすくめる。

「ものすごく鬱蒼としていて、精霊でなければ探し当てられないところ」

アザの顔に喜びが広がる。お世辞の効果はてきめんだ。崇拝されたい、母と慕われたい、という欲求を満たしてやったのだから。あたしはアザの、気まぐれで信用ならない子ども。もしもほかに方法があるなら、彼女なんか愛に飢えさせ、いますぐアザ母さんの姿を脱ぎ捨てさせて、彼女の本当の顔、本当の姿を暴いてやるところだ。けれどもいまは、彼女に軽くドレスを振ってもらう必要がある。岸を離れて彼女の霧に身を潜め、街を通り抜ける必要がある。蒸気船や奴隷船を迂回して、誰もいない野生の奥へ舵を切ってもらう必要がある。四苦八苦しながら筏を降りて腿まで川に浸かると、冷たくて胸のあたりがむずむずする。あたしは折れた木の枝、びっしりと葉に覆われた大枝をつかんで筏に戻る。枝の先をお腹に当て、水に逆らって引っ張り上げる。シラサギたちが無言で震える。あたしは格闘のすえに枝を体の上にのせ、絡まり合ったオークの小枝と大きな葉の下に仰向けに横たわる。

「お願い」あたしは訴える。

アザが立ち上がり、ドレスをなでつける。風が花開く。シラサギたちが静かになり、首を伸ばしてじっと見つめる首のうしろがさざ波立って、彼ら自身も気づかなかったかゆみを掻いてやる。

「ちゃんと乗った？」アザが言う。

あたしはうなずき、アザは押す。


目覚めると、ところどころに穴のあいたニューオーリンズの闇が見える。川幅が広がって、音もなくきらきらとささやいている。それはさながら水の街路、その一面に広がる広大なハミング。引き船や平底の荷船がところ狭しと行き交い、綿花やサトウキビや盗まれた男や女たちを運んでいく暗い船倉で、あるものは泣き、ある者は策謀をめぐらし、ある者は家族を育む。陽気な川音にまぎれて人々の話し声が聞こえてくる。岸辺に沿って背の高い建物が並び、よろい窓の内側でランプの明かりが輝いている。暗がりで、敷石と漆喰の道で、女と男が罵り合い、殴り合い、たったいま愛し合っていたかと思えば、次の瞬間には引っかき合って拳を振るう。支柱につながれた馬たちが静かにいななく。そうしたすべての上にアザの霧、灰色のモスリンが覆いかぶさって、金色と桃色と沈黙がそれを貫く。

あたしたちのはるか下では大地がうめき、廃墟と化した川底に沿って何キロも流されてきた沈泥の重みに沈んでいく。夜のなかにアザの顔が茶色く浮かぶ。けれども街を駆けめぐる精霊は彼女だけではない。波止場の上では**記憶する者**が燃え盛り、奴隷にされた者たちがふくれあがった舌で、かゆい頭で、汚物まみれの南への航海によってかき回された胃袋で、夜の街明かりさえ目に入らぬありさまで船倉からよろよろと出てくる光景を眺めながら、めらめらと昇っていく自らの肌に彼らの名前を刻んでいる。別の精霊、川縁《かわべり》を歩く雪のように白く冷たい精霊は、温もりに飢え、吐息に飢え、血に飢え、恐怖に飢えて、こちらもまた、盗まれた人々をちらりと見ては自らの飢えを満たす。別のある精霊は、屋根から屋根へ這い進み、鋳鉄の手すりに絡みついてバルコニーへ降りていったかと思うと、褐色《プラ》の囲われ女《サージュ》たちの寝室の外でハミングし、歳月をかけて少しずつ毒を盛れ、反乱を起こせ、反乱だ、反乱、と囚われた女たちをそそのかす。黒い山高帽を斜めにかぶって笑みを浮かべ、街の通りを弾むように駆け抜ける精霊もいる。あるいはドラムを激しく打ち鳴らす精霊も。怒りに満ちたそのドラムは、馬の群れ、野豚の群れが地響きをたてて大地を駆け、森をあさり回って平原を丸裸にする音がする。ある精霊は赤ん坊が泣き叫ぶベッドのそばに腰かけて、小さな茶色い指を赤ん坊の口へいざない、ハミングで歌ってあやしながら、足と足をすり合わせてごらんと命じている。またある精霊は、山と積まれた鉈の上に座りこみ、次から次へと刃を研いでは鉈をもとの鞘《さや》に、敷石と敷石のあいだの大地に戻していく。筏でそばを流れるあたしに、彼女がにっこり笑って切っ先を向ける。あたしへの挨拶だと気づいてうなずくと、精霊はふたたび石で刃を研ぐ作業に戻る。街の空気は硫黄のにおいがする。

アザがあたしのそばに降りてくる。

「ここにすればいいじゃない」

「いやだ」あたしは返す。

あたしには見える。広くて深い川のどこかむこう、小刻みに震える湖のはるかむこうにあるあたしの場所。さらさらと鳴ってあたしを待つその場所では、木々が鬱蒼と生い茂って膝のような根っこを水面にのぞかせ、ぎっしりと生えた太いガマのあいだでワニがしゅうしゅうと唸り、髭の長いナマズがうようよいて、マングローブがぎっしりと生えている。

「あっち」あたしは言う。

アザが霧状の髪と服をたぐり寄せ、松の林にしっかりと巻きつける。あまたの女神と神々に、精霊たちに、膝をつく人間、歩き疲れた人間、溝に横たわる人間にうんざりして、あたしは街から顔をそむける。わかってる。すべては縛られているのだし、**水**はここにも流れている。それでもあたしの場所はここじゃない。枝にこすれて肌がかゆい。それでもあたしは木の皮に顔をすり寄せ、鼻につんとくる緑の松葉の香りを吸いこむ。

第13章　ふたたび星を見た

水漆喰の最初のひと塗りのような朝もやの下、気がつくとあたしは茶色と銀と黒が混ざり合ったような水に浮いて、あたしの筏を呑みこんだとほうもなく広い飢えた湖の端に来ている。湖が広がっているのはここまでで、煙のようなもやのむこうに目を凝《こ》らすと、人々が起き出して薪に火をつけ、朝食の支度に取りかかるところだ。彼らの生活がぼやけて薄いしみになり、やがて水平線のむこうに消える。体が震えて寒さに歯を食いしばり、だんだん小さくなってくる筏に体を押しつける。湖の波に揺さぶられて枝はひとつまたひとつと離れていき、いまは最初に上着で縛った二本に手脚を巻きつけているにすぎない。飽くことなくうねる波のように、歯がずっとがちがち鳴っている。なにかやわらかいもの、優しいものに触れたくて、唇を肩に当ててみるものの、冬の初日に氷の張った水溜まりのように硬い。

「お願い」あたしはアザに告げる。

アザは広い湖に沿ってなおも風を送り、北へ流れる川を目指す。

「むこうへ」あたしは告げ、アザは従う。

ひと息ごとに、歯ががちがち鳴るごとに、はるか先からあたしを呼んでいた野生のざわめきが大きくなる。かちっと音がして、ざわざわ鳴って、やんだと思ったらまた始まる。あたしへの手招き。時間とともに川はしだいに狭くなり、オレンジ色と色褪《いろあ》せた秋の緑が四方から押し迫って、やがて枝のひとつが川床に突き刺さり、筏は止まる。あたしは水に降りて、筏を岸へ引き寄せる。両手を顔に近づけて、凍えた両手に、震える合間に息を吹きかける。ヌマスギが枝をたれてきらきらと光っている。足元のぬかるみでげこげこ鳴く小さなカエルたち、寒さにあえぎ、泥のなかで死んでいく彼らの声のむこうに耳を澄ます。あたしはもうくたくただ。震えがひどくて息をするのもままならない。カエルといっしょに横になると、ぴょんぴょん跳んで逃げていく。

「アニス」アザが呼ぶ。

「息ができないよ」あたしは訴え、自分の体を抱き締める。頭の継ぎ目がほころびて、ばらばらになってしまいそうだ。ぎゅっと目を閉じ、鞭打つ痛みに抗《あらが》う。あたしを呼ぶ音に耳を澄ませよう、あたしをここへ招いた**水**に意識を集中させようとするのだけれど、痛みのせいで聞こえない。皮膚は硬く張りつめ、ひりひりと疼いて、いまにもはがれ落ちそうだ。あたしは目を閉じ、身をすりつぶすような痛みに耐える。一回の呼吸――浅くちょっと浸すだけ。一回のまばたき――止まれの合図。こうして漂ってきたけれど、自分の判断で、自分の意志で、ここまでたどり着いたけれど、でも――黄色と黒の小さな塊がぶうんと宙を飛んでいく。ミツバチだ。あたしはよろよろと立ち上がってあとを追う。

泥に抗って足を引き抜き、灰色の空と色褪せた緑に目を凝らす。頭を下げて、木と木のあいだで絡まり合った乾いた蔓をよける。けっきょく諦め、お腹をつけて這い進む。ミツバチはゆっくりと飛びながらカーブを描き、円を描いて、手招きする。アザがうしろから送る風に、ミツバチが揺れる。あたしを呼んでいた緑はすっかり鳴りをひそめ、しゅーっとささやくていどにしか聞こえない。

「アザ、お願いだから静かにして」

アザが渦巻く。

「わたしが道を見つけてあげる」アザが言う。

「いらない」

あたしは自分で先を行きたい。冬の眠りに向けて乾いていくもつれた木立のあいだを縫い進み、自分で道を見つけたい。痛む足を次はどこへ置き、群れる蚊のなかでどこの泥に足首まで沈めるか、その足を引き抜いて次の一歩をどこに置くか、自分で選びたい。顔を上げてミツバチを見ていたい。自分で選びたい。体のなかに入っては出ていく呼吸が胸を焼く。ミツバチを追っていくにつれ、頭と手脚の痛みが引いていく。虫たちの羽音と鳴き声がかしましく、飛んでいくミツバチのかすかな羽音をうっかり聞き逃してしまいそうだ。

こんな泥のなか、暗がりの下、波打つ泥のなかにすべてが沈んでいくところにも花は咲いていて、次の春にはふたたび芽を吹こうとしている。こんなところに一群の紫が、と思ったら、黄色の一群が目に留まり、続いて白の一群に出くわす。あたしと同様、花びらは空を見上げて秋の最後の輝き、最後の温もりを受け止めようとしている。ミツバチがひとつの花に止まって蜜を飲み、ふたたび舞い上がっては降りてきて、別の花にとまって蜜を飲む。あたしは丸太によじ登る。小枝が脛を引っかいて赤い糸のような痕を残し、ふくらはぎを引っ張って引き留める。〈ここにいなよ、ここでいっしょに、うつろになっていこう〉あたしは彼らを蹴って先へ行く。ミツバチはなおもわが道を縫い進み、地面の起伏に合わせてあたしも上がったり下がったりを繰り返す。ゆるやかな丘をよろよろ登っていくと、そこは周囲よりも地面が乾いていて、草の丈が低い。肩をこするカヤツリグサや頭の上でうなずくガマに代わって、あたり一面に腿の高さの湿地の草が生えている。おそらくかつては、鬱蒼と茂る下生えのあいだを行く踏み分け道があったのだろう。頭上の枝に沿ってくるくると伸びた蔓がカーテンになって流れ落ち、小道を遮っている。そのカーテンのあいだをミツバチがするりと抜けるので、あたしは屈んで膝をつき、くぐれそうなところを探してふたたび腹這いになる。網目のように絡まり合った褪せた緑には棘があり、髪や皮膚につかみかかってくる。もがき進むうちにようやく光が見え、体をよじって蔓から這い出し、開けた場所で背中を起こしてしゃがむと――そこは広場になっている。焼け焦げた家の残骸があって、小高くなった乾いた地面から空に向かって手を伸ばしているかのようだ。そう、ここだ、とあたしのまわりで沼がハミングし、自らの秘めた心臓にあたしを封印する。

あたしは道をみつけた。

「ここは病にやられたらしい」あたしは言う。あたしにはわかる。アザの言うとおり、ひとたび**水**に自分を開いてからはあっさり場面が見えるようになって、この場所のむこうに別の場所が見える。これは過去。白人の男がちらちらと見える。卵の殻みたいな黄ばんだ白い肌、沼地の広場に立って何かを指差し声なく話すそばで、仕事に疲れきった、ほとんど服も着ていない褐色の肌の三人が、カヌーから荷を降ろしている。荷の中身はハンマーと、杭と、斧。白人の男には病による疱瘡《ほうそう》があって、無謀にもこんなところに築こうともくろんだ建てかけの屋敷の廃墟のなかで、がくりと膝をつく。続く場面で、男は目から、足の爪から、鼻から、口から、血を流している。

「黄熱病だ……その男の、その奴隷所有者の全身に根を張ってる」あたしはアザに言う。

残された者たちはあたりに広がる屋敷の基礎部の骨組み、青白い男の病んだ夢に火を放ち、沼地に逃れて自由になった。「あの人たちが燃やしたんだ」その火が燃え移って外側だけ残された黒いオークの枝を、ミツバチたちが発見した。彼らは空洞の内側をせっせと歩いて、聖なるうろを蜜蠟と巣板《コーム》と蜜と幼虫で満たした。その後は何時間、何日、何週間、何か月、何年ものときをかけて焦げた材木と割れたれんがの上をジャングルが這い進み、すすに覆われた地面を登って、密《ひそ》かなプランテーションの骨組みを組んでいた者たちの仮小屋を覆いつくした。逃亡した男たちは、緑に覆われたうつろな小屋には火を放たず、あたしのために残しておいてくれた。

「どうしてここなの？」あたしの隣でアザがぴくりと動く。顔にはありありと不満が見てとれる。「こんな寂しいところ。街ならもっと――」

「いやだ」あたしは言う。

「だって誰もいないじゃない」アザが言う。「養ってくれる人もいない」

アザがドレスを猫のしっぽのようにさっと振る。もちろん直接的にはあたしのことを言っているのだけれど、それは彼女自身のことでもある。あたし以外に崇拝者の誰もいないこの場所で、彼女はどれほどの飢えを強いられることだろう。

「自分で養うからだいじょうぶ」そう言って、あたしはさっそく準備にかかる。ここのミツバチとは出会ったばかりだ。煙を焚くのもなだめるのも無理だろう。小屋には錆《さ》びた道具が散乱している――大きな斧が一本、手斧が一本、ハンマーがいくつか。さらにあさると、泥で固まった糸の玉、はぎれを縫い合わせたキルトが板のように硬くなったもの、鉄のフライパンが見つかる。

「ありがとう」あたしは**受け取り与える者たち**に、ぼろぼろになった爪のまわりで固まった土にささやく。それに応えて地面が固まり、安定する。

アザが息を吐き、小屋のなかが冷たくなる。あたしはぶるっと身を震わせる。アザが肩を揺すり、ドレスが大きくふくらんでドアの外にはみ出す。

「また来るわ」

そう言うなりアザはぐるぐる回って小屋から飛び立ち、屋敷の廃墟よりも高く舞い上がって、雲の低くたれこめた空の腹のなかへ飛んでいく。

あたしは見えなくなるまで目で追って、それから自分の隠れ家、緑の壁に囲まれた部屋に向き直る。カタバミときのことサッサフラスを集めてきて、お腹が落ち着くまで、刺すような飢えの痛みが和らぐまで食べ、それから茶色い小ウサギに案内されて細い清流にたどり着くと、そこでさらに食料を探し、食べられる植物ときのこを山ほど見つけて、あたしのスカートはすっかりぱんぱんだ。水のほとりに腰を下ろし、何もせずにただ座って、何十匹もの濡れたアオガエルが岸から岸へジャンプし、互いにげこげこ呼び合うさまを眺める。白と灰色にラベンダー色の筋が入った一羽のサギが岸に降り立ち、もう一羽がそれに続く。歩いてはつつき、歩いてはつついて、カエルを貪る。そうやって座っていると、雲間から太陽の腕が伸びてきて、鳥たちの黒い冠の上で豪華な金色に輝く。そして、棘が絡まり乾いた泥がこびりついたあたしの頭の上でも。

サギがやわらかな黒い目、母さんの目によく似たやわらかなまなざしをあたしに向け、あたしたちはそうやってしばらくいっしょに座っている。それからあたしは立ち上がり、小屋の残骸に戻って掃除に取りかかる。床を片づけ、残っている板を寝床用に積み上げて、松の大枝でモグラの巣とクモの巣を払う。日差しがオレンジ色になり、虫たちが夕暮れのコーラスを歌いだすころ、あたしはさっきの小川で体を洗う。寝床用にスペイン苔を集める。切り傷とすり傷とかさぶたに覆われたあたしの肌が、光を受けて輝く。あたしは松の枝の皮をはいで枝に小さな穴をあけ、乾いた松葉を敷きつめて、なるべくまっすぐな小枝を見つけて穴に差し、それから両手を使って小枝を回転させるうちに、やがて腕が痛くなり、日も暮れかけて、それでも回し続けるうちに、ついに穴は煙を吐き、火花を散らして松葉に着火する。

「ありがとう」とあたしは言う。

受け取り与える者たちがかさかさと音をたて、沼がそれに応えて歌い、あたしの目からは自由な暮らしの初日にもたらされた孤独と感謝の気持ちがあふれ出し、熱い筋を頰に刻んで地面に落ちる。この新たな生、新たな世界のことを思い、あたしは口を覆って笑い、泣く。

「いっしょに味わえたらよかったのに」暮れゆく空に向かって、ピンク色とオレンジがかった桃の色、しだいに濃くなる紫色に包まれた空に向かってあたしは言う。「ここでいっしょに」母さんに、アザ母さんに、言う。日暮れとともに黒ずんでいく緑のなかから、ほーっとフクロウの声がして、あたしの胸のまんなかを感情のしずくがつーっと落ちていき、波紋を描いてこだまする、と思ったら母さんの声が聞こえる――ほんのひと声、ほんのささやくていどに。

「わかってる」母さんが言う。

遠くのほうでワニがしゅーっと唸る。

「恋しいよ」あたしは言う。「愛してるよ」

「わかってる」母さんが言い、するとあたしの心に静寂が訪れ、静止が訪れる。


夜遅く、沼地の広場にアザがやってくる。彼女は静かに燃えていて、腕を、目を、髪の毛先を、炎が照らし出している。偽のお腹はいまも丸い。そのなかに子はいない――賞賛の言葉で満腹なだけ。

「彼らは街の広場でドラムを叩くのよ」アザが言い、その目がオレンジ色に輝く。「そこでは別の名前で呼ばれるんだけど、ともかくわたしのために歌ってくれる。あらゆる精霊のために歌ってくれるの」

アザが漂ってきてあたしの前に立ち、おずおずと片手を差し出す。彼女の指は、日差しのなかでぱらつく雨のような感触がする。

「そうして自分たちの命にのり移り、不要なもの、ごみのように散らかったもの、あれこれ邪魔だてするものをきれいに取り除いてほしいと頼んでくる」そう言ってアザがなでるあたしの腕は、飢えのせいで肩から手首まですっかり同じ太さだ。「女たちは白い服に身を包み」

あたしはアザの手を振り払う。

「わたしたちもいっしょに踊る」アザがあたしの周囲に目を向け、背後の小屋、さらにむこうの廃墟を目に留める。「彼らはわが身をすっかり明け渡す」崇拝に酔いしれて風を送り、ミツバチの巣を持ち上げる。「そうやってみんなで踊り明かすのよ」

ふいにミツバチたちが眠たげな羽音をたてる。炎が揺れる。

「みんなおまえのことも歓迎するわ」アザが言う。

あたしは表情を動かさず、毛布のように体を覆う火の温もりを感じている。背中にかぶったキルトの両端を握ると、小屋で見つけて小川で洗ったあとで、ほとんど乾いている。

「あんたのことを歓迎するみたいに？」あたしは尋ねる。

アザがほほ笑む。小さな歯がのぞく。

「わたしの子どものひとりとして？」アザが言う。「わたしの言葉を受け取る者として？」

手の先から足のつま先までじんじんと疼きだす。またもやお腹が空いてきた。アザが火をはさんでむこう側に移動し、あたしは子どものころの収穫の季節、母さんが小さな鍋で米をぐつぐつ炊いて、香りつけにくすねたラードを少々入れ、盗んだ塩を少々入れたときのこと、それをお腹いっぱい食べて、お腹がぱんぱんにふくれて、母さんの膝に頭をのせて横になったときのことを思い出す。口のなかに唾が湧く。

「わからないよ、アザ」

「わたしの司祭になればいい」アザが言う。「彼らにわたしの本当の名前を教えてあげるといい」

あたしはびくっとして、筏で聞いたアザ母さんの話と、アザ母さんのほっそりした腕のことを思い出す。〈でもそれはあんたの名前じゃない〉アザにそう言ってやりたいけれど、言わずにおく。アザが煙とともに舞い上がり、松やにの香りをたっぷり含んだ煙と星が背後に広がり、泡立つ樹冠が足下に広がる。

「疲れちゃった」あたしは言う。

「また来るわ」アザが言い、どこへ行くのか本人は言わないけれど、あたしにはわかる。梢の上で風をかき混ぜ、精霊と崇拝者たちの街へそそくさと帰っていくのだろう――彼女の子どもたちのもとへ。
カエルが鳴いて、魚が水面で跳ね、夜行性の羽虫をぱくりと食べて、ふたたび水に戻る音がする。
あたしは火の前でスペイン苔の寝床に横になる。明日は枝を二本折って、さらにもう一本、三本目を火の上に渡して料理をしよう。ガマの根っこでお茶を作ろう。カエルを集め、殺して皮をむいて、緑色の跳ねる脚を薄く切り分けよう。きのこを探そう。それを全部鍋に入れよう。じぶんの思いつくままに従おう。

一日目の穏やかな気持ちは、翌朝までは続かない。夜のあいだは恐怖が棘のように居座って、しつこく苛《さいな》んでくる。おかげでとぎれとぎれにしか眠れない。沼地に朝が広がるころにはパニックは引いていくものの、その後も何度も戻ってきては不意を突く。たとえば家を直している最中に、急に体がびくっとする。そこで、ここへ来るときにくぐり抜けた蔓のカーテンを元どおりに編んで封印し、絡まり合った茂みのこちら側に身を潜めてから、なんとかゆっくり息をして、ひび割れかけた心臓を落ち着かせる。犬の声が聞こえないかと耳を澄ます。二日目の晩はへとへとに疲れて、星空の大車輪の下で眠りに落ちる。月は顔を隠している。ひとつの朝、ひとつの日没、ひとつの日の出、ひとつの昼、ひとつの夕べ――ひとつ目の週、二つ目の週、そしてさらに次の週。短い眠りを繰り返し、やがて起きては昼と夜を過ごし、木漏れ日を受けて、集めたガマと草の根を握ったまま松葉のクッションに埋もれてうとうとする。その後、焼け焦げた屋敷の残骸のなかにしゃがんで、首元と耳元で心臓が重く拍を刻むのを感じながら、男たちがノコギリみたいな歯をして向かってくるのが聞こえないかと身を硬くする。アザの不在が残酷味をおびてくる。

ある朝目覚めて、母さんとアザ母さんが夢に出てきたことをぼんやり覚えているものの、二人が何か話していただろうかと考えても、言葉も思い出せなければ、二人の顔も思い出せない。思い出せるのは夢のなかの自分だけで、ドアノブみたいな膝とやせ細った首をして、塩の効いた濃厚な挽き割りトウモロコシをお腹がふくれるまで何杯もおかわりしていた。目覚めているあいだは、あたしのあばらはバターナイフを並べたみたいに飛び出している。目覚めている世界では、**水**は黙りこくっている。あたしは小屋を修繕し、ふらつく足で、冬に備えてせっせと食料を貯めこむ。北から冷たい風が吹いてくる。さらにいくつかの週が過ぎたころ、あたしはようやく自分のなかの落ちこみ、見放されたミツバチの巣みたいに乾ききったうつろな気分、母さんが連れ去られたとき以来感じたことのなかった気持ちの正体を突き止める――孤独。このままアザを追って街へ行かずにいたら、あたしはいったいどうなるんだろう。いつかここへ戻ったアザは、あたしの死んだ姿を見つけることになるんだろうか。あるいは生きてはいるものの、言葉をなくし、塊だらけの髪で沼地に埋もれている姿を？

するとgの なかからイノシシの一家がするりと出てきて、去っていく彼ら、いちばん小さな子どものイノシシがお腹で地面をくすぐりながら走っていくさまを眺めながら、あたしは思う――ひとりじゃない。続いて**受け取り与える者たち**が足下でちゃぷちゃぷと音をたて、木々がざわざわと枝を鳴らして、あたしは**水**に向かって手を伸ばし、母さんならなんと言うだろうかと考える――〈ひとりじゃない〉アミガサタケの群生が見つかる。それでも夜に火の前に座って斧を研ぎながら、動物の解体についてエミールに教わったわずかばかりのことを思い起こし、小さな薫製小屋を建てることは可能だろうか、あの子どものイノシシ一頭からどれだけ脂が取れるだろうかと考えていると、もしもアザの風に吹かれて街へ戻ったら、人間たちのもとに戻ったら、彼女の踊り手たちはあたしにどんなごちそうを食べさせてくれるだろうと想像せずにはいられない。もしも彼女を母として受け入れたなら。それから、こんなふうに考えるのは彼女の思うつぼだろうか、と考えて、そのとおりだと確信する。そう、アザはすべて承知のうえ。あたしを置き去りにして、あたしには彼女が必要なんだと、彼女の雨と風と原始的な母性が必要なんだと思い知らせるつもりで、わざと戻ってこないに違いない。

月は満ちて、煌々と輝いている。火の前に座っていると、なんとなく胸が疼く。こういう痛みは初めてで、もしかして何か沼地に特有の病気にかかったのではないかと不安になる。

「なんだか知ってる？」ミツバチの巣に問いかける。胸の疼きが煙のない炎の揺らめきに重なるのを感じていたら、驚いたことに一匹のミツバチがきらきらと金色に輝いて、火の前を漂っている。傾いたかと思うとふっと降りてきて、ふわふわの羽でくすぐるようにあたしの手首にとまる。

あたしが笑うと別の一匹が飛んできて、同じように宙で停止してからあたしにとまる。見上げると無数のミツバチがいて、あたしの上で月明かりを浴びている。それが次々に宙でふっと止まっては降りてきてあたしにとまり、ついには全身を包みこんで、ちょっとちくちくするすてきな生きた服のようになり、そのとき初めて、あたしは自分がどんなに優しさに飢えていたかに気がついて、胸が燃えるように熱くなる。初潮があったときに、母さんがいっしょに座って、ぼろ布を使って血が漏れるのを防ぐ方法を教えてくれたこと、〈これでもうあんたは子どもが産めるんだよ〉と言ったことが甦る。あたしに腕をまわして抱き寄せ、泣いたことも。

〈どうして泣くの、母さん〉とあたしが訊いても、母さんはあたしの耳をさすってあたしの顔を自分の首に押し当てるだけで、母さんの涙があたしの頬を焼いた。

「そういうことだったんだね、母さん」あたしが夜に尋ねると、腕から、頭から、ミツバチたちが無言で優しく飛び立って、自分たちの巣へ戻っていく。

あたしは**水**に手を伸ばし、母さんが涙をぞんざいにこすって拭いた姿を思い出す。いまなら理由がわかる——恐怖、愛情、あたしが初潮まで生き延びたことに対する安堵の思い。それから三つの季節が過ぎたあとで、あの男は母さんを売った。

「母さん」あたしは手を伸ばす。

「祝福を」母さんはそれだけ言って、黙りこむ。あたしは最後の生理からの日を数え、続いてはたと、エスターの兄さんに手を差しのべて喜びを分かち合ったことの結果に思い至る。胸の疼きの意味を悟る。あたしのなかには種が、歌が宿って、やがて赤ん坊が訪れる。

あたしはお腹に両手を当てて、体を揺らす。

日中は吐き気を呑み下し、体を癒して力をつけるきのこを探す。夜には爪が指を圧迫し、皮膚が突っ張って腰のあたりがかゆくなる。あたしは小さな差しかけ小屋を建てて肉を薫製にし、リスやアライグマやイノシシの子どもを手製の投石具で仕留める一方で、とりわけ朝には、どうしても米やトウモロコシの粥のことを考えてしまう。きのこと肉のスープを飲みながら、あたしはなんとかその考え、穀物の記憶を頭のなかから締め出そうと努める。そこへアザが舞い戻る。

「忙しくしているようね」アザが言い、灰色の霧とともに広場に降りてくる。湿気で弱まった火の中心部を、あたしは棒でつついてかき起こす。

「そのとおり」答えながら、あたしは自分のなかに湧き起こる感情に驚きを禁じえない。アザが戻ってきてくれたことに対する感謝、相手がいるという喜び。まるでトウモロコシのパンケーキをハチミツといっしょに呑み下すかのような、暖かく濃厚な味わい。アザは最後に見たときよりもさらに血色がよくなり、腕はふっくらとして、稲妻に照らし出された顔は喜びにあふれている。おそらく本物のアザ母さんは、生涯一度もそういう贅沢なふくよかさをまとったことはないはずだ。

「健康的になったじゃない」そう言ってアザがあたしを誉めると、一回息を吸って吐くあいだだけ、彼女の表情があのやせた女主人、使用人からもサトウキビからも大地からも富を搾《しぼ》り取るあの女主人の青白い顔に重なる。一瞬、パニックが頭をもたげる。

「食べてるからね」あたしは動揺を取りつくろう。「盗まれる以上に」

アザがうなずき、歌うように喉を鳴らす。それとともにドレスの色が黒くなる。力を蓄えつつあるのがわかる。

「筏を組んでいらっしゃい」アザが笑みを浮かべ、梢のあいだに強風を送りつける。梢が激しく揺れて何やらつぶやき、月がかすむ。「そろそろ心の準備はできたでしょう」

あたしは**受け取り与える者たち**に視線を落とす。あたしのミツバチ、沼地、アザ、大地――みんな黙りこくって待っている。あたしは腕を組んでアザを、研ぎ澄まされた美しい姿を、威厳に満ちた荒れ狂う髪を、あたしのおばあさんの思い出をまとった目の前の精霊を見上げて、種のこと、歌のこと、あたしのなかの秘密のことを考える。

「いいえ」

あたしは腕を上げて広場を、震える木立を、夜をすり抜ける獣たちを、屋敷の骨組みを、磨いて掃いて継ぎを当ててあたしの家に仕上げた小さな小屋を示す。

アザがごろごろと鳴り響いて凍りつく。息をするごとに雷鳴がとどろく。それでいて、話す言葉はとても静かだ。

「おまえをここへ、この場所へ連れてきてやったでしょう？」

「いいえ」

あたしは両手を上げる。驚いたことに、ここへ来たときにはほとんど骨と皮だった自分の腕に、いまは筋肉が這うように絡まりついている。「あたしは自分で来た」

「違う、そうじゃない」アザが言う。

「いいえ、アザ」あたしは言う。「あんたは手伝ってくれただけ」

アザが肩のうしろへ風を払う。

「あたしがここにいるのは、自分でそうしようと思ったから」あたしは言う。

アザがまたしても風を巻き起こし、あたしは体を地面に近づける。風の強さに目をつぶり、それから薄く開いてアザを見上げ、おまえは踏み分け道で死んでいたかもしれないのよ」

「わたしがいなければ、おまえは踏み分け道で死んでいたかもしれないのよ」

「サフィもね」あたしは言う。

「わたしがいなければ、市場で死んでいたかもしれない」

「フィリスもね」あたしは言う。

「サトウキビ畑で死んでいたかも」

「エミールも」

「穴で死んでいたかも」

「エスターも」

「川で溺れていたかも」

「アザ母さんも」

「湖で転覆していたかも」

「母さんも」あたしは言う。

風が吹いて巨大なねじのように広場を締めあげる。空がますます黒くなっていく。それがアザの顔といっしょに閃光を放ち、彼女の足があるべきところがすすのように真っ黒になる。首の上で頭がぐるりと回って、アザの体が回転する。

「このダンスを踊りたいと思わないの？」そう言ってアザはふたたび回転し、ドレスがかすむ。「この愛を感じたいと思わないの？」

あたしは素手の指を地面にうずめる。草の根と地を這う茎を握り締める。アザの風が吹きつける。頭《こうべ》をたれろとあたしを押さえつける。崇《あが》めよと。あたしは毎日掃いてきれいにしている土混じりの砂の上で腹這いになる。あたしの火が消える。できるかぎり体を低くして、アザの旋回から、嵐の熱狂から身を守る。アザの胸が溶けて広がり、腕が高く上がって旋回し、髪がヘビのようにうごめいて逆立つ。踊るうちに大竜巻《トルネード》と化していく。あたしはあえぎながらわずかばかりの息を吸う。

「確かにあんたには助けられたよ、アザ」あたしは言う。

月はすっかり消えてしまった。口のなかに砂が入りこんでぺっとりする。

「それでも命をあげるわけにはいかないよ」あたしは言う。

茶色く褪せていく沼も、アザの鞭打つ風の下に沈んでしまった。

「あんたにはこれからもずっと会うつもりだし、ずっと感謝もするけど、それでもあたしはあんたのものじゃない」あたしは言う。

アザがどおんと轟《とどろ》いて、荒れ狂う嵐の海みたいな音がする。あたしは塩の世界に目をつぶる。

「あんたはあたしの母親じゃない」あたしは言う。

「母親でしょう？」アザのささやきが、あたしのしゃがむ低いところまで入りこんでくる。あたしはあえぐように空気をすする。まぶたを開けたとたんに目が爆発し、あたりは一面真っ暗だ。アザはそのうち息さえ奪うに違いない。何よりも息を。

「いいえ」あたしはむせる。

口のなかに泥が入りこむ。アザの風が勢いを増して歌になる。それは足を土に、やわらかい肩の肉に棺をうずめて歌われる葬送歌。身を押しつぶさんばかりの嘆きの下では、棺の重さなどまつげ一本に等しい。

「あたしは」あたしは言う。「あたしのもの」

木々が宙でのた打つ。硫黄のにおいをおびた大地に向かって激しくうなずく。あたしは小さき者たち、小さな心臓とすばしっこい手脚を持つ者たちとともにしがみつく。夜のなかでじっと止まって目だけを光らせ、死んだふりをしてやせたコヨーテを欺《あざむ》く者たち、にたりと笑う黄色いオオカミを黙らせる者たちとともに身を伏せる。カエルたちが抗議して、虫たちが異議を唱え、あたしのうめく声がどんどん速く鋭くなっても、小さき者たちの哀れな泣き声はアザの耳には届かない。怒りにわれを忘れた彼女は、傷ついて樹液を流す枝を次々とねじっては吹き飛ばす。

「わたしを見捨てるのね」アザがすすり泣き、鉈を振り回す勢いで夜の沼地を切り刻む。泣きながらぐるぐる回って去っていく。アザが行ってしまうのは、あたしにとっても辛い。いくらお腹に種が、秘密が、赤ん坊が宿っているとはいえ。あたしのなかで何かが壊れる。いっそ〈母〉と呼んでしまおうかとさえ思う。〈母〉と。なぜならそれが、彼女があたしと母さんに求めていた呼び名、心から望んでいた本当の名前だから。その名を彼女に与えてやってもいい。そうすれば戻ってくるだろう。いま呼べば、彼女は戻ってくるはずだ。そうしたらあたしは大急ぎで新しい筏をしつらえて、しっかりそれにしがみつき、彼女の風に送られて、人であふれる街へ戻り、彼女を別の名で呼ぶ子どもたちを訪ねて自分の居場所をそこに見つけ、二度とあの尖った顔の女主人や手下の男たちに会わずにすみますようにと祈りつつ、雑踏にまぎれて暮らすことになる。いやだ、やっぱりだめ。そんなふうに追われるのも狩られるのも絶対にいや。あたしが欲しいのはこの緑の部屋。スペイン苔とヌマスギの葉を詰めたこのベッド、カメのスープ、燻《いぶ》したイノシシ、春とともに手に入るだろうミツバチたちの蜜。この種、この秘密、この赤ん坊には、ここで生まれてほしい。娘が初めて吸う息とそれに続く大きな泣き声がこの広場に響き渡るのを聞きたいし、その声で卵のなかのオタマジャクシが目を覚まし、オポッサムの子どもが起きだして、草の根をあさるイノシシの子たちがはっと見上げるところを見てみたい。

アザが空を引き裂く。空気を本のようにびりびり破る。上昇してぐるぐる回るその姿から、彼女がそうとう傷ついたことをあたしは悟る。なぜなら彼女はニューオーリンズのある西へは向かわない。

かわりに彼女が目指すのは東、ふくれ上がる青灰色《せいかいしょく》の海があるほう、初めてアザ母さんを見つけた方角だ。おそらく旋回しながら陸路を行き、あたしたちが歩いたあの長い道のりを遡《さかのぼ》り、母さんにあたしの種を植えつけたあの男の屋敷の上を通過して、生まれ育った海へ帰るつもりだろう。そうして激流がしずくになるまで踊り続け、海に沈んだアザ母さんの仲間たちの骸骨の上で涸《か》れるまで泣きつくしたそのあとで、海峡を渡り、彼女自身の母のもとへ帰っていくに違いない――**水**のもとへ。実際には、アザは多くを与えてくれた。南へ向かうあたしたちにつき添って、あたしたちが溺れ、焼かれ、血を流して、川の腹の底や**受け取り与える者たち**の暗い口のなかに落ちていけば、その証人になってくれた。アザが初めてあたしに近づいて声をかけてくれたあのとき、彼女の手のなんとひんやりして、心慰められたことか。熱を出したときに冷たい布で冷やしてくれる母の手のようだった。そして彼女が去っていくいまは、暖かい布がはがれ落ちてしまったかのようだ。彼女が嵐の世界、中空の街に戻ったあかつきには、それで充分と見なしてもらえるだろうか。アザは**水**と出会い、**水**にまなざしを向けてもらえるだろうか。

　アザが去り、沼地の夜の時間がほどけていく。壊れた仲間を思って虫たちが嘆き泣く。沸き立つ闇は樹液と腐った卵のにおいがする。あたしは残骸をまたいで小川のなかに膝をつき、口をすすぎ、顔と体をすすいできれいにする。繊細な部分をぬぐい、血がついていないか確認する。種がいまもお腹にいることを知って、ほっとする。枝の房と破れた木の葉が息絶えた火に覆いかぶさり、月に照らし出された湿地の広場でともに横たわっている。あたしはキルトを見つけ出して体に巻き、戸口に散乱したものを足で払って、ドア枠のあいだに横たわる。口のなかは地中に埋まっていた太い根っこの味がする。あたしはそれを吸いこんで、空を見上げる。アザの嵐がちりを一掃したおかげで天空は澄み渡り、天の川がきらきらと輝いている。

　頑丈な船に大きな白い帆を張って、世界と世界を結ぶ天空の水路で母さんが舵を握っていたらいいのに、とあたしは思う。その船は甦って水を目指す艦隊のひとつで、両脚を開いて甲板に立つ母さんのそばにはアザ母さんの姿もあり、腰に巻いた二人のサッシュが見えない黒い風にはためく。自信に満ちた足でしかと立ち、遠くを見つめる女たち。その眼前に大きく岐路が開かれて、氷と光、水と精霊が入り乱れ、二人の前できらきらと輝く。水漆喰を流したような星明かりに、二人はどれほど意気揚々とすることだろう。揺れる甲板とともに、二人で踊りに踊ることだろう。歌いに歌うことだろう。

謝辞

編集者のキャシー・ベルデンに感謝を述べたい。本書の創造にはとりわけ困難を伴った。大幅な修正によって作品が大きく変身を遂げることができたのは、彼女の的確な問いのおかげだ。執筆に関してのみならず、生きるうえでも彼女は私を救ってくれた。私が悲しみを乗り越えるまでずっと手を握り、私がふたたび自分の声を見つけ出すのを助けてくれた。著作権代理人のロブ・マクイルキンは、私と作品を熱烈に支持してくれた。共同編集者のレベカ・ジェットに感謝を。彼女が私をしっかり管理してくれたおかげで、締め切りを厳守することができた。美術監督のジャヤ・ミセリのデザインしてくれた表紙の、なんと美しくみごとなこと。制作編集者のローラ・ワイズはすべての細部を確実にチェックしてくれた。初期の段階からアニスを支持してくれたアソシエイト出版者のステュアート・スミスに感謝する。アシュリー・ギリアム・ローズとブリアナ・ヤマシタ、そしてジョージア・ブレイナードは、本書を読者に届けるために惜しみない努力を払ってくれた。ケイト・ロイドには過去にも広報を担当してもらったが、彼女はとにかく素晴らしい。私にとってわが子にも等しい本たちを、信念と創意と爆竹の勢いをもって、そして同じくらいの思慮深さをもって、世に送り出してくれた。私の作品を擁護し、作家としての私のキャリアに投資するとともに、作品に対し有益なコメントをくれたナン・グラハムに感謝する。また、本書を読者に届けるために尽力してくれたミリアム・フォイエル、ハンナ・スコット、およびライシーアム・エージェンシーのスタッフ全員に感謝する。

本書を執筆するうえで私を臨機応変に支えてくれたテュレーン大学の同僚たち、とりわけマイケル・クチンスキ教授とトマス・ベラー教授に感謝したい。マイケル・フィッツ学長とブライアン・T・エドワーズ学部長は、大学における私のキャリア追求を支援すると同時に、私が文学上のキャリアを追求するうえでも猶予を与えてくださった。テュレーン大学の学生たちはかけがえのない存在だ。私を創作科の授業に駆り立て、小説の限界を押し広げてくれる。

友人たちなくしては、新たな喪失の澱《よど》みからけっして抜け出せなかっただろう。とりわけヴェロニク・ロビンズ゠ブラウン教授に永遠の感謝を。エリザベス・スタウド、ナタリー・バコプロス、サラ・フリッシュ、ジャスティン・セント・ジャーメイン、ステファニー・ソイロー、アミー・ケラー、ハリエット・クラーク、ロブ・エール——作家仲間はいつどんなときも私を鼓舞し、私が雲隠れを決めこんでいるときでさえ優しく接してくれる。パンデミックが猛威を振るうなかで友人になってくれたクリスチャン・キーファーとわが心のいとこレジーナ・ブラッドリーに、特別の感謝を。先に仕事を仕上げた二人がせっついてくれたおかげで、『降りていこう』を完成させることができた。大学時代からの親友ジュリー・ホワンとブレナ・パウエル、彼女たちのおかげでこれまでなんとかやってこられた。キンバリー・マクウィリアムズ、アナ・リーズ、テイタム・ウィングフィールド、アマンダ・ウッド——よく笑うけれどもあまり遊ばない彼女たち、私の子どもたちをわが子のように愛し、私を笑わせ、そばにいてくれる彼女たちに、ありたけの愛を。

最後に、家族がいなければけっしてこの作品が完成することはなかっただろう。母が私を愛し、食べさせ、背中を押してくれたおかげで、言葉にできない痛みを乗り越えることができた。愛するBが亡くなったあとには、父も私を訪ねて支えてくれた。妹のネリッサとシャリンは朝な夕なにそばにいて、わたしを元気づけてくれる。私の最年長の甥であり名づけ子でもあるデショーンは、私にとって子どもを無条件に愛し世話することをいくらかなりとも理解させてくれた初めての存在だ。それから歳月を経て私たちがBを失った今回、デショーンはかつて私が彼を世話したように私を世話してくれた。名づけ親のグレチェン叔母さんは、いつも私に何かを食べさせてくれる。ジュディ叔母さんと話していると、よい対話の持つ力がよくわかる。話すたびに私から笑いを引き出してくれる。わが叔父たち、とりわけトムとフィルとジェイソンとドウェインは、いつもわたしの手本だった。いとこのナディーンはどんなときも優雅で賢く、恐れ知らずで、闇を照らす灯台だ。いとこであり弟でもあるアルドンは、私の忘れていたことや彼がジョシュアと話したことを覚えていて、その内容を私に教えてくれる。おかげで私は、私自身について彼とジョシュアだけが知っていたことを見落とさずにすむ。いとこのレットとジルは私がどのような失敗や過ちを犯そうと、どのような選択をしようと、いつも愛情をこめて抱き締めてくれる。そのほかの親族も、いつどんなときも私を励ましてくれる。親友のマークはどんなときもそばにいて、私がしばしば音信不通になっても、変わらず忠実でいてくれる。わが心の姉妹マライアは、これまで何度も私を生者の国に引き戻してくれた。ジョシュア・B、カラニ、オーレイジア、ジョシュア・D、ジェルニー、リトル・ブランドン――わが姪っ子と甥っ子たちは、いつどんなときも私の心を喜びに向き合わせてくれる。ダニエル、バーネッタ、ロビン、ニッキ、レイチエル、ブレイク、ディードル、ドワイネット――血のつながった彼女たちを見ていると、人生が生きるに値することを思い出す。そんな彼女たちの子どもたちも同様に、私にとっては輝く星だ。新しいパートナーのマーカスは、この世にもっと愛と命があることを思い出させてくれる。私にとって子どもたちは驚きと奇跡にほかならない。子どもたちのおかげで私は息をし続けられる。ノエミ、ブランド、ザヴィエル――あなたたちの誰かひとりを失うことを想像するだけで、地獄へ降りていくアニスの気持ちがよくわかった。私の書くすべての言葉はあなたたちのために。

訳者あとがき

これほど痛みとかゆみとあらゆる身体的不快に満ちた読書体験は、なかなか味わえないのではないだろうか。ウォードの言葉は鳥になり虫になって体の内側にまで入りこみ、読む者を丸ごと作品のなかに引きずりこむ。おかげで読者はそうとうな体力消耗を強いられるが、その分、物語世界の臨場感とラストの恍惚感は何物にも代えがたい。

本書は十九世紀のアメリカ南部を舞台に、奴隷制という不条理かつ残忍なシステムに取りこまれた黒人女性アニス／アリーズ（遅れてやってきた子ども、の意）の生の軌跡を、ダンテの『神曲』「地獄篇」になぞらえて描いた物語だ。ただしダンテの描くグロテスクな地獄絵がひとえに作者の想像力の賜《たまもの》であるのに対し、本書において繰り広げられる地獄は、ウォードの丹念な調査に基づき再現された二百年前のこの世の現実にほかならない。

アニスの祖母アザグエニ（象を檻《おり》に入れることはできない、の意）の出身地であるダホメ王国は、十七世紀から十九世紀にかけて西アフリカに実在した国家であり（現ベナン）、同国において女性のみの軍隊が活躍したのも史実である。奴隷貿易とパーム油生産で栄えたダホメ王国は、ヨーロッパ諸国による三角貿易の一端を担い、同国だけで数十万人とも言われる数の黒人奴隷をアメリカ大陸に送り出した。大西洋を渡る船の劣悪な環境は数々の資料が証言するところであるし、アメリカ国内で奴隷を〝増産〟するための手段として、奴隷所有者によるレイプや強制妊娠も広く実践されていた。南部諸州の奴隷がさらなる南を目指して過酷な徒歩移動を強いられたスレイブ・トレイルは、今日なおアメリカ各地に痕跡をとどめ、ウォードがテュレーン大学創作科の教師として日々通うニューオーリンズの街には、とりわけ多数の奴隷市が存在した。

その一方、十九世紀初頭までフランス領であったニューオーリンズでは、日曜ごとに所定の広場で奴隷や自由黒人による青空市が開かれるなど、きわめて限定的ながら奴隷身分の人々にも自由な時間が認められ、交流の機会が存在した。人々は広場で歌い、踊り、ドラムを叩いて、のちにジャズへと発展していく音楽もそうしたなかで育まれた。西アフリカの土着宗教とキリスト教の混淆により生まれたブードゥー教も、盛んに信仰されていた。ニューオーリンズ周辺の湿地には逃亡奴隷のコミュニティがいくつか存在し、セント・マロを主導者とするバ・デュ・フルーヴも、そのようなコミュニティのひとつである。

とはいえ、ウォードの物語はつねに多層的だ。『降りていこう』も、けっして過去のおぞましい状況を再現してみせるだけの装置ではない。作品は何よりも驚きとスリルに満ちた冒険譚であり、アニスというひとりの女性による抵抗と戦いと勝利の物語である。次々に襲いかかる試練を前に、読者はアニスとともに息を呑む。終盤の脱出劇は痛快とさえ言っていい。子どものころから読書に親しんできたウォードは、白人の少年少女の物語だけでなく「この世に立ち向かう黒人の少女の物語を読んでみたかった」と、ことあるごとに述べている。それを思えば、アニスが嵐の精霊を従えて果敢に川を下るシーンは、黒人男性が間抜けな役をあてがわれて白人少年が活躍する『ハックルベリー・フィンの冒険』に対するリベンジとも受け取れないだろうか。『降りていこう』においては、白人の登場人物の匿名性が際立っている。誰ひとりとして名前を与えられることなく、残忍さと滑稽さのみが強調されている。そうした点にも、黒人の登場人物に人格を認めずステレオタイプに扱ってきた過去の文学作品への風刺が見てとれよう。

あるいは、本書をアニスの成長物語として読むことも可能だろう。アニスは当初、母と二人で過ごす時間に特別な喜びを感じつつも、戦いの訓練そのものには消極的だった。母を失った直後には、ひたすら自分の殻のなかに引きこもる。そんな彼女がサフィによって開かれ、自らも売られて南へと歩くなかで、仲間たちの抵抗を目にし、さまざまな情報を耳にして、逃亡という選択肢を意識するようになる。そしてついに決行に至るわけだが、実際には、戦ったのはアニスだけではない。アニスの祖母アザグエニも、母サーシャも、命を賭して戦った。それぞれが果てしのない距離を歩いて、走って、自身と娘の自由のために戦い、三代目にしてついに自分を取り返すことに成功した。そう考えると、本書は母子三代にまたがる壮大な年代記でもある。

附録解説で詳しく紹介されているように、本書に先立つ二〇二二年、ウォードは「母なる沼地（Mother Swamp）」という小篇を発表している。母子九代にまたがり人目を逃れて湿地の奥に潜み暮らした女性たちを描いた幻想的な物語だが、本書をその始祖の物語、すなわち一種の創世神話とみなすこともできそうだ。アニスの筏《いかだ》がたどったルートを地図で確認すると、どうやら行き着いた先はウォードによる前三作の舞台、ボア・ソバージュにほど近い場所であることも興味深い。

そして創世神話にふさわしく、本書にはさまざまな精霊たちが登場する。人間味あふれるユニークな精霊たちはブードゥーの神々を連想させるが、「西アフリカの精霊がそのままの形で登場するのはそぐわないように感じられた。精霊たちも、アメリカ南部の風土にふさわしい形に変化したはずだ」と、ウォードはあるインタビューで述べている。嵐の精、川の精、大地の精、記憶の精、水の精、街に暮らす精霊たち——彼女ら彼らの存在は物語に神話的ないし民話的な広がりをもたらし、それによって作品に普遍性を与えているように思う。うっかり見過ごしてしまいそうなところにも、彼女らは密《ひそ》かに顔を見せている。アニスの愛すべき相棒アザも、目には見えない形で、確かに冒頭から親子を見守っている。そんな精霊たちを探しながら再読してみるのも、また楽しいのではないだろうか。

最後に、アニスの最初の所有者であり生物学的父親でもある男性を指す呼称として、原作では一貫して「sire」という語が用いられていることをご報告申しあげたい。「sire」は、古くは主君や祖先を表す語でもあったが、現在では主として家畜の雄親や種馬といった意味で使用される。当時のアメリカで主人を表す語として「sire」が広く使われていた形跡は見当たらないが、ウォードの見事なワードチョイスに悩まされた。残念ながら一語で対応できる日本語が思い浮かばず、「ご主人」「あの男」などと訳し分けた。

今回もすばらしい解説により深い理解を授けてくださった青木耕平氏と、訳者を根気強くご指導くださった作品社の青木誠也氏に、心より感謝申しあげます。ありがとうございました。

二〇二四年九月

石川由美子

【著者・訳者略歴】

ジェスミン・ウォード（Jesmyn Ward）

ミシガン大学ファインアーツ修士課程修了。マッカーサー天才賞、ステグナー・フェローシップ、ジョン・アンド・レネイ・グリシャム・ライターズ・レジデンシー、ストラウス・リヴィング・プライズ、の各奨学金を獲得、および2022年米国議会図書館アメリカ・フィクション賞を受賞。『骨を引き上げろ（*Salvage the Bones*）』（2011年）と『歌え、葬られぬ者たちよ、歌え（*Sing, Unburied, Sing*）』（2017年）の全米図書賞受賞により、同賞を2度にわたり受賞した初の女性作家となる。そのほかの著書に小説『線が血を流すところ（*Where the Line Bleeds*）』および自伝『わたしたちが刈り取った男たち（*Men We Reaped*）』などが、編書にアンソロジー『今度は火だ（*The Fire This Time*）』がある。『わたしたちが刈り取った男たち』は全米書評家連盟賞の最終候補に選ばれたほか、シカゴ・トリビューン・ハートランド賞および公正な社会のためのメディア賞を受賞。現在はルイジアナ州テュレーン大学創作科にて教鞭を執る。ミシシッピ州在住。

石川由美子（いしかわ・ゆみこ）

琉球大学文学科英文学専攻課程修了。通信会社に入社後、フェロー・アカデミーにて翻訳を学び、フリーランス翻訳者として独立。ロマンス小説をはじめ、「ヴォーグニッポン」、「ナショナルジオグラフィック」、学術論文、実務文書など、多方面の翻訳を手掛ける。訳書に、『歌え、葬られぬ者たちよ、歌え』、『骨を引き上げろ』、『線が血を流すところ』（以上作品社）など。

降りていこう

2024年11月10日初版第1刷印刷
2024年11月15日初版第1刷発行

著　者　ジェスミン・ウォード
訳　者　石川由美子

発行者　青木誠也
発行所　株式会社作品社
〒102-0072　東京都千代田区飯田橋2-7-4
TEL.03-3262-9753　FAX.03-3262-9757
https://www.sakuhinsha.com
振替口座00160-3-27183

装幀・装画　水崎真奈美（BOTANICA）
本文組版　前田奈々
編集担当　青木誠也
印刷・製本　シナノ印刷株式会社

ISBN978-4-86793-061-8 C0097